KB114686

얼라이브

얼라이브 2

노쓰우드 장편 소설

초판 1쇄 찍은 날 § 2015년 1월 27일
초판 1쇄 펴낸 날 § 2015년 2월 3일

지은이 § 노쓰우드
펴낸이 § 서경석

편집부장 § 권태완
편집책임 § 하형민

펴낸곳 § 도서출판 청어람
등록번호 § 제387-1999-000006호
등록일자 § 1999. 5. 31
어람번호 § 제1-2040호

주소 § 경기도 부천시 원미구 부일로 483번길 40 서경B/D 3F (우) 420-822
전화 § 032-656-4452 팩스 § 032-656-4453
http://www.chungeoram.com
E-mail § chungeorambook@daum.net

ⓒ 노쓰우드, 2015

ISBN 979-11-04-90088-4 04810
ISBN 979-11-04-90086-0 (세트)

※ 파본은 구입하신 서점에서 교환하여 드립니다.
※ 저자와 협의하여 인지를 붙이지 않습니다.
※ 이 책은 도서출판 청어람과 저작자의 계약에 의해 출판된 것이므로,
   무단 전재 및 유포 · 공유를 금합니다.

노쓰우드 장편 소설
FUSION FANTASTIC STORY

얼라이브
ALIVE

CONTENTS

1장

어둠

"누나! 신애야! 물러나!"

장택근은 하나밖에 남지 않은 눈으로 어둠 속을 노려보았다.

어둠 속에서 웅크린 무언가가 목을 울리며 그들을 위협했다. 짙은 어둠 속이라 더욱 선명하게 빛나는 눈동자 한 쌍이 섬뜩하게 일렁였다.

"내가 시간을 벌 테니까! 어서!"

손에 쥔 단창 따위로는 도저히 상대할 수 없을 위압감이 느껴졌다. 이 지옥 같은 곳에서 살아남으며 산전수전 다 겪었다고 자부하는 장택근이 겁을 집어먹을 정도로 상대는 압도적이었다.

어둠이 꿈틀댄다.

빛과 어둠의 기이하리만치 선명한 경계를 넘어 놈이 다가오기 시작했다.

성인 남성 허리의 두 배는 될 법한 놈의 거대한 앞발이 움직일 때마다 근육이 꿈틀거리는데, 그 자체로 하나의 거대한 폭력이었다.

전의가 사그라지는 것을 느낀 장택근이 비명처럼 다시 외쳤다.

"가라고! 가!"

장택근이 걱정된 탓인지 아직도 자리를 벗어나지 않고 미적거리는 두 여인 탓에 그는 평정심을 유지할 수가 없었다.

그 가녀린 손에 쥔 조잡한 나무창 따위로 대체 무엇을 할 수 있다는 것인지, 그녀들이 오히려 그의 양옆에 나란히 섰다.

"오빠……."

윤신애가 창백한 얼굴로 장택근을 바라보며 미소 지었다. 팔다리를 사시나무 떨듯이 떨면서도 그녀는 그의 곁에서 물러서지 않았다.

"어차피 우리보다는 빨라 보여. 도망칠 자신도 없어."

진재영이 처연한 미소를 지으며 창을 내밀었다.

"멍청하기는! 여기서 죽으면 다 개죽음이야!"

장택근이 절규했다.

그는 심장이 터질 것처럼 답답했다. 어차피 하나가 상대하든 셋이 상대하든 놈을 이겨내는 것은 무리였다.

애초에 남자들이 힘을 모아 대항해도 상대가 되질 않던 놈이다.

저놈 하나한테 당한 일행의 수가 한둘이 아니었다.

김우영은 놈의 아가리 속으로 산 채로 삼켜졌고, 완강히 저항하던 차동수는 발기발기 찢겨 시체조차 찾을 수가 없게 되었다.

"가요. 제발⋯⋯."

그의 말이 이제는 애원에 가까워졌다.

더 이상 자신의 눈앞에서 누군가가 죽는 것은 보고 싶지 않았다. 그럴 거라면 차라리 자신이 먼저 이 지옥 같은 곳에서 벗어나고 싶었다. 그 방법이 비록 죽음일지라도.

하지만 놈은 그의 바람을 들어주지 않았다.

진재영이 산 채로 놈에게 삼켜졌다. 윤신애 역시 온몸이 찢긴 채로 놈의 배 속으로 들어가 버렸다.

필사적으로 저항했지만 놈은 그를 비웃듯이 여자들만 골라 제 배를 채우고는 유유히 어둠 속으로 사라져 버렸다.

그는 붉은 선혈과 육편이 질펀하게 널린 지옥도 속에서 울부짖었다. 그렇게도 발버둥을 쳤건만 결국 그는 홀로 살아남아 버렸다.

그는 그 뒤로 아주 오랜 시간을 홀로 있어야 했다.

더 이상 대화를 나눌 상대조차 없었고, 살아남았다는 기쁨을 공유할 상대도 없었다. 그저 그는 짐승처럼 숲의 일부가 되어 살아남았을 뿐이다.

아주 길고도 긴 시간을.

*　　*　　*

모닥불에 비치는 환상과도 같은 광경을 멍하니 바라보던 장택근은 이를 악물고 흐느낌을 참아냈다. 꿈이었다는 사실을 알고 있었지만, 도저히 정신을 차릴 수가 없었다.

숨을 거칠게 내뱉으며 동굴의 안쪽을 바라보니, 미동도 없는 침낭 세 개가 보였다. 그는 그 모습이 오히려 환상처럼 느껴져 그들에게 닿으려고 손을 뻗었다.

마치 가위에 눌린 것처럼 움직이지 않는 다리 탓에 그는 한참이나 그 자리에서 허공을 움켜잡고 매달리며 안간힘을 다했다.

그 순간 침낭 중 하나에서 누군가가 몸을 일으켰다. 어둠 속에서 몸을 일으킨 그녀는 비척거리며 불가로 다가왔다. 그러고는 아무 말도 없이 다가와 그를 안아주었다. 그 어떤 것도 묻지도 않고 그녀는 그저 조용히 그를 품에 안아주었을 뿐이다.

장택근의 눈이 크게 뜨였다. 환상이 주었던 지독스러운 외로움과 공허함이 서서히 희미해진다. 단지 눈앞에서 실재하는 그녀의 존재만으로도 그의 마음이 제자리를 찾아간다.

　그래도 사라지지 않는 비현실적인 몽롱함과 공허함에 그는 있는 힘껏 그녀를 품에 안았다.

　그렇게 시간이 얼마나 흘렀을까.

　어느 정도 마음을 추스른 장택근이 그녀의 품에서 벗어났다. 아무 일도 없었다는 듯 무표정한 얼굴로 자신을 바라보는 그녀의 눈빛에 괜히 민망해진 그가 헛기침을 했다.

　"미안해요. 잠깐 끔찍한 기억이 떠올라서."

　추한 모습을 보였다는 생각에 그의 얼굴이 붉게 달아올라 있었다. 다 큰 사내가 울먹이며 품을 더듬었으니, 어쩌면 그녀 입장에서는 불쾌했을 수도 있을 것이다.

　하지만 그녀는 여전히 아무런 말도 하지 않은 채, 그를 바라볼 뿐이다. 그 무표정한 얼굴에는 그 어떤 불쾌함도, 또 경멸이나 혐오의 감정도 떠올라 있지 않았다.

　그저 그녀는 투명한 눈동자로 그를 마주 보았을 뿐이다.

　이제는 완전히 평소의 모습으로 돌아온 장택근이 그녀를 바라보며 미소를 지었다.

　"고마워요. 악몽을 꿀 때 누가 곁에 있어주면 큰 도움이 된다더니 정말인가 봐요."

　그의 말에 그녀가 서서히 고개를 끄덕였다. 그날 이후로 처음으로 보이는 의사 표현에 그가 눈을 동그랗게 떴다.

"나도……."

작게 중얼거리는 그녀의 목소리가 잘 들리지 않았지만 그는 그녀가 하지 않은 뒷이야기를 짐작할 수 있었다.

아무래도 지난밤에 자신의 곁에 있어주었던 것을 이야기하는 것 같았다. 당시의 그는 그녀가 꼭 숲의 어둠에 몸을 던지려는 것처럼 보여 그리했던 것인데, 그녀에게는 그것이 어느 정도 힘이 된 모양이었다.

얼마 만에 들어보는지 모를 그녀의 음성에 장택근이 환하게 미소를 지었다. 그리고 자신이 너무 늦지 않게 깨어나지 않았다는 사실에 감사하고 감사했다.

이지원, 악몽 속에서 그녀는 그 어느 누구보다도 허무하게 스러져 버렸던 여인이다.

그런 그녀가 지금 그의 앞에서 무표정한 얼굴이나마 그를 바라보고 있었다. 장택근은 다시 한 번 환하게 미소를 지어 보였다.

*　　　*　　　*

장택근과 일행의 일과는 다음 날도 크게 다르지 않았다. 따뚜가 어디선가 구해 온 식량을 손질하고 식수를 구해 왔다. 장작으로 쓸 나뭇가지들을 구해놓고 쓸 만한 나무들을 구해 조잡하나마 무기를 만들었다.

가뜩이나 조잡한 무기가 가녀린 여자들의 손에 쥐어져서야 얼마나 효과가 있을지 알 수 없었지만, 장택근은 자신이 할 수 있는 최대한의 것을 준비했다.

따뚜가 잡아온 고기 역시 손질을 하여 볕이 잘 드는 곳에서 건조시켰다. 건조가 끝나면 보관에 용이한 육포가 될 것이다.

그렇게 하나하나 생존을 위한 준비를 해나갔다.

결코 쉽지는 않았지만 그렇다고 지나치게 어렵지도 않았다. 그저 몸이 고되었을 뿐이었던지라 바쁘게 움직이는 일행들의 얼굴은 어둡지 않았다. 장택근을 비롯한 여자들은 잘해나가고 있었다.

밀림은 놀랄 만큼 풍요로웠고 평화로웠다.

아직까지는.

*   *   *

"신애 씨! 윤신애 씨!"

장택근이 윤신애의 뺨을 두들기며 애타게 이름을 불러보았지만 그녀는 아무런 반응조차 하지 않았다. 그저 힘없이 늘어뜨린 고개를 꺼덕이며 힘겹게 호흡을 이어나가고 있었다.

"어떻게 된 거예요!"

서슬 퍼런 장택근의 말에 진재영이 우물쭈물거리며 대답

하기를, 한 시간 전부터 가벼운 현기증을 호소했다고 한다.

기운도 없고 입맛도 없는 것이 가벼운 일사병 증세라, 잠시 누워서 쉬면 나을 거라 생각해 그렇게 조치했는데 갑자기 이렇게 되었다고 그녀는 울상을 지었다.

식량과 식수의 확보는 순조로웠다.

따뚜가 이삼 일에 한 번씩 가져오는 짐승은 모두 말려서 육포로 만들었고, 나무줄기 따위에서 얻어낸 식수는 잘 끓여서 물통에 보관을 해두었다. 조미료라 할 것이 없어 식사가 풍요롭진 않았으나, 이제는 끼니를 거르지 않을 정도로 밀림 속의 생활이 익숙해졌다.

은신처 역시 처음의 모습과는 꽤나 달라진 모습이었다.

투박하긴 하지만 튼튼해 보이는 문짝이 동굴 입구에 생겨났고, 동굴 앞 공터 주변의 수풀은 정리되어 시야가 어느 정도 확보된 상태였다.

걱정했던 것과 다르게 밀림 속의 생활은 평화로웠다.

그래서였을까.

모든 게 순조로워 방심을 했던 모양이다. 윤신애가 기력이 없다고 호소했을 때 진재영은 대수롭지 않게 생각했다. 더위라도 먹은 모양이라고 생각하고 가벼운 처치만 했을 뿐이었다.

하지만 방심의 대가로 지금 윤신애는 의식을 잃은 채, 깨어나지 못하고 있었다.

"제길, 진 선생님. 이리 와서 좀 살펴봐요. 혹시라도 뭐에 물린 자국은 없는지, 상처나, 부어올랐거나."

독충에라도 물렸을까 염려되어 그렇게 말하니 대번에 안색이 창백해진 진재영이 신애의 온몸을 살피기 시작했다.

하지만 하필이면 일이 터진 게 저녁이다. 모닥불의 불빛으로는 상처를 찾기가 쉽지 않았다.

결국 장택근이 GPS를 꺼내 들고는 액정의 불빛을 의지해 그녀의 몸을 살폈다. 그래 봐야 제대로 그녀의 상세를 살피는 것은 무리였지만 지금으로썬 그게 최선이었다.

"일단 보이는 건 없는데⋯⋯."

장택근이 초조한 얼굴로 그렇게 말하니, 곁에서 걱정스러운 얼굴로 윤신애를 바라보고 있던 이지원이 불쑥 끼어들었다.

처음의 모습까지는 아니어도 이제는 지난 상처를 많이 털고 일어선 그녀인지라 행동에 거침이 없었다.

"지원 씨? 지금 뭐⋯⋯."

대범하게도 이지원은 윤신애의 옷을 벗겨내 버렸다.

장택근이 보고 있다는 사실 따위는 전혀 상관도 하지 않은 그녀가 눈빛으로 서둘러 살펴볼 것을 종용했다. 진재영과 장택근이 그녀의 눈빛을 보고는 다시 윤신애의 상세를 살피기 시작했다.

상의를 벗겨내고 나니 가녀리기만 한 그녀의 여체가 드러났다. 원래부터 가녀리던 몸매가 밀림에 오고 부쩍 말라 버렸다. 덕분에 더욱 약해 보이는 그녀의 육체였지만 볼륨감은 충분했다. 게다가 모닥불 탓인지 불그스름하게 보이는 피부가 더없이 야릇했다. 덕분에 장택근은 그 급박한 와중에도 정신이 산만해져 상세를 살피는 것에 애를 먹었다.

아무리 상체를 살펴도 별다른 이상이 없자 진재영이 그녀의 하의를 그대로 벗겨 버렸다. 이번만큼은 장택근도 고개를 돌리고 말았는데 진재영이 그런 그를 질책했다.

"택근 씨! 뭐하는 거야! 제대로 좀 비춰줘!"

고개를 돌리고 있자니 GPS의 액정이 전혀 다른 곳을 비추고 있었던 모양이다. 그녀의 날카로운 음성에 장택근이 다시 고개를 돌렸다.

얇은 천 하나만을 걸친 채 축 늘어진 윤신애, 그녀의 쭉 빠진 하반신이 눈에 가득 들어왔다. 아찔하기만 한 광경에 그가 숨을 멈추는데 진재영의 행동이 대담해졌다.

얼굴을 바짝 들이대고 윤신애의 하체를 손바닥으로 쓸어가며 혹시 모를 상처를 찾았다.

그런 그녀의 표정이 너무도 진지해, 잠시나마 다른 마음을 품었던 장택근이 내심 스스로를 자책했다. 마음을 다스리고 제대로 진재영이 상처를 살피는 것을 도왔는데, 그녀가 갑자기 GPS를 뺏어들고는 그것을 윤신애의 허벅지에 비췄다.

허벅지의 안쪽, 속옷의 경계에 가까운 은밀한 곳이라 쉽게 찾지 못했던 모양이다. 왜 지금까지 발견하지 못했나 싶을 정도로 새파랗게 변색된 피부가 마치 무언가에 세게 부딪쳐 멍이라도 든 모양새였다.

* * *

"택근 씨! 내 가방!"

다급한 그녀의 음성에 당장 달려가 그녀의 배낭을 가져오니, 그녀가 배낭을 엎어놓고는 바닥에 그대로 쏟아 부었다. 그러고는 날카로운 의료용 칼을 집어 장택근에게 내밀었다.

"저기 물 끓이는 거 보이지? 거기에다 담갔다 빼."

마침 모닥불 위로는 오늘 구해 온 식수가 한참 김을 모락모락 내며 끓고 있었다. 주전자의 뚜껑을 열어 그대로 메스를 담그니 금세 뜨겁게 달궈져 잡고 있기 고통스러워졌다.

하지만 장택근은 진재영의 신호를 기다리며 더욱 고르게 소독이 되도록 칼을 이리저리 돌렸다.

"됐어! 이리 줘!"

그녀의 신호가 떨어지기가 무섭게 장택근이 그녀에게 의료용 칼을 건네주었다. 그녀가 칼을 잡더니 그대로 윤신애의 허벅지를 베어냈다. 푸르스름하게 물든 자리의 정중앙을 갈라내더니, 준비하고 있던 끝에 빨판 비슷한 것이 달려 있는 주사기를 들이댔다. 그러고는 그대로 주사기의 뒷부분을 쭉 잡아당겼다.

투명한 주사기의 내부로 검게 변색된 피가 딸려 올라왔다. 그 불길한 빛깔을 본 사람들의 얼굴이 창백하게 질렸다.

하지만 진재영은 아랑곳하지 않고 쉴 틈 없이 손을 놀렸다. 더 이상 검은 피가 딸려 올라오지 않자 그녀는 바로 상처에 연고를 바르고 깨끗한 밴드를 붙여주었다.

그러고는 주사기를 꺼내 투명한 앰플의 액체를 옮겨 담았다.

"거기 알코올로 좀 닦아줘."

그녀가 가리킨 곳이 꽤나 민망한 부위였지만 장택근은 지체하지 않고 그녀의 지시를 따랐다. 그렇게 알코올에 적신 솜으로 윤신애의 허벅지 부근을 닦아내자, 진재영이 거침없이 주사기의 바늘을 꽂았다.

보는 사람이 깜짝 놀랄 만큼 과격한 손놀림이라 눈을 크게 뜨는데 진재영은 그제야 한숨을 내쉬었다.

"지금 보니까 독이 강한 놈에 물린 건 아닌 거 같아. 만약 제대로 물렸으면 신애는 지금 숨도 제대로 못 쉬어야 하는데… 봐, 많이 나아졌지?"

순식간에 처치를 끝낸 진재영이 그렇게 말하니 윤신애의 얼굴이 방금 전보다는 평온해 보였다. 아까처럼 의식을 잃었다기보다는 잠든 얼굴에 가까운 모습이었다.

장택근 역시 그제야 안도의 한숨을 내쉬었는데 고개를 돌리니 이지원이 눈물이 그렁그렁한 얼굴로 가슴을 쓸어내리고 있었다. 이제는 많이 나아졌나 했더니, 그래도 평소보다는 감정적이고 약한 모습을 시시때때로 보이는 그녀인지라 그는 아직 갈 길이 멀구나, 하고 쓴웃음을 지었다.

어느새 약품의 정리를 끝낸 진재영이 이지원과 장택근을 바라보며 말했다.

"택근 씨 아니었으면 큰일 날 뻔했어. 아무래도 내가 요즘 너무 해이해졌나 봐. 신애 씨가 깨어나면 사과할게. 다 내 잘못이야."

비록 그녀가 처음에 미진하게 조치하여 사태가 악화될 뻔했지만 그녀는 능숙하게 윤신애의 치료를 마무리 지었다. 이제 와서 공과 과를 따지기에도 뭐한 상황이라 장택근이 쓰게 말했다.

"우리가 있는 곳이 어디인지를 잊지 않았으면 해요."

서로의 상태를 끊임없이 살피고 체크해서 혹시 모를 상황을 미연에 방지해야 했다. 다행스럽게도 이번에는 잘 치료가 된 모양이지만 다음에는 누군가가 생명을 잃을 수도 있었다.

어떤 면에서는 그 사실을 더욱 통감하고 있을 진재영이 어두운 얼굴로 고개를 끄덕였다.

시간이 조금 지나자 이제는 완연히 회복된 기색을 한 윤신애가 고이 잠들어 있었다. 그녀를 중심으로 빙 둘러앉은 일행의 얼굴에 남아 있던 조금의 불안감마저 완전히 사라졌다.

"그래서 어땠어?"

진재영의 뜬금없는 질문에 장택근이 영문을 몰라 눈을 크게 떴다.

"신애 말이야. 예쁘던데."

짓궂다기보다는 조금은 질책이 담긴 질문이라 장택근이 인상을 찡그렸다. 스스로가 상황에 어울리지 않게 사심을 가졌던 것이 떠올라 그의 얼굴이 시뻘겋게 달아올랐다.

"뭐 이해해. 한창 때의 남자잖아."

그녀가 다 이해한다며 말했지만 장택근은 여전히 얼굴을 펴지 않았다. 이지원이 그녀를 돌봤으면 좋았겠지만 어떻게 하다 보니 손이 빠른 그가 진재영을 돕는 모양새가 되었다.

"그래도 말이야. 앞으로 돌아갈 때까지는 우리 남자, 여자 없는 걸로 하자."

진지한 그녀의 말에 장택근이 고개를 끄덕였다.

안 그래도 뭐 하나 제대로 갖춰진 것 없는 밀림 속에서의 생활이라 서로 남녀가 유별함을 따지기가 쉽지 않았다.

사생활은커녕, 가장 원초적인 배설 행위조차 서로 배려하기가 쉽지 않았다. 비단 그런 일이 아니더라도 서로 간에 적나라한 모습을 보일 수밖에 없는 환경이었다.

동굴은 좁았고, 저 입구 너머의 밀림은 어떤 위험이 도사리고 있을지 아무도 알 수 없었다. 그런 상황에서 남녀유별을 외치며 유일한 남자인 장택근을 수시로 내쫓을 수도 없고, 또 자신들이 나갈 수도 없었다.

당장 지금만 해도 진재영을 비롯한 여자들의 옷이 그간의 고생으로 헤지고 찢겨져 잔뜩 맨살이 드러난 상태였다.

"좁은 장소에서 서로 부대끼면 이런 일도 있고 저런 일도 있고, 감정적으로도 이래저래 일이 생길 수도 있지만, 택근 씨 말마따나 우리가 처한 상황이 또 상황이잖아. 그러니 미리미리 조심하자는 거야."

"무슨 말인지 알겠어요."

그는 납득했고, 그녀는 거기에 더해 선을 그었다.

서로 구체적인 이야기는 하지 않았으나, 들은 사람이 제대로 알아들었으니 그것으로 끝이었다.

그것이 말로 미리 정해놓는다고 되는 일은 아니었지만 장택근은 최대한 노력을 하겠노라 대답했다.

그렇게 대답하는 그의 얼굴에 짙게 깔린 아련함에 진재영은 저도 모르게 고개를 숙였다. 영문도 모르고 무언가 죄를 지은 사람처럼 그의 눈을 피하는데, 그녀는 스스로도 자신의 얼굴이 어떤지 모르는 기색이었다.

이지원은 그런 그들의 대화를 가만히 듣고만 있었다.

그렇다, 아니다 긍정을 표현하지는 않았지만 눈빛에 담긴 감정이 어딘지 복잡했다.

방금 전의 대화 때문인지 그들은 미묘한 어색함 속에서 서로를 외면한 채 각자의 자리로 돌아갔다. 어차피 해가 지고 난 뒤에는 할 것이 없다. 사회에서 늘 부족했던 수면 시간이라도 보충을 해야 지루함이 덜하다.

하다못해 스마트 폰이라도 켤 수 있으면 뭐라도 하련만, 마나우스에서 베이스캠프에 도착하는 동안 사진을 찍는답시고 죄다 방전되어 버렸다. 그래도 안정적인 은신처를 찾은 덕에 이런 사치스러운 생각이라도 할 수 있으니 다행이라면 다행이랄까.

장택근이 고개를 절레절레 저으며 잔뜩 칼집이 난 장작을 모닥불에 더 밀어 넣었다.

*   *   *

그렇게 하루를 마무리 지으며 휴식을 취하려 했지만 세상만사 생각대로 되는 일이 없는 법이다.

호사다마라고 했던가.

간신히 한숨을 돌리고 좀 쉬어보려고 하니 또 다른 일이 생겨 버렸다.

스스스스슥.

언제인가 한 번 들어본 듣기 거북한 소리가 다시 한 번 그들을 찾아왔다. 막 잠자리에 누우려던 진재영이 침낭을 떨치고 나서고, 장택근이 엽총을 집어 들고는 자리에서 일어났다. 이지원 역시 다른 사람들이 소스라치는 모습을 보고는 덩달아 자리에서 몸을 일으켰다.

달그락달그락.

나뭇가지가 서로 부딪치고, 조약돌이 비닐봉지 안에서 부스럭거리는 소리가 동굴 안에 울려 퍼졌다. 침입자를 대비하기 위해 만들어둔 조잡한 경보장치가 미친 듯이 몸을 떠는 모습을 본 장택근이 목소리를 잔뜩 낮춘 채 경고했다.

"다들 조용히!"

조용한 동굴 속에서 철커덕 하는 둔탁한 소리가 기이할 정도로 크게 울려 퍼졌다. 그 소리에 놀란 여자들이 소스라치게 놀라 몸을 떨었다.

그런 그녀들을 뒤로 한 채 장택근은 조심스러운 걸음으로 동굴 입구를 향했다.

"택근 씨, 가지 마!"

진재영이 그를 불러보았지만 그는 돌아보지 않았다. 당장에라도 방아쇠를 당길 수 있도록 자세를 잡은 그는 신중하게 한 걸음, 한 걸음 나아갔다. 그리고 마침내 입구에 다다른 그는 앞을 막고 선 투박한 문짝을 슬쩍 옆으로 밀어냈다.

*   *   *

모닥불에 익숙해진 눈 탓에 아무것도 보이지 않았다. 언제부터인가 별빛 한 점 없이 시꺼멓기만 한 하늘 탓에 도통 어디가 하늘이고, 어디가 땅인지조차 구분이 가지 않았다.

장택근은 눈을 깜박이며 어둠에 적응하기 위해 의식적으로 어둠을 노려보았다.

방금 전의 그 듣기 거북한 소리는 들리지 않았지만, 온통 어둠뿐인 세상 속에서 심장이 미칠 듯이 뛰어댔다. 바짝 마른 입 탓에 헛구역질이 올라왔지만, 침조차 함부로 삼키지 못할 지경이다.

눈이 천천히 어둠에 익숙해져 간다.

하지만 여전히 보이는 것은 마치 괴물처럼 웅크린 밀림의 실루엣뿐이다. 그 어디에서도 수상한 그림자는 발견할 수 없었다.

문을 열고 슬며시 바깥으로 나갔다.

한 걸음, 한 걸음 내딛는 것이 미칠 듯이 두려웠다. 무언가 불쑥 나타나 발목을 채갈 것만 같은 두려움 속에서 그는 문을 등지고 주변을 둘러보았다.

스스스스스슥…….

장택근의 온몸이 그대로 굳어버렸다. 순간적으로 들려온 소리가 바로 등 뒤에서 났다. 수백 개의 차가운 손길이 등가를 쓸어내리는 듯한 기분이다. 비명이 튀어나오려는 것을 간신히 참고 그는 엽총을 세게 움켜쥐었다.

엽총의 묵직한 감촉 탓에 조금은 마음이 놓이지만 여전히 심장은 미칠 듯이 뛰어댔다.

"택근 씨?"

그때 문 안쪽에서 새어 나오는 진재영의 음성, 장택근은 소스라치게 놀라 몸을 돌렸다.

"꺄아아아악!"

진재영이 비명을 질렀다. 이지원이 동굴 속에서 뛰쳐나오는데 그녀의 뒤로 무언가가 빠르게 움직이는 것이 보였다.

너무도 움직임이 빨라 그저 흐릿한 그림자만이 보일 뿐인데, 그조차도 눈으로 쫓기가 쉽지 않을 지경이었다.

모닥불이 이리저리 튀었다. 그림자가 불가를 스쳐 간 순간 불똥이 튀며 모닥불이 사그라졌다. 무언가가 주변의 산소를 다 빨아들이기라도 한 것처럼 순식간에 사그라진 불꽃 덕분에 동굴 속에 어둠이 내려앉았다.

"지원 씨! 멈춰요!"

겁에 질린 나머지 동굴에서 뛰쳐나온 이지원이 밀림 속을 향해 내달리는 것이 보였다. 어둠에 잠긴 동굴과 밀림을 바라보던 장택근은 얼굴을 일그러뜨렸다.

'안 돼! 밀림에 삼켜져 버리고 만다!'

비명이 턱 끝까지 차올랐다.

이러지도 저러지도 못하는 사이에 밀림과 이지원이 점점 가까워진다.

생각은 길었지만 행동은 순식간이었다.

탕!

귀청을 찢을 것 같은 소리가 온 사방을 울려댔다.

그 어마어마한 총성에 밀림을 향해 달려나가던 이지원이 비명을 내지르며 그대로 주저앉았다.

"멈춰요!"

매캐한 화약 내음에 구역질이 올라오는 것을 느끼며 장택근은 그대로 동굴 속을 향해 외쳤다.

"진 선생님! 나와요!"

총성에 놀란 것인지 더 이상 동굴 안쪽에서 느껴지는 움직임은 없었다. 그저 겁에 질린 진재영의 흐으, 흐으 하는 신음 소리만이 들려왔을 뿐이다.

"진 선생님!"

그의 고함 소리에 진재영이 기다시피 동굴 속에서 빠져 나왔다.

그녀를 잡아채 뒤편으로 내동댕이치듯이 옮긴 그가 엽총의 무게를 한 손으로 지탱하고는 품을 뒤져 GPS를 꺼내 들었다. 더듬더듬 전원을 누르는데 화면에 불이 들어오며 예의 그 시스템 로딩 화면이 켜졌다.

장택근은 GPS를 든 손으로 엽총의 총부리 쪽을 받치고는 동굴 안쪽을 비췄다. 푸르스름한 빛에 동굴의 어둠이 일부나마 밝혀진다. 안쪽까지 밝히기에는 턱없이 약한 액정의 불빛에 의지한 채, 그는 동굴 안쪽으로 발걸음을 옮겼다.

새까만 어둠이 그의 주변에서 슬금슬금 물러난다.

그 자리를 대신 채우는 것은 파르스름하니 을씨년스러운 빛깔. 그 소름 끼치는 색에 물든 동굴은 이미 엉망이었다. 이리저리 흩어진 장작불과 재 따위가 온 바닥을 어지럽히고 있었다.

장택근은 그렇게 엉망이 된 바닥을 조심스럽게 내딛으며 동굴의 안쪽으로, 안쪽으로 향했다.

평소에는 비좁다 생각했던 동굴이 왜 이렇게 크게만 느껴지는지, 그는 애가 닳았다. 당장 한달음에 윤신애가 누워 있을 그곳을 향해 내달리고 싶었지만, 아직도 동굴 안에 웅크리고 있을 정체불명의 무언가에 신중을 기했다.

심장이 뛴다.

턱 끝까지 차오르는 호흡 탓에 숨소리가 거칠기만 하다.

엽총을 쥔 손이 떨리는 것이 느껴졌지만, 그는 멈추지 않고 윤신애를 향해 다가섰다.

새까만 어둠 속에 덩그러니 놓인 침낭이 보였다.

푸르스름함과 어둠이 뒤엉킨 와중에 서서히 모습을 드러내는 침낭에 그는 침을 꼴깍 삼켰다.

마침내 드러난 윤신애의 모습에 그는 조금이나마 안도했다.

이 소란의 와중에도 깨어나지 않은 그녀는 마치 잠이 든 것처럼 평온해 보였다. 하지만 그는 현실과 그녀의 모습에서 오는 괴리감에 도리어 소름이 돋았다. 침낭에 반쯤 몸을 내민 윤신애가 마치, 거대한 무언가의 주둥이에 반쯤 삼켜진 모습처럼 느껴져 심장이 덜컥 내려앉는 기분이 들었다.

윤신애가 무사함을 확인한 장택근은 그녀를 등진 채로 사방을 둘러보았다.

장작 따위로 잔뜩 어지럽혀진 동굴의 바닥과 기괴한 형상을 한 동굴의 벽면이 푸르스름한 빛에 드러난다. 미칠 듯한 긴장감 속에서 사방을 둘러보았지만 방금 전에 보았던 그림자는 보이지 않았다.

그사이에 빠져나간 것인가, 하고 생각한 그가 총부리를 내리며 안도의 한숨을 내쉬었다. 당장에라도 쓰러질 것 같은 탈력감에 고개를 쳐들며 바닥으로 주저앉는데 그의 표정이 그대로 굳어버렸다.

바로 머리맡에 웅크린 기묘한 어둠이 꿈틀거렸다. 그 사이로 빛나는 기괴한 한 쌍의 눈동자가 그를 미동도 없이 노려보았다.

심장이 입 밖으로 튀어나올 것만 같았다.

이제는 주변에서 들리는 소리보다 더욱 크게 들리는 심장소리가 미치도록 부담스러웠다. 불끈거리는 관자놀이에 절로 인상이 찡그려지는 것을 느낀 그는 아주 천천히 천장을 향해 총부리를 들었다.

푸르스름한 액정의 불빛이 서서히 정체불명의 무언가를 향해 다가간다. 당장에라도 총부리를 들고 천장에 웅크린 것

의 정체를 확인하고 싶었지만 그는 혹시 그것이 상황을 악화
시킬까 두려워 아주 천천히 총구를 들었다.

몇 초도 안 되는 짧은 시간이 억겁처럼 길게 느껴졌다. 엽
총은 또 왜 이리 무거운지, 당장에라도 내던지고 동굴 밖으로
도망치고 싶을 지경이다.

하지만 그는 그 모든 긴장감과 두려움을 참아냈다.

바로 곁에서 아무것도 모르고 잠들어 있는 윤신애를 생각
하면 절대로 물러설 수 없었다.

하지만 그렇다고 당장에 그림자를 확인하고 대면할 용기
는 나지 않는 터라 GPS의 불빛만이 그림자의 주변을 맴돌았
다.

어깨에 축축한 무언가가 떨어져 내렸다.

그 뜨뜻하고 끈적끈적한 느낌이 너무도 소름 끼쳐 소스라
친 장택근은 질겁하며 어깨를 털었다. 그렇게 어깨를 털어내
며 난리를 피우는데 순간적으로 머리맡에서 느껴지던 불쾌하
고 음습한 기운이 사라졌다.

고개를 들어보니, 어둠 속에서 웅크리고 있던 그 정체불명
의 무언가가 종적도 없이 사라져 있었다.

액정의 불빛을 이리저리 흔들며 동굴을 확인해 보았지만
어디에도 그림자는 보이지 않았다. 장택근은 당장 다리에 힘
이 풀려 무너질 것만 같은 기분이 들었지만, 비척거리며 동굴
밖을 향해 나섰다.

천근만근처럼 느껴지는 엽총의 무게를 가까스로 견뎌내며 그는 어둠을 겨냥했다.

"택근 씨……."

밀림과 공터의 경계에 주저앉은 진재영과 이지원이 보였다.

황급히 달려가니, 진재영이 눈물과 콧물로 엉망이 된 얼굴로 말했다.

"가, 갔어! 저쪽으로!"

사시나무 떨듯 온몸을 떨어대며 말하는 그녀의 음성이 엉망이라 제대로 알아듣기가 쉽지 않았지만 그는 그림자가 밀림의 너머로 사라졌다는 것을 알 수 있었다.

"갔는데… 갔는데……."

울먹임과 섞여 도통 알아듣기 힘든 그녀의 말에 그는 액정을 이리저리 비추어 보다가는 이내 그녀들을 이끌고 동굴 안으로 들어갔다.

투박한 문짝으로 동굴의 입구를 막고, 바닥에 흐트러진 장작과 한편에 놓인 예비 장작을 모아 입구에 그대로 늘어놓았다. 그러고는 일전에 현지 안내인의 가방에서 얻은 파이어 스틸을 꺼내 불을 피웠다.

이미 한 번 타다가 꺼진 장작이라 그런지 불이 붙는 데는 오래 걸리지 않았다. 연기가 빠져나갈 구멍이 조금은 걱정스러웠지만 그는 동굴 입구와 자신들 사이에 불을 넓게 피웠다.

당장 또다시 그 정체불명의 무언가가 오더라도 쉬이 달려들지 못하도록. 혹시 모를 화재와 연기를 생각하면 그것이 비록 멍청한 행동일지라도 그는 그렇게 할 수밖에 없었다.

당장 정신이 나간 사람처럼 몸을 떨며, 두려움에 떠는 여자들의 모습을 보고 있노라면 그보다 더한 방법이라도 찾아서 해야 한다고 생각했다. 어쩌면 그녀들의 모습과 그의 모습이 크게 다르지 않을지도 모른다는 생각에, 그가 손을 더듬어 자신의 얼굴을 만져 보았다.

역시나 땀과 콧물 따위로 범벅이 된 얼굴이라 손끝에 닿는 감촉이 불쾌하기만 했다. 상의를 들춰 얼굴을 대충 닦아낸 그가 엽총을 어깨에 비스듬히 기대놓고는 여자들과 입구 사이에 앉았다.

등 뒤로 한참이나 여자들의 기이한 신음성과 흐느낌이 들려왔다. 시간이 흘러 진정이 되었는지 이내 잠잠해졌지만 어느 누구도 입을 열지 않았다.

숨 막히도록 무거운 침묵이 동굴에 내려앉았다.

그리고 그 불편한 침묵은 동이 트도록 물러가지 않았다.

*　　　　*　　　　*

결국 뜬눈으로 밤을 지새운 장택근은 여자들을 재촉해 아침을 먹었다. 먹는 둥 마는 둥 정신이 나간 사람처럼 멍하니 육포 몇 조각을 씹어 삼키는 것으로 아침 식사를 마친 그들은 서로를 외면한 채 동굴을 정리했다.

재를 밀어내고 장작을 정리해 한 곳에 몰아두었다.

입구에 잔뜩 쌓인 장작과 재 따위는 그대로 바깥으로 밀어버렸다. 그렇게 말없이 각자 할 일을 하던 도중에 장택근은 기이한 흔적을 발견했다.

입구에 희미하게 파인 발자국—그것을 발자국이라 할 수 있다면—이 은신처의 입구와 밀림으로 이어진 것이 보였다.

새의 발자국 같기도 하고, 또 어떻게 보면 작은 짐승의 발자국 같기도 하다. 기이하게도 비교적 모양이 온전하게 남은 앞부분과는 달리 뒷부분의 흔적은 무언가 질질 끌린 것처럼 희미한 줄만이 남아 있었다.

그는 직감적으로 흔적이 어제 보았던 정체불명의 무언가와 관계가 있음을 깨달았다. 생생하게 스쳐 가는 그 듣기 거북한 소리 탓에 그는 인상을 찡그렸다.

그것이 불길해 보였던 모양이다. 진재영이 다가와 그에게 물었다.

"택근 씨, 뭐 하는 거야?"

대충 발로 흔적을 비벼 없애며 장택근은 아무것도 아니었노라 대답했다. 확실하지도 않은 것을 가지고 괜한 불안을 조성할 필요는 없었다.

그렇게 대답하니 진재영이 평소의 시원시원한 모습은 어

디에 내팽개쳤는지, 칭얼거리는 어린아이처럼 마구 속마음을 토로했다.

한번 터지기 시작한 말문이 봇물처럼 쏟아져 나왔다. 어제의 의도치 않은 침묵을 보상이라도 받으려는 모양인지 끊임없이 중얼거리는 그녀의 모습이 강박증에 가까웠다.

"그게 뭐지? 응? 살쾡이 같은 걸까?"

그녀는 자신이 보았던 그림자를 떠올리는지 이따금씩 몸을 떨었다.

하지만 기억을 더듬어 정체를 유추하는 것을 멈추지 않는 그녀의 모습이 어떻게 해서든 정체를 밝히려는 기세다.

아마도 미지의 무언가에 대한 두려움을 조금이라도 덜어내려는 모양이다.

"살쾡이였을지도 모르겠네요."

아마존에 살쾡이가 있는지, 심지어 살쾡이가 어떻게 생겼는지조차 잘 모르는 그였지만 그녀의 말에 수긍했다.

그렇게 해서라도 그녀가 안정을 찾을 수 있다면 이런 것은 아무것도 아니다. 그는 자기최면처럼 그림자의 정체를 살쾡이로 단정 짓고는 끊임없이 되뇌는 그녀를 뒤로 한 채, 이지원과 윤신애의 상태를 체크했다.

이지원은 어제는 꽤나 놀란 모습이더니 오늘은 또 멀쩡해 보였다. 처음부터 무표정한 얼굴을 하고 있었기도 했고, 또 그날 일이 있었던 이후로 워낙 얼굴에 표정이 드러나지 않았던지라 속마음을 알 수가 없었다.

"지원 씨."

그래도 며칠 전과는 달리 이름을 부르면 재깍 반응을 하는 그녀의 모습에 장택근은 안도의 한숨을 내쉬었다.

냉정하게 생각해 보면 정신이 불안한 여자가 살아가기에 '이곳'은 만만한 곳이 아니었다. 그 역시 최선을 다해 그녀들을 지키기 위해 노력할 뿐, 사실 반드시 그렇게 할 수 있다는 보장은 없었다. 단지 기나긴 악몽 속에서 잃어버렸던 그 생생함에 지금은 더욱 발버둥을 치며 노력할 뿐이었다.

비록 얼마나 도움이 될지 모르겠지만, 어깨에 메인 엽총의 묵직함이 그나마 그를 안도하게 만들어주었다.

2장

악몽

천만다행으로 윤신애는 별 탈 없이 자리에서 일어날 수 있었다. 지난밤의 일로 잔뜩 신경이 예민해져 있던 사람들은 그나마 밝게 웃는 그녀의 얼굴을 보며 위안을 얻었다.

하지만 전과 같은 모습으로 돌아가는 것은 쉽지 않았다.

이지원과 진재영은 밀림 속으로 들어가는 것을 한사코 거부했으며, 이야기를 전해들은 윤신애 역시 껄끄러운 기색이 역력했다.

밀림의 위협이 실재함을 그제야 실감한 모양이다.

그간 여러 번의 습격을 받았지만, 전날 밤의 일이 더욱 크게 다가온 탓이다.

장택근 역시 그녀들과 마찬가지였다. 아니, 어떻게 보면 그는 그녀들보다 더욱더 두려움에 휩싸여 있었다. 딱딱하게 굳은 얼굴로 조그만 일에도 깜짝깜짝 놀라는 모습이 평소의 듬직한 모습과는 전혀 달랐다.

덕분에 일행의 분위기는 더욱 어두워졌다.

밀림에 어둠이 찾아온다. 조금씩 진녹색의 빛깔 대신 새까만 빛을 띠어 가는 밀림을 보며 일행의 초조함은 점점 더 심해져만 간다. 일찍부터 동굴에 틀어박힌 여자들은 조잡한 단창을 손에 쥔 채로 동굴 입구를 노려보는 강박증을 보였다.

장택근은 그런 그녀들을 뒤로 한 채 홀로 밀림의 어둠을 노려보고 있었다.

따뚜가 그런 그들을 바라보며 알 수 없는 표정을 지어 보이고는 그대로 밀림의 그림자를 향해 걸음을 옮긴다. 밀림의 그림자 속에서 멈춰선 따뚜가 잠시 입구에 나와 있는 장택근을 바라보고는 그대로 어둠 속으로 스며들었다.

흔적도 없이 사라진 따뚜를 보며 장택근은 이를 악물었다.

꿈이어서 다행이라며, 지금의 포근함에 안락감을 느꼈었다. 다시는 볼 수 없을 거라 생각했던 이들을 보며 자신도 모르는 사이에 나태해졌던 모양이다.

하지만 이제는 다시 현실을 바라봐야 할 때였다. 악몽은 아직 끝나지 않았다.

이제는 완전히 어둠이 내려앉았다. 예의 그 칠흑 같은 어둠이 주변에 내려앉고, 모닥불의 불빛이 닿지 않는 곳은 온통 시꺼멓기만 했다.

공터에 피워 올린 여러 개의 모닥불에 장작을 채워 넣은 장택근은 어둠을 노려보았다. 밀림 속 어딘가에 웅크리고 있을 무언가를 떠올리며 그는 엽총의 실탄을 확인하고 문짝에 등을 기대고 앉았다.

언제나처럼 별빛 하나 보이지 않는 세상은 아마존이라고 생각할 수 없을 지경이다. 게다가 어찌 된 일인지 밤이 되면 그 흔한 풀벌레 소리 하나 들리지 않았고, 낮 동안 그리 시끄럽던 새소리나, 그 어떤 생명체의 기척도 느껴지지 않았다.

이제는 정말 '밤'이다. 몸서리쳐지도록 실감나는 '밤', 그 안에서 그는 엽총의 손잡이를 움켜잡았다.

숲의 어둠이 웅성거린다. 바람에 흔들리는 나뭇잎이, 하늘거리는 넝쿨이, 그리고 어둠이 꿈틀거린다. 그 소리 없는 아우성에 장택근은 눈을 찢어질 듯이 부릅떴다.

그 이질적인 '밤'을 마주하자 떠오르는 지난 악몽에 그는 턱을 악 깨물었다.

살아남아야 한다.

살아남아야 한다.

주문처럼 똑같은 말을 수없이도 되뇌었다.

똑똑.

등에서 진동이 느껴졌다. 어둠을 노려보며 상념에 잠겨 있던 그는 그 생소한 진동에 깜짝 놀라 소스라쳤다.

몸을 벌떡 일으키니, 투박한 나무 문짝이 들썩이면서 이지원의 얼굴이 불쑥 튀어나왔다. 생각지도 못한 그녀의 등장에 장택근이 얼떨떨한 얼굴을 해보이는데 문짝이 열린 그 틈을 비집고 나온 그녀가 장택근이 방금 전에 그러했던 것처럼 문에 기대어 앉았다.

"지원 씨?"

영문을 알 수 없던 그가 그녀의 이름을 부르는데, 그녀는 아무런 말도 없이 그를 올려다보며 눈빛으로 자리에 앉을 것을 종용했다. 그 투명한 눈빛에 장택근은 자리에 주저앉았다. 넓지 않은 문을 기대고 앉느라 둘의 몸이 바짝 붙었지만 그들 중 누구도 그 점에 대해서 신경 쓰지 않았다.

"뭐가 그렇게 두려워?"

그날 그런 일이 있은 이후 처음으로 듣는 그녀의 음성은 지독할 정도로 잠겨 있었다. 마치 말하는 법을 잊어버린 것처럼 어눌하게 시작한 그녀의 말이 끝에 가서는 금세 평소의 어조를 찾았다.

"지원 씨……."

그녀가 말을 먼저 꺼냈다는 사실에 주목하느라 그녀의 이야기를 제대로 듣지 못한 그가 눈을 동그랗게 떴다.

"왜 혼자서만 그렇게 짊어지려고 해."

그녀의 목소리는 그간 보였던 모습에 비할 것 없이 단호하고 또 명확했다. 그 흔들림 없는 음성에 장택근이 미간을 찌푸렸다.

"말해봐."

그녀의 말에 장택근의 심장이 미칠 듯이 뛰어대기 시작했다.

"뭘… 말이에요."

당황한 기색이 역력한 그의 음성이 그녀가 손을 들어 그의 양 뺨을 감싸 잡았다. 그러고는 숨결마저 닿을 듯 얼굴을 들이대고는 한 자, 한 자 똑똑히 말했다.

"뭐를 그렇게 걱정하는지."

그간 생기를 잃고 유리알처럼 반짝이던 눈동자가 지금만큼은 예전처럼 생생하게 빛나고 있었다.

"또 당신이 뭐를 알고 있는지."

그녀의 질문에 그대로 굳어버린 그가 눈조차 깜박이지 못하고 그녀의 눈동자를 마주 보았다. 그 검고 아름다운 눈동자에는 확고하고도 강인한 의지가 서려 있어 장택근마저도 감탄하고 말았다.

잠시 그녀를 바라보고 있던 그는 손을 들어 뺨을 부여잡은 그녀의 손을 조심스럽게 내려주었다. 그가 대답을 피하려 한다고 생각한 모양인지, 그녀가 인상을 찌푸리며 입을 오물거리는데 장택근이 먼저 입을 열었다.

"음. 글쎄요, 뭘 걱정하는 걸까요."

그렇게 서두를 꺼낸 장택근은 조심스럽게 이야기를 시작했다.

"전에 말했었죠? 악몽을 꾸었다고."

장택근은 고개를 돌려 어둠과 빛이 기묘할 정도로 선명하게 경계를 지은 공터의 한편으로 시선을 돌렸다.

"길고 긴 악몽을 꿨었다고."

조금씩 그의 음성이 몽롱함에 젖어 들어가기 시작했다.

*   *   *

일행의 분위기는 완전히 엉망이었다. 따뚜가 이따금씩 구해 오는 사냥감은 한정되어 있었고, 그마저도 하루걸러 한 번 가져오는 식이었던지라 사람들은 늘 허기에 시달려야 했다. 게다가 식수 역시 간신히 갈증을 면할 정도만이 '배급' 되었다. 더위와 허기, 그리고 갈증. 생각할 수 있는 모든 것이 일행을 짓눌렀다.

그중에서 그들을 가장 힘들게 한 것은 전혀 보이지 않는 구조의 기미였다. 한 달이 지나도록 그들은 여전히 같은 자리를 맴돌았고, 여전히 베이스캠프나 강줄기를 찾지 못했다. 이 미칠 것만 같은 상황이 언제까지고 지속될지 모른다는 생각에 사람들이 강박증을 드러내기 시작했다.

덕분에 정신적으로도 육체적으로도 한계에 몰린 사람들의

행동이 점차 과격해지고 충돌이 수시로 생겼다. 폭언이 오고 가고, 비방을 서슴지 않았다. 그중에서도 힘이 약한 여자들은 주된 스트레스의 배출구였다.

극도로 예민해진 일행 속에서 여자들은 서서히 시들어갔다. 게다가 이따금씩 보이는 남자들의 광기 어린 욕망에 그녀들은 점점 자신들끼리 뭉치기 시작했다.

오지형 감독과 쪼개진 일행이 다시 한 번 여자와 남자로 쪼개졌다. 하지만 그러한 여자들의 결정은 오히려 상황을 악화시켰다.

남자들이 이제는 대놓고 그녀들을 핍박하기 시작한 것이다. 그리 오래지 않아 일이 터져 버린 것은 어쩌면 처음부터 예견된 것이었을지도 모른다.

이지원이 목을 매달았다. 갑작스러운 그녀의 자살에 일행은 충격에 빠졌지만, 기이할 정도로 사람들은 그 일을 빠르게 극복했다. 아니, 극복했다기보다는 빠르게 잊었다.

마치 처음부터 그녀가 존재하지 않았던 것처럼 사람들은 그녀에 대한 이야기를 극도로 꺼렸다.

나 역시 그런 이들 중 하나였다. 누구나 알고 있었지만 차마 꺼내지 못한 진실을 뒤로 한 채, 그렇게 일행은 밀림 속에서 서로를 고사시키고 있었다.

여자들은 더욱 빠르게 시들어갔다. 몸이 여린 탓에 제 몫을 제대로 하지 못하던 윤신애가 서서히 몸이 약해져 갔다. 진재영은 그나마 의사라는 직함 덕에 그녀보다는 대우가 나았지만 역시나 상황이 좋지 않은 것은 마찬가지였다.

이대로 있다가는 다시 이지원과 같은 희생자가 생길 게 확실했지만 나는 아무런 행동도 하지 못했다. 남자들에게 미움을 받았다가는 이대로 밀림 속에 혼자 버려질 것만 같은 두려움에 그저 남자들의 희롱 속에서 몸을 떠는 그녀들을 안타깝게 바라보았을 뿐이었다.

하지만 그녀들에게는 천만다행으로 상황이 변해 버렸다. 그간 단 한 번도 내리지 않았던 비가 갑작스레 내리기 시작한 것이었다. 사람들은 허겁지겁 목을 축이고 그 청량한 감촉에 몸을 씻으며 환호했다. 그때만큼은 사납고 흉포한 남자도, 핍박받는 여자도 존재하지 않았다. 그저 오랜만에 원 없이 갈증을 해결하고, 또 무더위에 지친 몸을 치유하며 비를 즐겼을 뿐이다.

하지만 그런 상황은 오래 가지 않았다. 비가 멈추지를 않았다.

하루가 지나고, 이틀이 지나고, 또 하루가 지났다. 하지만 비는 여전히 멈출 기미가 보이지 않았다. 간신히 만들어두었던 야영지가 폭우에 쑥대밭이 되었다. 텐트는 무너지고, 사람들은 비를 맞아 빠르게 체온을 잃어갔다.

가뜩이나 습기 탓에 불을 붙이는 것이 쉽지 않던 장작들이 이제는 아예 못 쓰게 되어버렸다.

처음의 환호는 온데간데없어진 지 오래였고, 사람들은 끊임없이 쏟아지는 비를 바라보며 저주를 퍼부었다. 마치 성경 속에 나오는 그 종말의 순간처럼 끊임없이 퍼붓는 비에 사람들은 다시 지쳐 가기 시작했다.

불조차 피우지 못해 날고기를 먹어야 할 지경이 되자, 사람들은 하나같이 병색이 완연해졌다.

'끝'이라는 단어가 모두의 머릿속에 떠오르기 시작했다.

나 역시 희망을 잃고 끝도 없이 쏟아지는 폭우를 바라보며 하루하루를 보냈다.

폭동이라도 일어날 것 같은 분위기였던 지난날과는 다르게 사람들은 그렇게 천천히, 그리고 조용하게 죽어가기 시작했다.

이지원의 마지막 모습이 수시로 떠올라 나를 괴롭혔지만, 이대로 죽는 것도 나쁘지 않겠다는 생각이 들었다. 서로 상처입히고 부서지느니 이렇게 죽음을 맞이하는 게 차라리 낫다는 생각이 들었다.

하지만 하늘은 그런 우리의 마지막 희망조차 허락하지 않았다.

갑작스레 비가 멈춘 것이다. 온통 축축하게 젖은 야영지 위로 볕이 찾아들었다. 쇠할 대로 쇠해진 사람들이었지만 비가 멈췄다는 사실에 환호했다. 누군가는 벌써부터 장작을 모으며 불을 피울 준비를 하고, 누군가는 볕이 좋은 곳에 누워 만족스러운 미소를 지어 보였다.

그렇게 오랜만에 평화로운 한때를 보내고 있던 우리들 중 그 누구도 앞으로 벌어질 끔찍한 일을 짐작하지 못했다. 그간의 시간이 그리워질 정도로 지옥 같은 시간이 남아 있었다는 사실을 깨닫지 못하고 있었다.

누군들 알았으랴, 그렇게도 끔찍한 것들이 세상에 존재한다는 사실을.

우리들이 그 사실을 깨달았을 때는 너무 늦어버린 뒤였다. 정신을 차렸을 때는 이미 어둠 속에 웅크리고 있던 악마가 다가와 우리의 머리통을 흉측한 주둥이 안으로 밀어 넣고 있었다.

그리고 그렇게 다가선 악마는 서슴없이 주둥이를 닫아 우리의 머리통을 뜯어냈다.

온 천지가 피, 피, 피였다.

솟구치는 붉은 선혈과 흉물스러운 육편이 마치 환상처럼 느껴졌다. 오랜 폭우 속에서 쇠약해질 대로 쇠약해진 사람들은 변변한 저항은커녕 도망조차 치지 못한 채 그렇게 놈들의 아가리 속으로 씹어 삼켜졌다.

김우영이 비명을 지르다 통째로 놈들의 배 속으로 들어갔고, 필사적으로 저항하던 다른 남자들 역시 그 처지가 다르지 않았다.

만약 따뚜가 아니었다면 나 역시 그들과 같은 처지가 되었을 것이다. 거대하고도 흉포한 놈의 앞발에 얻어맞고는 수풀을 뒹굴고 있는데, 따뚜가 그의 시커먼 손을 내게 불쑥 내밀었다.

한쪽 눈이 뜯겨져 나갔지만 나는 고통보다는 닥쳐오는 죽음의 공포에 검은빛으로 번들거리는 그의 손을 잡고 무작정 그를 따라 달렸다.

허억. 허억.

숨이 턱 끝까지 차올랐다. 평소 운동을 꾸준히 해왔던 것도 아니고, 또 그렇다고 지금의 몸 상태가 썩 좋은 것도 아니었다.

하지만 그 모든 것을 감안해도 나를 질질 끌고 가듯이 내달리는 따뚜의 속도는 비정상적이었다.

아무리 아마존의 원주민이라 해도 저래서야 사람이라고 말할 수조차 없었다.

그렇게 한참을 내달리다 보니 어느 순간 다리가 말을 듣지 않았다. 볼썽사납게 엇갈리며 간신히 땅을 내딛고 있던 다리가 결국은 힘이 풀려 꼬이고 말았다.

바닥을 나뒹굴고 나니, 한쪽 눈을 통째로 뽑아낸 듯한 통증보다도 온몸의 탈력감이 더욱 나를 괴롭혔다. 당장에라도 튀어나올 듯 벌떡대는 심장은 누군가가 우악스러운 손길로 움켜쥔 것처럼 고통스러웠고, 바짝 마른입은 침조차 삼키기 힘들어 헛구역질이 나려고 했다.

그렇게 한참을 숨을 몰아쉬다 보니 진녹색의 수풀 사이로 시꺼먼 따뚜의 얼굴이 불쑥 끼어들었다. 호흡 한 점 흐트러지지 않은 그 모습은 차라리 경이롭다 느껴질 지경이었다.

따뚜가 말간 눈동자로 나를 바라보았다. 그 투명한 시선 너머에 느껴지는 것은 평소의 순박함과는 너무도 다른 비인간적인 어떤 느낌이었다. 그 기이한 느낌에 나는 온몸이 그대로 굳어버렸다.

"따뚜?"

말 없는 시선이 너무도 숨 막히도록 이질적이었다. 바짝 마른입으로 그의 이름을 불러 보았지만 그는 아무런 반응도 하지 않았다.

따뚜는 알 수 없는 표정으로 한참이나 침묵 속에서 나를 응시하다가 이내 몸을 돌려 밀림 속으로 사라졌다. 그리고 나는 그렇게 사라진 따뚜를 다시는 만날 수 없었다.

그 뒤로 천신만고 끝에 나는 윤신애와 진재영을 만날 수 있었다. 다행스럽게도 '그것'의 습격에서 윤신애와 진재영은 살아남아 있었다. 억세고 강인한 사내들도 몰살당한 그 현장 속에서 왜 그녀들만이 살아남을 수 있었는지는 알 수 없었지만, 나는 그저 그녀들과 함께라는 사실에 안도했다.

이 끔찍한 밀림 속에서 나 혼자가 아니라는 사실에 안도했을 뿐이었다. 그렇게 그녀들과 지옥 같은 곳에서 서로를 의지하며 잠깐이나마 사람의 냄새를 맡을 수 있었다.

하지만 그녀들 역시 '그것'들 중 하나인 놈에게 살해당하고 말았다. 결국 그녀들조차 잃은 나는 그들과 함께한 시간보다 더욱, 더욱 오랜 시간을 이 지긋지긋한 밀림 속에서 홀로 살아남아야 했다.

*　　　*　　　*

"정말 지독한 악몽이었어요."

단지 떠올리는 것만으로 그의 눈빛에 공허한 빛으로 가득 찼다. 어둠 저 너머의 무언가를 바라보듯 초점이 사라졌던 눈동자가 순식간에 선명해지며 눈빛에 두려움이 깃들었다.

"그런데 말이죠. 더욱 끔찍한 건 아직도 악몽이 끝나지 않았다는 거예요."

그 떨리는 음성에 이지원이 조심스럽게 손을 뻗더니 그의 양어깨를 끌어 와락 안아버렸다. 처음에는 당황스러운 표정을 지어 보였던 그가 어느 순간부터는 편안한 얼굴이 되었다.

"좀 미친 사람 이야기처럼 들렸으려나?"

그녀의 품에 안긴 그의 음성이 놀라우리만치 평온해졌다. 아무렇지도 않게 말하는 그의 등을 몇 번이나 쓸어준 그녀가 말했다.

"우리는 지금 그 악몽 속에 있는 거야?"

비웃지도 조롱하지도 않았다. 동정하는 것도 또 연민하는 것도 아니었다. 그녀의 음성은 평소와도 같이 차분하고 또 맑았다. 장택근이 눈을 크게 뜨는데 그녀가 그를 품에서 떼어내며 다시 물었다.

"말해 봐. 우린 지금 당신의 악몽 속에 있는 거야?"

의미를 파악할 수 없는 그녀의 말에 이제껏 자신의 이야기를 늘어놓은 그가 멍한 표정을 지어 보였다.

"무슨 말을……."

영문을 몰라 그렇게 말하니 이지원이 흔들림 없는 시선으로 그를 바라보며 말했다.

"계속해서 말했잖아, 당신. 저번에도, 그리고 지금도."

그녀의 말에 장택근이 찢어질 듯 눈을 부릅떴다.

"당신이 꾼 꿈. 단순한 꿈이 아니라고. 계속해서 말했잖아."

그저 지독스러웠던 악몽을 넋두리하듯 말했을 뿐이다.

스스로 아직도 악몽 속에 있음을 깨닫고 있었지만 누구에게 말할 수도 없었다. 그저 답답한 심정으로 자꾸만 흘러가는 시간에 조바심을 내고 있었을 뿐이었다.

"우리 앞으로 어떻게 되는 거야?"

한술 더 떠 그렇게 묻는 그녀의 얼굴에 장난기나 조롱하는 기색은 전혀 없었다. 그에게 묻는 그녀의 표정에는 진심으로 우려가 떠올라 있었다.

뭐라 대답할 말을 찾지 못해 그가 눈동자를 이리저리 굴리는데 그녀가 느릿느릿한 어조로 그에게 이야기했다.

"나 조난당하고 처음 야영하던 날, 봤어."

여전히 알아듣기 힘든 그녀의 말이다. 그는 이제는 그녀가 자신을 놀리나 싶은 마음에 그녀를 살피는데 갑작스레 그녀가 그의 오른손을 잡았다. 뜬금없는 행동에 그가 살짝 인상을 썼다. 하지만 그녀는 그의 표정 따위는 아랑곳하지 않고, 하던 말을 계속했다.

"어둠 속에서 검은 재규어와 당신."

어쩌면 너무도 길었던 악몽 탓일까. 자신조차 잊고 있었던 그날의 일을 끄집어내는 그녀의 말에 그가 놀란 표정을 지었다.

"처음에는 너무 놀라서 소리도 못 질렀는데, 정신을 차리니까 재규어가 당신을 어떻게 할 것 같아 보이지는 않더라고."

포악하기로 유명한 검은 재규어다. 그런데 그런 재규어가 손쉬운 사냥감을 코앞에 두고 그대로 물러갔다. 이상하게 생각하지 않으면 그게 오히려 이상할 지경이다. 하지만 그렇다고 해도 그녀가 지금 취하는 태도는 무언가 앞뒤가 맞지 않았다.

단순히 재규어가 배가 불렀다든가, 아니면 멀지 않은 곳에 모여 있는 사람들 탓에 섣불리 달려들지 않았다고 생각할 수

도 있었다. 고작 그것 하나 때문에 그녀의 태도가 그렇다는
건 이해할 수가 없었다.

"그래서 다음 날 당신을 주의 깊게 봤지. 그냥 신기해서 그
랬던 거 같은데, 자꾸만 이상한 게 보이더라고."

실종되었던 촬영팀의 김용민은 말할 것도 없이, 아나콘다
의 습격을 당했던 윤신애까지. 계속해서 그녀의 의혹이 커질
빌미를 주었던 모양이다.

무언가 아귀가 맞아 떨어진다 싶었지만 여전히 이해할 수
없는 그녀의 태도에 장택근은 여전히 납득이 가지 않는다는
표정을 해보였다. 그런 그를 바라보며 그녀가 말했다.

"그리고 그 재규어, 나도 만났어."

"······!"

그녀의 말에 장택근은 눈을 크게 뜰 수밖에 없었다.

그날, 그녀는 손보석에게 있는 힘껏 저항했지만 역부족이
었다. 아무리 평소 운동을 꾸준히 해왔다고 하지만 어디까지
나 그녀는 여자였다. 작정하고 달려드는 남자의 마수로부터
벗어나는 것은 불가능에 가까운 일이었다.

하지만 그녀는 천만다행으로 무사히 달아날 수 있었다. 비
록 찢기고 터져 엉망진창이 된 육신에, 마찬가지로 넝마가 되
어버린 마음이었지만 그녀는 가까스로 몸을 지켜낼 수 있었
다.

"만약 그때 검은 재규어가 나타나지 않았다면 나는 당신

악몽 속의 나와 별 차이 없는 꼴이 되었겠지."

최대한 덤덤하게 말하고 있었지만, 그날 받은 충격이 적을 리가 없었다. 가늘게 떨리는 그녀의 음성에 장택근은 조금씩 상황을 인지하기 시작했다.

"나는 차라리 재규어를 보고 그렇게 죽는 것이 차라리 낫겠구나 하고 생각했었어."

하지만 검은 재규어는 비명을 지르며 도망치는 손보석을 쫓지도 않았고, 바닥에 너부러져 미동도 하지 못한 그녀를 해코지하지도 않았다.

그저 그 노란 눈으로 그녀를 한참이나 바라보다가 그대로 몸을 돌려 밀림 속으로 사라졌을 뿐이다.

"자, 생각해 봐."

그녀가 다시 목소리를 가다듬고 그에게 이야기했다.

"당신과 나. 그리고 검은 재규어."

어둠 속에서 선명하게 빛나는 그녀의 눈동자가 흐트러짐 없이 그를 바라보았다.

"악몽과 무엇이 다른지."

그녀의 말에 장택근의 머리가 빠르게 회전하기 시작했다.

*　　　*　　　*

날이 밝자 장택근은 일행을 불러 모았다. 여전히 전날의 공포에서 벗어나지 못한 진재영과 어두운 표정의 윤신애, 그리고 말없이 자신을 바라보는 이지원까지, 일행 하나하나와 눈을 맞춘 그가 무거운 어조로 이야기를 시작했다.

전부는 아니었지만 자신이 꾸었던 꿈을 그들에게 들려주었다. 전날 이지원에게 말할 때와는 다르게 덤덤하기 만한 음성으로, 일행의 분열과 갑작스러운 폭우와 괴물의 습격까지 이야기한 그가 일행의 표정을 살펴보았다.

갑작스러운 이야기에 영문을 모르겠다는 표정을 한 윤신애와 황당하다는 표정을 지은 진재영이 어이없다는 듯 쳐다보았다.

이지원과는 너무도 다른 그들의 반응에 그는 내심 고소를 지었다.

"지금 그게 무슨 말이야. 그래서 그런 꿈을 꿨는데 뭐?"

전날 받았던 스트레스 탓에 지칠 대로 지친 진재영이 조금은 날카로운 음성으로 그에게 말했다.

이게 정상이다. 이지원이 특수한 경우고. 그렇게 생각하며 그는 다시 입을 열었다.

"믿기 어렵겠지만, 저는 그 꿈속의 날을 대비하려고 합니다."

이제 막 이야기를 뗐는데 진재영이 벌써부터 몸을 돌리고 자리를 뜨려 했다. 이지원이 그런 그녀의 팔목을 잡아 당겼다.

"지원아?"

그녀가 이지원을 바라보며 영문을 몰라 하자, 이지원이 천천히 고개를 가로저으며 그녀를 다시 장택근의 앞으로 끌고 왔다.

"설마 너 지금 저 정신 나간 소리를 믿는 거야?"

예상은 했지만 조금은 과격한 언사에 장택근이 슬쩍 인상을 찡그리는데, 윤신애가 옆에서 그의 편을 들었다.

"진 선생님, 잠깐만요. 우리 조감독님이 다 무슨 생각이 있어서 말씀하셨겠죠."

"뭐? 우리 조감독님? 설마 너까지 저런 소리를 듣고만 있자는 건 아니겠지."

진재영이 이지원과 윤신애를 번갈아 바라보다가 그녀들의 표정이 한결같자 입을 삐죽 내밀었다.

"다들 단체로 정신이 어떻게 된 거야."

그렇게 말하면서도 자리에 앉는 그녀의 모습을 보며 장택근은 윤신애와 이지원에게 눈빛으로 감사를 표했다.

무표정하게 그저 고개를 끄덕이는 이지원과 화사하게 웃으며 그 시선을 받는 윤신애의 모습을 본 그가 진재영을 똑바로 바라보았다.

"진 선생님, 첫날 저희가 아마존에 도착했을 때 기억나십니까?"

그의 말에 진재영이 고개를 끄덕였다.

"그럼 그날 저녁도 기억하시겠군요."

"대체 무슨 이야기가 하고 싶은 건데!"

이지원과 윤신애의 만류로 자리를 벗어나는 것만큼은 피했지만 짜증이 나는 것은 어쩔 수 없는 모양이었다. 그녀가 버럭 소리를 지르며 장택근을 노려보았다.

장택근은 그런 그녀의 태도 정도야 이미 각오했던 바라 아랑곳하지 않고 다시 질문을 던졌다.

"첫날 아마존의 밤하늘이 어땠지요?"

"뭐가 어때! 별이 하도 반짝여서 잠자기가 힘들 정도였지."

그녀의 말에 장택근이 잔뜩 목소리를 낮춘 채 물었다.

"그럼 지금의 밤하늘은 어떻습니까?"

"하늘이 하늘이지, 왜 자꾸 물어보⋯⋯."

짜증이 가득한 어조로 말을 이어가던 그녀가 순간적으로 눈을 크게 뜨더니 한손으로 입을 막았다.

"별빛 한 점 보이지 않지요. 그게 가능할 거라 생각해요? 이런 날씨에, 다른 곳도 아닌 아마존에서?"

마치 먹물을 풀어놓은 듯 시커멓기만 한 밤하늘을 떠올리며 장택근은 물었다.

지구의 허파라고 불리는 아마존의 공기를 서울에 비교할 수 있을까마는, 요 근래에 들어서 봐왔던 밤하늘은 별빛 한 점 찾아 볼 수 없는 것이 꼭 서울에서 바라본 밤하늘 같았다. 아니, 어떻게 보면 더욱 어둡고 새까만 것이 지금에 와서 떠올리니 음침하게 보일 지경이다.

"그리고 밤에 단 한 번이라도 새소리나 동물의 울음소리, 아니면 벌레 소리를 들은 적 있어요?"

장택근의 말이 이어질수록 진재영의 얼굴에 떠오른 혼란스러운 기색이 짙어졌다. 곁에 있던 윤신애 역시 뒤늦게 상황을 파악한 것인지 고개를 갸웃거리며 그들의 대화에 끼어들었다.

"그러고 보니 이상하네요. 별도 없고 아무런 소리도 없어요. 첫날은 벌레 우는 소리 때문에 잠도 못 잤었는데."

그렇게 한 번 의문이 생기자 그제야 다른 것들이 달리 보이기 시작한 모양이었다. 그녀의 말에 진재영 역시 고개를 끄덕이며 생각에 잠겨들었다.

혼란에 빠져든 그녀들을 보며 장택근이 이를 악물었다.

*   *   *

비가 내리기 시작했다. 조잡한 문짝만으로는 다 막지 못한 빗소리가 후드득거리며 일행의 귀를 때려대는데 그 소리가 끊이질 않았다. 해가 뜨기도 전에 내리기 시작한 비가 그렇게 끊임없이 쏟아졌다.

과연 장택근의 말 대로였다.

그간 비가 오지 않은 것이 무색하리만치 하늘에 구멍이라도 난 것처럼 쏟아져 내리는 폭우 탓에 일행의 분위기가 말이 아니었다. 이런 밀림에 비가 오는 것이 뭐가 이상하냐마는 아무래도 들은 말이 있다 보니 괜스레 빗소리가 불길하게만 느껴지는 일행이었다.

비가 내리기 시작한 이후로 부쩍 초조한 모습을 보이는 장택근 탓에 일행들 역시 덩달아 불안한 얼굴을 하고 있었다. 그런 일행들을 진재영이 이따금씩 한심하다는 눈초리로 보았지만 그 무거운 분위기에 저도 모르게 어깨를 움츠렸다.

"폭우가 끝나기 전에 무언가 있을 거예요."

장택근이 강박적으로 말하니 곁에 있던 이지원이 고개를 끄덕여 주었다. 그래도 이 안에서 유일하게 그의 말을 전적으로 믿어주는 것은 그녀밖에 없었다. 생명의 은인이랍시고 적당히 고개만 끄덕여주는 윤신애와는 다르게 그녀는 진심으로 자신의 말을 믿어주는 눈치라 장택근도 그녀에게만큼은 모든 속내를 털어놓을 수 있었다.

"악몽 속에서는 폭우가 끝나자마자 사람들이 죽었어요. 비가 그칠 때 즈음이면 늦어버릴 거예요."

다시 떠올려도 생생하기만 한 악몽을 떠올린 그가 진저리를 쳤다. 무언가 상황을 변화시킬 실마리가 있을 거라 생각한 그는 끊임없이 중얼거리며 생각을 이어갔다. 가끔씩 이지원을 비롯한 여인들이 다가와 한마디씩 하고 갔지만 그는 대답조차 하지 않았다.

악몽과 지금의 현실이 다른 점은 무엇일까. 곰곰이 생각을 하고 또 생각을 해보았지만 너무도 많은 것이 변해 오히려 그 중 실마리가 무엇인지 구분할 수 없을 지경이었다.

악몽 속의 이지원은 끔찍하게도 스스로 목숨을 끊어야 했다. 하지만 현실의 그녀는 눈앞에서 생생하게 살아 있었다.

악몽 속에서는 차동수 일행과 함께 있었지만, 지금은 여자들만이 따로 나와 전혀 다른 장소에 있었다.

"음, 진 선생님."

생각에 잠겨 있던 그가 진재영을 부르자, 지루함과 무거운 분위기에 시달리고 있었던 그녀가 대번에 달려오며 반색을 했다.

"그전에 보았던 그 살쾡이 있잖아요. 그놈이 혹시 어디로 갔는지 기억나요?"

하지만 그런 반가운 얼굴도 그가 꺼낸 한마디에 단번에 차갑게 식어 내렸다. 핏기 빠진 얼굴을 한 그녀가 떨떠름하게 대답했다.

애써 살쾡이 따위로 치부해 보지만 그날의 그것은 절대로 살쾡이 따위가 아니었음을 스스로도 알고 있었던 탓이리라. 세상 그 어느 살쾡이도 천장에 달라붙어 박쥐처럼 거꾸로 서진 않는다.

몸서리를 친 그녀가 불안한 눈빛으로 동굴의 이곳저곳에 깔린 어둠을 살펴보았다.

"대, 대충?"

며칠 지나지 않은 일이라 그런지 금세 두려움이 가득 떠오른 얼굴의 그녀는 어깨를 움츠렸다.

"어느 쪽으로 갔지요?"

단지 생각하는 것만으로도 하얗게 질린 그녀의 표정을 보면서도 그는 그녀를 다그치지 않을 수가 없었다. 확신은 할 수 없었지만 실마리를 단 하나도 놓칠 수가 없었던 그였던지라 다시 한 번 그녀를 채근했다.

"왼쪽으로 갔다고 했던가요?"

대충 기억을 더듬어 물으니 그녀가 고개를 끄덕여 주었다. 그 말을 들은 장택근은 바로 엽총을 잡아들었다.

"어디 가게?"

그 기세가 하도 사나워 더욱 겁에 질린 진재영이 애처롭게 떨리는 음성으로 물었다. 그는 그녀의 말에 우비를 챙겨 입고 엽총의 탄환을 확인하더니 일행을 하나하나 눈에 담았다.

"확인할 게 있어요."

가뜩이나 위험한 밀림 속을, 그것도 악천후 탓에 한 치 앞도 구분할 수 없는 지금 굳이 나서겠다는 그의 말에 일행들이 너도나도 그를 만류했다.

하지만 그는 단호한 표정으로 일행의 손을 뿌리치고 동굴을 나섰다.

"금방 돌아올게요."

스스로도 미친 짓이라고 생각했지만 도저히 다른 것은 생각이 나지 않았다. 왠지 모르게 지금 나서지 않으면 악몽이 재현될 것만 같은 불길함에, 그는 이를 악물고 은신처를 나섰다.

그가 떠난 은신처에 남은 여자들이 금세 불안한 얼굴을 했다. 이 끔찍한 밀림 속에서 그녀들이 무슨 강단이 있어 그간 버텼겠는가. 기이할 정도로 믿음직스러운 장택근이 존재한 덕에 그녀들도 갖은 정신적 스트레스를 버틸 수 있었다.

그런데 지금 그 정신적 지주가 사라져 버리자 그녀들의 얼굴에 전에 없이 강박적인 두려움이 떠올랐다. 가장 멀쩡해 보였던 진재영마저도 하얗게 질린 얼굴로 동굴 한 구석에 웅크리고 앉아 있는데, 오히려 며칠 전까지만 해도 말 한마디 없던 이지원이 그녀들을 챙기기 시작했다.

"금방 온다고 했으니, 조금만 기다려요."

그 끔찍한 악몽 속에서도 살아남은 그였다. 이제 와서 허무하게 일을 당할 거란 생각은 도저히 들지 않은 그녀가 사람들을 다독여 주었다.

"금방 올 거예요."

그렇게 말하는 그녀의 눈은 투박한 문짝 너머를 바라보고 있었다.

*   *   *

하지만 금방 돌아오겠다는 말과는 달리 장택근은 시간이 지나도 돌아오지 않았다. 하루가 지나고, 이틀이 지나고, 삼일이 지났는데도 그는 돌아오지 않았다.

비는 여전히 억수같이 쏟아져 내렸고, 여자들은 그 쏴아아거리는 소리에 이제는 경기마저 일으킬 지경이다. 처음에는 일행을 다독여 주던 이지원조차도 이제는 그녀들과 크게 다르지 않은 얼굴로 입구를 바라보고 또 바라보았다.

만약 장택근이 하루만 더 늦게 돌아왔다면 그녀들은 두려움에 미쳐 버렸을 것이다. 당장 윤신애만 해도 그 고운 손톱을 죄 물어뜯어서 손가락이 온통 피투성이가 되었고, 진재영은 미친 사람처럼 약품을 정리하고, 또 정리하며 두려움과 싸우고 있었다. 이지원 역시 간신히 찾은 생기가 서서히 꺼져가고 있었다.

하지만 다행스럽게도 장택근은 돌아왔다. 비록 그 몰골이 피투성이에 여기저기 흉터가 가득한 꼴이었지만, 그는 돌아왔다.

"택근 씨!"

"조감독님!"

사람들이 그의 이름을 불렀고, 그는 피로가 가득한 얼굴에 미소를 지었다. 동굴을 떠나기 전과는 또 다른 그의 표정에 여자들이 얼떨떨한 표정을 하는데, 그가 짧게 말했다.

"잠깐만 좀 쉴게요."

그렇게 허물어지듯 쓰러진 그는 하루를 내리 잤다. 일전에
의식을 잃은 뒤로 3일간이나 깨어나지 않았던 전적이 있던
그였던지라, 여자들은 번갈아가며 그의 상세를 살폈다.

무언가 동굴을 나서기 전과는 미묘하게 달라진 그의 얼굴
에 여자들은 고개를 갸웃거렸다. 그전까지가 단정한 얼굴 덕
에 그저 호감이 가는 인상이었다면 지금의 그는 뭔가 수컷의
향이 물씬 풍겼다.

게다가 상처를 살피기 위해 옷을 벗겨낸 몸은 더욱 말할 것
도 없이 탄탄한 사내의 육신이었다. 그 탄력이 어느 정도였냐
면 상처를 살피던 진재영이 저도 모르게 넋을 놓아버렸을 정
도의 잘 짜인 몸이었다.

"원래 조감독이란 사람들이 이렇게 몸이 좋나? 확실히 몸
으로 뛰니까 이렇게 군살이 안 붙는 모양이지?"

장택근이 돌아온 것 하나만으로 적잖이 평정심을 되찾은
진재영이 그렇게 말하니 윤신애가 고개를 저었다.

"아니요. 야근에 불규칙한 식사, 배불뚝이 아닌 게 신기한
데요?"

그녀의 말에 이지원 역시 고개를 끄덕이며 동의를 표했다.
사실 그녀 입장에서는 일전의 술자리에서 그의 몸을 한 번 봤
던 적이 있었던지라 알 수 없는 이질감이 더욱 심했다. 당시
까지만 해도 여기저기 살집이 꽤나 붙어 있는 평범한 몸이었

는데, 지금은 마치 십여 년은 운동을 해온 사내의 몸과도 같아 이해할 수가 없을 지경이다.

하지만 무언가 이유가 있음을 직감한 그녀는 아무런 내색을 하지 않았다. 그저 흑표범처럼 매끈한 그의 몸에 이따금씩 감탄을 표했을 뿐이었다.

그렇게 여자들이 그의 변화에 저도 모르게 마음을 쏟고 있는 그 순간, 장택근이 눈을 떴다. 마치 깊은 잠에서 깨어나듯 자연스럽게 일어난 그의 태도가 천연덕스러웠다.

"음?"

깊은 정광을 가득 담은 눈동자를 몇 번인가 껌벅거린 그는 자신을 바라보는 여자들의 시선에 의아한 표정을 지었다. 여인들의 얼굴에 하나같이 걱정과 반가움이 뒤섞여 있던 탓이다.

"어휴, 잘 잤다."

마치 낮잠이라도 한숨 자고 일어나기라도 한 듯이 그는 너무도 태연하게 말했다. 이미 한 번 비슷한 경우를 보았던 여자들이 고개를 절레절레 저었다.

"또 하루도 넘게 잤어, 또. 무슨 남자가 한 번 잤다 하면 그렇게 오래 자는 거야, 곰이야?"

이지원의 악의 없는 핀잔에 그가 씨익 미소를 짓고는 자리에서 일어났다. 뭔가 홀가분해진 듯한 표정의 그에게 묻고 싶은 것이 많았지만 그는 따로 자리를 만들 생각이 없어

보였다.

"뭐가 어떻게 된 거야."

궁금함을 참지 못한 이지원이 그렇게 묻자, 그가 의미심장한 눈빛으로 대답했다.

"제가 할 수 있는 것은 다 했어요. 이제는 정말 기다리는 수밖에 없겠어요."

그 뜬금없는 말에 그녀가 눈을 휘둥그레 뜨니 그가 피식 웃고는 자리에서 몸을 일으켰다.

"기다려 보자고요. 악몽이 끝이 났는지, 아니면 아직도 악몽 속인지."

그간 그에 대한 걱정이 지대했던 여인들에게 하는 말치고는 뻔뻔했지만, 그는 신경 쓰지 않았다. 다만 저 문 너머로 보이는 폭우 가득한 세상을 보며 잠시 눈을 번뜩였을 뿐이었다.

비는 쉽게 그치지 않았다.

장택근의 말에 긴가민가하면서도 식량을 만들어두고, 장작을 미리 준비해 두지 않았다면 큰일이 날 뻔했다. 당장 식수야 빗물을 받아서 먹는다 해도 식량과 장작이 없어서야 10일이 넘도록 버틸 수 없었을 것이다.

폭우가 쏟아지는 소리를 자장가 삼으며 그렇게 동굴에 웅크리고 있기를 얼마나 더 했을까.

장택근의 느긋한 분위기에 전염되어 버린 여자들이 한결 부담이 덜한 얼굴이 된 것도 모자라 이제는 지겹다는 기색마저 보이는 것이, 그녀들이 그의 영향을 얼마나 받는가를 단적으로 보여주었다.

"아, 진짜. 돌아가서 따뜻한 물에 푹 들어가서 쉬었으면 소원이 없겠다."

진재영이 한숨을 내쉬며 말하자 윤신애와 이지원이 고개를 격하게 끄덕이며 공감을 표했다.

"그러게요. 진짜 삼겹살에 소주 한잔하고 싶다."

"지원이 넌 술 어지간히 좋아하는구나. 생긴 건 그렇게 안 생겨서……."

"지원이 언니 이쪽에서도 진짜 주당으로 통해요. 어지간한 남자들도 언니에 비하면 진짜 안 된다니까요?"

10일간이나 동굴에 웅크리고 있는데, 따로 할 것이 무엇이 있겠는가. 여자들의 수다가 끊이지 않았다. 생사고락을 같이 하며 지내다 보니 그녀들의 모습이 이제는 더없이 친근해 보였다.

"누나도 술 좋아한다면서요."

가만히 빗소리를 듣고 있던 장택근이 불쑥 끼어들자 진재영이 미소 띤 얼굴로 대답했다.

"그럼. 지원이처럼 잘 먹지는 못 하지만 술자리는 좋아하지. 우리 진짜 돌아가면 모여서 술 한번 마시자. 진짜 맛있는 안주 잔뜩 시켜두고 하루 먹고 죽자고."

격의 없이 대답하는 그녀의 눈빛이 당장 아련해졌다.

"돌아갈 수 있을까요?"

윤신애가 조금은 어두워진 얼굴로 그렇게 물었다.

"응. 돌아갈 수 있을 거야."

그녀의 말에 자칫 무거워질 수 있었던 분위기가 장택근의 확신에 찬 태도 덕인지 조금은 가벼워졌다. 여자들이 다시 웃고 떠들며 각자 하고 싶은 것을 이야기하며 와자지껄하게 떠들어대자, 당장에라도 서울로 돌아갈 수 있을 것만 같은 기분이 들었다.

그렇게 한창 수다를 떨고 있는데 진재영이 배낭 속에서 눈에 익은 모양의 팩을 들고 왔다.

"어라? 어디서 났어요?"

장택근이 그 알싸한 주향에 눈이 휘둥그레져 뜨며 묻자 그녀가 의기양양한 얼굴로 대답했다.

"전에 마시고 남겨둔 거야. 혹시 몰라서 내가 쟁여뒀지."

그녀가 대번에 팩의 꼭지를 뜯어내고는 물 잔에 소주를 따라 주었다.

"진짜, 자고 일어나면 서울 우리 집이었으면 좋겠다."

"그러게요. 그때는 그렇게 서울 뜨고 싶었었는데 지금은 돌아가고 싶어 죽겠네."

잔이 돌기 시작하자 한층 더 편안한 표정이 된 그녀들이 한 마디씩 했는데 워낙 양이 얼마 되지 않던 소주인지라 금방 바닥이 났다.

하지만 오랜만에 마신 술에 금세 얼굴이 붉게 달아오른 여인들이 취기를 보였다. 비록 한 사람당 몇 모금도 채 돌아가지 않은 술이었지만, 그렇게 그녀들과 장택근은 기분에 취하고 주향에 취해 웃고 떠들며 오랜만에 훈훈한 시간을 보낼 수 있었다.

*   *   *

다음 날 잠에서 깨어난 장택근과 여자들은 이제는 익숙해져 있던 빗소리가 더 이상 들리지 않는다는 사실을 깨달았다.

"비 그쳤나 보다!"

눈조차 제대로 뜨지 못한 채 침낭에 몸을 묻고 있던 윤신애가 벌떡 일어나 소리치자 다른 사람들도 덩달아 환호하며 당장 동굴 밖으로 뛰쳐나갔다.

"진짜 그쳤어!"

진재영이 그렇게 외치자, 사람들이 너 나 할 것 없이 동굴 밖으로 뛰쳐나갔다.

"우와! 지긋지긋한 비도 이제 끝이다!"

여자들이 환호성을 내지르며 난리법석을 떠는 소리를 들으며 장택근은 천천히 동굴을 나섰다.

얼마 만에 보는 햇빛인지… 동굴을 나서는 그의 눈가에 절로 주름이 생겼다. 잔뜩 인상을 쓴 얼굴이었지만 따사로운 햇

살에 입매만큼은 선명한 미소를 그리고 있었다.

더 이상 밀림을 때려대는 빗소리에 귀가 먹먹하지도 않았고, 동굴 속에 웅크린 채 가슴을 갑갑하게 짓누르는 음습한 공기를 마시지 않아도 되었다. 동굴의 조잡한 문짝 사이로 보이는 음울한 빛깔의 세상도 더 이상 존재하지 않았다.

"캬아. 좋다."

그가 그렇게 탄성을 내뱉으며 숨을 들이켜는데, 비 온 뒤의 날이 으레 그렇듯이 청명한 공기가 폐부를 가득 채웠고, 그간의 스트레스가 단번에 날아갈 듯한 기분이 들었다.

폭우 탓에 진창이 된 바닥이 뭐가 그리 좋은지 첨벙거리며 뛰어다니는 여자들의 모습에 장택근은 다시 한 번 진하게 미소를 지었다.

옷이 더러워지는 것 따위는 아랑곳하지 않고 진창을 뒹굴고, 볕 좋은 곳에 올라 오랜만에 따사로운 볕을 느끼는 이들의 모습이 평화롭기만 했다.

정말이지 지긋지긋한 밀림이다. 그간 질리도록 보아왔던 녹빛의 밀림이 이렇게 반가울 줄은 그도 생각하지 못했다. 지금 같아서는 저 싱그러운 풀잎에 입이라도 맞추고 싶을 지경이다.

가슴에 남아 있던 일말의 불안감조차 그 따사로운 볕에 녹아내리는데 어디선가 시끄러운 굉음이 들려왔다.

타타타타타타타!

"어? 이게 무슨 소리지?"

진재영의 호들갑에 사람들이 하늘을 올려다보니 푸른 하늘 사이로 헬리콥터 한 대가 날고 있었다.

"헬기? 구조대다!"

"여기예요! 여기! 여기 사람 있어요!"

여자들이 양손을 흔들며 조금이라도 높은 곳에 올라 헬리콥터를 향해 소리쳤다. 그들의 머리 위를 지나던 헬리콥터가 천천히 선회하기 시작했다.

3장

탈출

"살았어요!"

시끄러운 헬리콥터의 모터 소리 탓에 고래고래 악을 써야 간신히 상대에게 의미가 전달될 지경이었다. 하지만 고함치듯 말하는 이도 듣는 이도 그 어느 누구 하나 얼굴을 찡그리지 않았다.

드디어 지긋지긋한 정글에서 살아남았다는 사실에 들떠, 항상 차가운 얼굴을 하고 있던 이지원마저도 미소를 짓고 있었다. 윤신애는 아예 눈물을 펑펑 쏟으며 어깨를 들썩이고 있었고, 진재영 역시도 아련한 눈으로 저 아래 끝도 없이 펼쳐진 진녹빛 밀림을 바라보고 있었다.

장택근 역시 환희에 가득 찬 얼굴로 밀림을 바라보았다. 그간 의연한 모습을 보여 왔지만 어떻게 보면 밀림 속에서 가장 혹사당한 것은 그였다. 비단 일행의 유일한 남자로서 온갖 궂은일을 도맡아야 했던 것은 차치하고서라도, 악몽 속의 시간이 너무나 길고도 처절했다.

바로 어젯밤만 해도 수많은 의문과 미스터리를 두고 불안해하고 있었다.

그런데 어떻게 된 일인지 지금은 그 모든 걸 그대로 남겨 두고 떠나고 있다. 그저 살아서 이 밀림을 나간다는 사실에 기뻐하고 또 환희할 뿐이었다.

지금 같아서는 시끄러운 헬리콥터의 모터 음마저도 정겹게 들릴 지경이라 장택근은 말없이 입가에 미소를 지었다.

'다행이야……..'

저 멀리 마나우스의 시내가 보였다. 회색과 녹색이 어우러진 도시의 모습에 그의 눈동자가 떨렸다.

끔찍한 밀림을 벗어났다는 사실이 그제야 실감이 나 가슴이 벅차올랐다. 그 벅찬 감동에 저도 모르게 탄성이 터져 나오는데, 건너편에 앉아 있던 이지원이 뭐라고 입을 뻥긋거렸다.

"뭐라고요?"

즐겁게 악을 쓰며 물으니 그녀가 다시 입모양만으로 그에게 말했다.

'고마워.'

구조대의 헬리콥터는 마나우스의 아드벤티스타 병원에 착
륙했다. 미리 연락을 받았는지 헬리콥터에서 내리기가 무섭
게 대기하고 있던 의료진이 그들을 들것에 옮겨 실었다.

"금방 봐요!"

"고마워! 택근 씨 덕이야!"

서로를 향해 소리치며 살아남았다는 사실에 환호하는 모
두의 얼굴에 기쁜 기색이 숨김없이 떠올라 있었다. 구조된 직
후부터 눈물을 멈추지 못한 윤신애도 그때만큼은 다른 일행
들에게 소리쳐 인사했다.

그렇게 서로의 얼굴을 보며 생존의 기쁨을 나누는 사이에
그들은 그대로 옮겨져 각종 검사를 받게 되었다.

혈액을 뽑고 정밀한 검진을 통해 다친 곳과 혹시 모를 풍토
병에 대한 감염 여부를 검사했다. 다행스럽게도 일행 중에 크
게 아프거나 이상이 있는 사람은 없었다.

그렇게 검사를 마친 그들은 대한민국으로 후송되었다.

* * *

─승객 여러분 우리 비행기는 대한민국의 인천 국제공항
에 도착했습니다. 대한항공과 함께 즐겁고 편안한 여행이 되

셨습니까.

듣기 좋은 목소리의 기장의 방송을 들으며 장택근은 눈을 떴다. 그새 잠이 꽤나 깊게 잠이 들었었는지 눈을 한참이나 껌벅이는데 곁에 달린 창으로 회색빛의 활주로가 펼쳐진 것이 보였다.

―현재 시각은 5월 16일 금요일 오전 10시 5분입니다. 안전을 위해 좌석 벨트 착용 표시등이 꺼질 때까지 좌석 벨트를 매고 계시고, 휴대전화는 비행기에서 내린 후 전원을 켜주시기 바랍니다.

활주로에 안전하게 착륙한 비행기가 천천히 활주로를 돌며 공항 건물에 다가섰다. 무려 28시간의 비행이 고될 만도 했지만, 생전 처음 타보는 1등석 좌석은 그의 상상 이상으로 쾌적했다. 이래서야 아마존으로 향할 당시의 사람을 지치게 만들던 일반석의 비행과는 비교조차 할 수 없을 지경이었다.

―대한항공을 이용해 주신 승객 여러분께 진심으로 감사드리며 한결 같은 마음으로 여러분을 모시겠습니다. 감사합니다.

기장의 인사를 들으며 장택근은 좌석에서 일어났다.

가방을 꺼내며 뒤편을 바라보니 선글라스로 얼굴을 가리며 자리에서 일어나는 이지원이 보였다. 뭐라고 떠드는지 쉴새 없이 입을 놀리는 매니저 강민식의 말을 귀찮은 표정으로 들고 있던 그녀가 장택근을 보고는 손으로 전화기 모양을 해보였다.

"너 내 말 듣고는 있어? 밖에 나가면 기자들이 쫙 깔렸을 테니까……."

"아, 알았어! 내가 이 바닥 생활 하루 이틀이야? 왜 이렇게 잔소리가 심해, 오늘따라."

금세 짜증을 부리며 매니저에게 쏘아붙이는 그녀의 모습을 바라보며 장택근은 미소를 지었다. 저 멀리서 윤신애 역시 매니저에게 이런저런 이야기를 들으며 내릴 준비를 하는 것이 보였다.

그녀 역시 입모양으로 다시 보자 말하며 손으로 전화기를 쥐는 시늉을 해보여 장택근은 웃음으로 인사를 하고는 몸을 돌려 비행기에서 내렸다.

"안녕히 가십시오."

곱게 유니폼을 차려입은 승무원들이 그에게 고개를 숙이며 인사를 해보이는데 그 눈빛에 호의가 가득했다. 이미 긴긴 비행시간 동안 이런저런 사담을 나누며 제법 친근하게 느껴진 승무원들이었던지라 장택근 역시 환하게 웃으며 마주 인사를 해주었다.

개중에는 대담하게도 그에게 전화번호가 적힌 쪽지를 건네주었던 여승무원도 있어, 그녀가 의미심장한 눈빛을 보내왔다. 그는 마찬가지로 미소로 인사를 대신 해주고는 비행기를 나섰다.

"집으로 바로 갈 거야?"

진재영이 그렇게 비행기에서 내리는 장택근의 어깨를 쳤다. 매니저에게 들볶이는 이지원과 윤신애와는 달리 그녀는 홀가분한 표정으로 가방을 매고 있었다.

"가야죠. 가면 잠이나 일단 푹 자렵니다. 누나는요?"

"나는 부모님 댁으로 먼저 가야 할 것 같아. 택근이 너는 집 안 들려도 되겠어?"

그렇게 소소한 이야기를 하며 출국 수속을 마치고 게이트를 나선 그들은 갑작스러운 플래시 세례에 눈을 크게 떴다.

"장택근 조감독이십니까! KBD의 윤영석 기잡니다! 아마존에서 조난당했다가 구사일생으로 살아남으셨는데, 소감이 어떠십니까!"

"특별히 기억에 남는 일이 있으십니까!"

"다른 일행과는 달리 더 늦게 구조가 되셨는데 어떤 이유에서입니까!"

기자들이 금세 달라붙으며 진재영과 장택근을 에워쌌다. 곁에 대기하고 있던 공항의 안전 요원들이 그들을 밀쳐 내보지만 기자들은 필사적으로 그들을 붙잡았다. 그들에게 한마디 대답이라도 듣기 위해 악을 써대는 기자들을 잠시 멍한 눈으로 바라보던 장택근과 진재영은 관심에 감사드리지만 몸 상태가 좋지 않아 이만 자리를 뜨겠다는 말로 대답을 대신 했다.

이미 이지원과 윤신애, 그리고 방송국과의 협의를 통해 최대한 말을 아끼고, 공식적인 입장은 그들을 통해서 하기로 이야기가 된 탓이었다.

안전요원들이 그런 그들을 에스코트하는데 한참이나 지나서야 기자들이 뒤로 물러날 기미를 보였다. 아무래도 장택근과 진재영보다 비교도 할 수 없는 인물들이 아직 나오지 않았던 탓에 자리를 멀리 벗어나지 못한 것으로 보였다.

그렇게 기자들에게서 해방되자 출국 게이트를 가득 에워싼 수많은 사람이 보였다. 크고 작은 카메라를 들고 게이트를 노려보는 기자들은 말할 것도 없고, 각종 피켓과 플랜카드로 이지원과 윤신애를 환영하는 인파가 출국장을 꽉 치우고 있었다.

새삼 가깝게만 느껴졌던 그녀들이 스타라는 사실이 확연하게 느껴지는 어마어마한 환영 인파에 장택근은 왜인지 그 모습이 눈에 가득 들어왔다. 그렇게 그 모습을 바라보고 있는데 때마침 게이트가 열리며 매니저의 부축을 받는 이지원과 윤신애의 모습이 나타났다.

"꺄아아아! 지원 언니!"

"윤신애다!"

기자들과 사람들이 방금 전 그들이 나왔을 때와는 비교도 할 수 없는 반응을 보이며 게이트를 향해 들러붙었다. 이지원과 윤신애가 게이트를 나오다가 그들에게 금세 둘러싸여 버렸다.

"진짜 다른 세상 사람이네."

그 모습에 진재영이 뭔가 아련한 눈으로 그들을 바라보다가 고개를 돌렸다.

"톱스타니까요. 이제 신애도 유명해지겠죠."

아마존에서는 그렇게나 가깝던 이들이 사회에 나와서 보니 또 그렇게 멀게만 느껴져, 장택근은 무언가 허전함을 느꼈다.

뭔가 복잡한 눈빛으로 그들을 바라보고 있는데 방금 전에 켜두었던 전화기가 진동음을 토해냈다. 진재영에게 눈빛으로 미안하다 말한 그가 전화기의 액정을 확인하니 방송국이었다.

"네, 장택근입니다. 네, 네. 감사합니다. 염려해 주신 덕분입니다. 네, 네. 그럼 이번 주는 이대로 쉬고 다음 주에 출근하도록 하겠습니다."

저도 모르게 몸에 밴 습관대로 허리를 굽히며 전화기를 받고 있는데 진재영이 그 모습을 보며 웃었다.

"왜요?"

통화를 마친 그가 그녀에게 물으니 그녀가 고개를 저으며 대답했다.

"아니, 아마존에서는 그렇게 듬직했는데, 돌아와서 보니

택근이 너도 그냥 말단 월급쟁이구나 싶어서."

그녀의 말에 장택근이 피식 웃으며 대답했다.

"아마존에서도 제일 밑바닥이었는데, 서울에서도 마찬가지지네요. 누나는 그래도 의사라서 좀 저보다 윗사람인가요? 하하."

실없이 웃음소리를 내며 대답해 주니 그녀가 악의 없는 웃음을 지어 보였다.

"그럼 택근아. 좀 쉬었다가 주변 정리 좀 되면 꼭 연락해. 신애랑 지원이랑 진짜 한잔하자."

"저야 뭐, 지원이랑 신애가 시간이 될까 모르겠네요."

"그러게. 지금 보니까 확 와 닿네. 쟤들이 연예인이었다는 게."

그녀 역시 무언가 알 수 없는 상실감을 느끼는지 말투에 힘이 없었다.

"그럼 누나 갈 테니까. 내가 전화하면 재깍 받아라!"

"네, 들어가요."

공항을 나선 이들은 그렇게 인사를 하고는 이지원의 소속사에서 준비해 준 차량을 타고는 그대로 헤어졌다.

진재영마저 가고 나자 익숙하지 않은 고급 승용차에 홀로 덩그러니 앉은 그가 차창 밖으로 보이는 공항을 바라보았다. 여전히 기자들과 인파로 떠들썩한 출국장의 모습이 괜히 낯설게 느껴진 그가 쓴웃음을 지었다.

"댁으로 모셔다 드리면 되지요?"

이미 언질이 있었는지 이런저런 이야기 없이 목적지를 묻는 남자의 말에 그가 고개를 끄덕여 주었다.

고급 승용차다운 부드러운 움직임으로 차가 조용하게 공항을 빠져나간다. 차창 밖으로 멀어지는 공항을 바라보며 그는 주먹을 꽉 쥐었다.

드디어 돌아왔다. 지긋지긋한 밀림에서 살아남아, 그 악몽을 이겨내고 드디어 돌아왔다.

창밖으로 보이는 낯익은 회색 정경을 보며 그는 조용히 미소를 지었다.

4장

현실

아마존에서 그렇게 돌아왔을 때는 무언가 대단한 변화가 있을 것 같더니, 장택근의 일상은 변한 것이 없었다.

물론 초기에야 비록 이지원을 비롯한 배우들의 들러리 같은 느낌으로 몇 번 방송에 출연하기도 하고 인터뷰를 하기도 했지만, 지금에 와서는 완벽하게 예전의 삶, 일에 치이고 사람에 치이는 조연출로 돌아온 느낌이었다.

그토록 간절하게 바라고 바라던 일상을 되찾았지만, 사람의 마음이 얼마나 간사한지 무언가 공허한 느낌이 드는 것만큼은 어쩔 수가 없었다.

게다가 그를 더욱 허무하게 하는 것은 귀환 직후 미묘하게 바뀌어버린 방송가의 분위기였다. 무언가 알게 모르게 사람들이 그를 소외시키는 느낌이었다. 워낙에 조연출의 업무라는 게 방대하고 많다 보니 그 소외감을 느낄 시간은 많지 않았지만 그 미묘한 위화감이 은근히 스트레스를 주었다.

"그래서 제가 식량을 구하기 위해 밀림 속으로 뛰어들었습니다."

"우와. 정말 용기가 대단하신데요? 그 험한 아마존에서 쉽지 않았을 텐데 일행을 위해 큰마음을 먹으셨군요."

"뭐, 거기서 그대로 있다가는 다 같이 굶어 죽을 판이었으니까요. 게다가 제가 특전사 출신이라 악과 깡만큼은 누구에게도 지지 않습니다."

마침 모니터를 통해 흘러나오는 음성이 낯이 익었다. 고개를 돌려보니 아니나 다를까 차동수의 얼굴이 화면 가득 클로즈업되어 있었다.

감탄한 기색이 역력한 진행자의 질문에 또다시 차동수가 자신의 영웅담을 이야기하는데 요즘 빈번하게 매체에 얼굴을 보이는 나윤섭 PD가 그 말을 거들었다.

꽤나 맛깔스럽게 이런저런 이야기를 풀어내는 그들의 모습에 그는 절로 인상을 찡그렸다.

손보석이 이지원에게 했던 일이야 손보석 본인도 아마존에서 돌아오지 못했고, 또 이지원의 이미지를 위해서라도 묻어두어야 했지만 차동수를 비롯한 이들이 제 세상을 만난 듯

날뛰는 것은 정말 꼴불견이었다.

아마도 그의 주변을 맴도는 기묘한 위화감을 만들어낸 것도 저들이리라.

어찌나 그렇게 뻔뻔한지. 마치 영웅담과도 같은 그들의 생존 스토리는 온통 거짓으로 가득 차 있었다. 자신의 것을 빼앗긴 것만 같은 기분마저도 들 지경이었다. 당장에라도 저 위선된 얼굴에 똥물을 들이붓고 싶을 판이다.

"택근 씨! 뭐해!"

"네! 갑니다! 가요!"

복도에 놓인 스크린을 보며 한숨을 내쉬던 장택근은 자신을 부르는 소리에 부리나케 달리기 시작했다.

*   *   *

시간은 유수와도 같이 흘러 아마존에서 살아남아 돌아온 이들에 대한 관심마저 희미해졌지만, 생존자들은 여전히 방송가에 뻔질나게 이름을 올리고 있었다.

아무래도 한번 흐름을 잡으니 자연스럽게 유명세가 따르는 모양이었다.

처음부터 톱스타로 굳건하게 자리를 지키고 있던 이지원이야 큰 변화가 없었지만, 윤신애와 차동수, 거기에 김우영과 구병만까지 모든 출연진이 전과는 비교도 할 수 없을 정도로 위상이 올라가 버렸다.

하다못해 나윤섭 PD마저 국민 PD라는 호칭이 생길 정도로 빈번하게 시청자들에게 얼굴을 비추고 있었다.

진재영도 돌아온 이후로 꽤나 유명세를 겪으며 승승장구하는 와중이었고.

본인만 덩그러니 뒤쳐진 느낌에 장택근은 한숨을 내쉬었다.

"뭘 한숨을 그렇게 쉬고 있어?"

낯익은 음성에 고개를 돌리지 진재영이 밝은 얼굴로 그에게 인사를 해왔다.

"아니요. 그냥 잠시 뭘 생각 좀 하느라."

"생각 좀 작작 해. 그러니 네가 겉늙지. 너는 어째 아마존에 있었을 때보다 얼굴이 점점 안 좋아진다?"

장난스러운 표정 한구석에 제법 걱정하는 기색을 담아 그녀가 그렇게 말했다.

"이 일이 좀 그래요. 서른 전에 보통 마흔 살 얼굴 만들고 시작한다니까요. 누나는 진짜 예뻐졌네요. 아마존에서는…… 음, 참 그랬었는데."

말을 하다 보니 그녀의 얼굴이 대번에 험악해지는지라 그가 황급히 말을 얼버무렸다.

그의 말마따나 진재영은 아마존에서 보았을 때와는 완전히 다른 사람이 되어 있었다. 늘 편한 복장에 화장기 없는 얼굴이 털털했던 그녀가 지금은 말끔한 슈트 차림에 화장까지

한 단아한 모습이었다. 게다가 아마존에서부터 알고 있었지만 타이트한 핏 덕분에 확연히 드러난 그녀의 몸매가 아찔할 지경이었다.

그녀의 찡그린 얼굴을 펴기 위해 엄지를 쭉 올려 보이며 그가 그녀의 모습에 감탄했다는 시늉을 하자 뒤늦게 그녀가 얼굴을 풀었다.

"헛소리 말고, 주문은 했어?"

"누나 오면 하려고 했죠. 뭐 시킬까요?"

손바닥까지 비벼대며 익살스러운 모습을 하니 그녀가 보기 좋은 눈웃음을 보였다.

"고깃집에서 뭘 시키겠냐. 당연히 삼겹살에 소주지."

그렇게 주문을 한 그들이 잠시 고기를 굽는답시고 소란을 떨다가 이내 이야기를 시작했다.

"너도 진짜 가시밭길을 가는구나. 그래서 언제 입봉 하냐? 선배들이 너 일부러 왕따시키는 거 아냐?"

"뭐, 이 바닥이야 줄 없으면 말짱 황이니까요. 그래도 조만간 소식 있겠죠."

소소한 일상사를 꺼내 들어 한참이나 이야기하다 보니 결국은 아마존에 대한 이야기가 빠질 수 없었다.

"아오. 내가 그때 생각하면 아직도 베개를 후려친다. 진짜 여자의 자존감이 다 무너졌다니까."

그녀의 말에 장택근이 공감한다는 듯 고개를 끄덕여 주

었다.

그 좁디좁은 동굴 속에서 남녀가 같이 뭉쳐서 생활하는데 에로사항이 없을 리가 없었다. 그중에서 그들을 가장 곤욕스럽게 한 것은 배변이었는데, 덕분에 그녀는 그렇게 변비가 생겨 아직도 고생이라며 너스레를 떨었다.

"근데 너는 지원이 봤어?"

살아서 돌아가면 다 같이 모여 한잔하자던 약속은 아직도 지켜지지 못했다. 아무래도 스케줄이 늘 꽉 차 있는 톱스타와 자리를 만든다는 것이 쉬운 일이 아니었다. 진재영이 몇 번이나 시간을 잡아 자리를 만들려고 했지만, 윤신애와 이지원의 스케줄이 자꾸만 엇갈려 아직까지 자리를 만들지 못했다.

"아뇨. 저보다 누나가 최근에 봤을걸요. 같은 방송 일을 해도 완전히 다른 세계 사람이에요."

그의 말에 진재영이 자신 역시 잠깐 얼굴이나 본 것이 마지막이라며 한숨을 내쉬었다.

"이런 말 하면 진짜 우습지만, 그때가 가끔 그립다."

그녀의 말에 아련한 추억의 향수가 가득했다.

장택근이 말없이 그녀의 술잔을 채워주고는 건배를 권했다.

그라고 왜 그런 생각이 들지 않겠는가. 비록 힘들고 고된 시간이었지만 막상 살아남고 보니 그때만큼 누군가와 가깝게 지낸 적이 없었던 것 같았다.

"진짜 그때는 치가 떨렸는데. 진짜 그립네."

살짝 취기가 올랐는지 그녀가 발그스름해진 얼굴로 말했다.

"기지배들. 어떻게 연락도 제대로 안 해. 너는 인마, 그러면 안 돼!"

"아야! 아파요! 부르면 일 없을 때는 재깍 나오잖아요!"

그녀가 장난스럽게 그의 뺨을 꼬집으며 말하는데 장택근이 죽겠다며 엄살을 피웠다. 그렇게 잠시 서로 낄낄거리며 웃고 있는데 테이블에 올려둔 휴대폰이 진동음을 토해냈다.

"어?"

액정에 떠오른 이름이 너무도 뜻밖이라 그는 저도 모르게 얼빠진 소리를 냈다. 진재영이 금세 호기심을 보이며 누구냐고 물었다.

"지원이요. 웬일이지?"

그의 말에 진재영이 자신한테는 먼저 연락 한 번을 안 하니 어쩌니 하며 서운하다는 말을 했다. 그녀의 장난스러운 투정에 자신 역시 문자나 종종 주고받았지 전화가 먼저 걸려온 건 처음이라 대답해 준 뒤 전화를 받았다.

"여보세요? 어? 지원이? 웬일… 아, 어디냐고? 여기 합정동 연탄구이집이라고… 뭐? 알았어."

그가 휴대폰을 끄는 것을 본 진재영이 무언가 정신없는 통화 내용에 무슨 일이냐고 물었다.

"온다는데요? 마침 스케줄 비었고 근처라고."

휴대폰으로 위치 정보를 보내주며 그렇게 말하는데 그녀가 호들갑을 떨었다.

"진짜? 이노무 기지배, 나한테는 연락도 안 하더니… 택근인 좋겠네. 여신한테 연락도 받고, 누나가 자리 비켜줄까?"

"에이, 왜 그래요. 이렇게 모이는 게 얼마나 어려운데 당연히 같이 봐야죠."

장난인 것을 알면서도 괜히 무안해진 그가 그렇게 말하니 그녀가 고개를 끄덕이고는 추가로 삼겹살을 주문했다.

"더 드시게요?"

"네가 그래서 안 되는 거야. 지원이 촬영하다 오는 거면 배고플 텐데 그 기지배 식성 몰라? 인간 블랙홀이야, 블랙홀."

여신 같은 외모와는 어울리지 않는 그 엄청난 식성을 떠올린 장택근이 피식 웃어보았다. 그렇게 오랜만의 만남에 장택근과 진재영이 설레고 있는데, 고깃집이 갑자기 소란스러워졌다.

"꺄악! 이지원이야!"

"대박! 진짜 대박!"

보지 않아도 이지원이 왔음을 알 수 있었다. 그 요란스러운 등장에 장택근이 저도 모르게 미소를 짓는데 이지원이 고깃집에 들어섰다.

하얀 티셔츠에 검정 스키니 바지를 입은 간단한 복장일 뿐인데도 타고난 몸매가 빛을 발했다. 다른 배우들과는 다르게 얼굴을 가리는 일도 전혀 없이 당당한 태도로 고깃집에 들어선 그녀가 몰려드는 사람들에게 당당하게 말했다.

"죄송한데 제가 배가 엄청 고파요. 사인 다 해드릴 테니까, 밥부터 먹으면 안 될까요?"

도도한 얼굴로 그렇게 말하니 그 모습이 또 그렇게 우스울 수가 없었다. 사람들이 폭소를 터뜨리며 기분 좋게 자리를 터주었다.

"이야, 진짜 오랜만이네. 지원이, 너 이기지배. 그간 연락도 없더니 택근이한테만 하냐?"

"언니도 참. 아까 택근이한테 문자로 언니 만나러 간다는 연락 받았어요. 당연히 언니 있는 줄 알고 왔죠."

여전히 오빠라는 소리는 쏙 빼놓은 그녀의 당당한 태도에 장택근이 피식 웃음을 지었다. 아마존을 떠난 이후 처음으로 만나는 자리라 그런지 왠지 모르게 기분이 묘했다.

스크린을 통해 종종 봐왔지만 아무래도 직접 실물을 보니까 감회가 새로웠던 탓이었다.

아마존에서도 빛을 발하던 미모였지만 역시나 제대로 치장을 한 그녀는 어지간히 여배우를 많이 접해 왔던 장택근마저도 할 말을 잃게 만드는 차원이 다른 종류의 아름다움이 있었다.

"넌 얼굴도 안 가리고 그렇게 돌아다녀도 돼?"

한참을 넋 놓고 그녀의 얼굴을 바라보다 보니 그녀가 빤히 쳐다보는 것을 뒤늦게 알아차려 버렸다. 무안해진 장택근이 괜한 핀잔을 주었다.

"어차피 가리나 안 가리나 사람들이 다 알아봐. 내가 가린다고 숨겨지는 미모가 아니잖아."

내용은 농담인데 말하는 사람이 저렇게 당당하고 진지하니 듣는 입장에서는 당황스러울 지경이었다.

"일단 밥부터 먹자. 나 진짜 배고파."

재회의 기쁨을 제대로 나누기도 전에 그녀가 장택근이 들고 있던 젓가락을 냅다 가로챘다. 불판에 노릇노릇하게 구워진 삼겹살을 젓가락이 단번에 두세 개씩 쓸어가며 입에 넣는 그녀의 모습이 정겨워 진재영과 장택근은 미소를 지었다.

그녀는 장택근의 수저마저 뺏어 된장찌개에 밥까지 한 그릇 말아먹고 나서야 만족스러운 표정으로 배를 두들겼다. 그래 봐야 순식간에 고기 2인분과 밥 한 그릇을 뚝딱 해치운 사람의 배치고는 여전히 홀쭉한 그녀의 배라 분위기만 보면 다른 사람이 고기를 다 먹었다고 해도 믿을 지경이었다.

밥을 다 먹은 그녀가 벌떡 일어나 바로 맞은편의 테이블로 향했다. 갑작스러운 그녀의 행동에 일행들이 영문을 몰라 눈을 껌뻑거리는데, 이지원이 테이블에 앉은 여학생에게 손을 내밀었다.

"잠깐만 휴대폰 줘볼래? 응. 비밀번호 걸지 말고."

그 당당한 기세에 압도당한 여학생이 얼결에 휴대폰을 내미는데, 냉큼 그걸 받아 든 그녀가 휴대폰의 액정을 들이밀며 말했다.

"언니는 이런 사진 좋아하는데, 그래도 언니가 여배우잖니. 이런 사진 돌아다니면 언니가 회사에 혼나거든?"

휴대폰의 액정에는 고기를 잔뜩 머금어 잔뜩 부풀어 오른 얼굴로 불판에 시선을 떼지 못하는 이지원의 얼굴이 적나라하게 찍혀 있는 모습이 있었다.

"미안하지만 이건 언니가 지울게. 대신 제대로 한번 찍자."

그녀의 태도에 화가 난 모양이라고 지레짐작했던 여학생이 이지원의 말에 활짝 웃으며 당장 포즈를 취해 보이는데, 그녀가 친근하게 여학생의 어깨를 감싸 안으며 특유의 도도한 표정을 지어 보였다.

그 모습이 또 익살스러워 여학생이 좋다고 난리를 피웠다.

"그럼 밥 맛있게 먹고. 대학생? 그래, 엠티고 뭐고 술만 먹지 말고 공부도 열심히 해. 그래야 언니처럼 훌륭한 사람 된다. 안녕."

끝까지 뻔뻔스럽게 지껄여 댄 이지원이 다시 자리로 돌아왔다. 그 모든 모습을 멍하니 지켜보고 있던 진재영이 그녀의 어깨를 두들겨대며 폭소를 터뜨렸다.

"너 진짜 뻔뻔하다. 왜 이렇게 웃기냐."

이미 술이 한참이나 돌아 취기가 오른 탓인지, 아니면 오랜만에 만난 이지원이 반가워 분위기에 취한 탓인지 진재영이 호들갑을 떨었다.

장택근 역시 여전한 그녀의 모습에 낄낄거리며 웃으며 그녀를 반겼다. 이지원이 뚱한 표정으로 그런 그들에게 투정을 부리고 술자리의 분위기는 전에 없는 그리움과 훈훈함이 만나 따뜻하기만 하다.

＊　　　＊　　　＊

술자리는 화기애애했지만 세상의 모든 자리가 그렇듯이 영원하지는 않았다. 이지원이 도착했을 당시부터 이미 취기가 어느 정도 올라와 있던 진재영이 결국 만취하고 만 것이다.

원래 주량이 세기로 유명한 이지원이나, 밀림을 다녀온 이후로 이상할 정도로 체력이 좋아진 장택근은 진재영에 비해 상대적으로 멀쩡한 상태라 아쉬움이 더욱 컸다.

"음, 언니는 우리 매니저 오빠 부르면 되는데, 어디 가서 한잔 더 할까?"

이지원이 아쉽다는 투로 말하자 장택근이 고개를 끄덕였다. 안 그래도 오랜만에 만난 그녀들과의 자리가 일찍 끝나

아쉽던 차였다. 먼저 청하지 않으면 자신이라도 청하고 싶었는데 그녀가 선뜻 자리를 만드니 고마움이 들 지경이었다.

"언니 제대로 데리고 가. 괜히 허튼수작 부리면 알지?"

"이 기지배가 못 하는 소리가 없어. 너도 술 작작 마시고 일찍 들어가."

이지원의 농담 같지 않은 농담에 와락 인상을 구긴 강민식이 장택근을 보며 고개를 숙여 보였다.

"애가 성질이 저래봐도 일단은 여배우니까 이미지 상하지 않게 잘 부탁드리겠습니다."

일전에 보았을 때도 참 예의 하나는 바른 사람이라고 생각했던 장택근이 마주 고개를 숙여 보이는데 이지원이 강민식의 등을 떠밀었다.

"아, 빨리 가!"

"알았어, 기지배야. 내일 아침에 스케줄 있으니까 적당히 먹고 들어가. 어차피 말도 안 들어 먹겠지만."

그렇게 한마디를 하고 강민식이 진재영을 데리고 사라지자 길거리에는 이지원과 장택근만이 남았다.

"곱창에 소주나 한 잔? 어때?"

"뭐, 나야 아무거나 좋지."

아마존에 있을 때와는 또 다르다. 진재영이 있을 때는 의식하지 못했었는데 그녀와 단둘이 남자 그는 괜히 그녀의 시선을 마주하기가 힘들었다.

이지원이 그런 그의 표정 따위는 아랑곳하지도 않고 어딘가로 그를 이끄는데, 번화가가 아닌 주택가 쪽으로 향했다.

"어디 가?"

"그냥 잔말 말고 따라와. 내가 대한민국에서 가장 맛있는 곱창 먹여줄 테니까."

괜한 망상이 못내 미안해 한마디 하니, 그녀가 가슴을 탕탕 치며 말했다. 그게 또 보기에 야릇해 장택근은 얼굴을 붉히고 말았다.

어딘가로 부지런히 걸음을 옮기던 그녀가 '청명각'이라는 나무 현판이 달린 고급 주택 앞에 멈춰 섰다. 무언가 생각했던 것과는 다른 목적지의 모습에 장택근이 눈을 크게 뜨는데, 그녀가 그의 손을 잡아 이끌었다.

"4번 방 비었죠?"

단정하게 복장을 차려 입은 종업원의 인사를 받는 둥 마는 둥하며 그녀가 거침없이 발걸음을 옮겼다. 하도 그 모습이 자연스러워 저도 모르게 그녀를 따르던 장택근이 정신을 차린 것은 청명각이라는 동양적인 이름과는 다른 현대적인 인테리어의 룸에 들어가서였다.

"이 동네에 이런 곳이 있었어?"

"여기가 곱창으로는 최고야. 그리고 솔직히 최고가 아니어도 편하게 술 먹을 만한 장소가 없어."

그러고 보니 고깃집에서도 그녀를 훔쳐보는 팬들 탓에 그녀는 거의 듣기만 했었다는 사실을 기억해 낸 그가 고개를 끄덕여 주었다.

들어오면서 이미 주문을 한 것인지 자리에 앉기가 무섭게 테이블이 세팅되었다. 모던한 인테리어와는 또 별개로 먹음 직스러운 깍두기와 김치, 각종 반찬이 테이블에 올라오고 곧이어 소주와 곱창이 준비되었다.

"뭔가 파스타 집에서 된장찌개를 먹는 기분인데?"

도무지 분위기가 적응이 되지 않은 그가 떨떠름하게 말하니 이지원이 대꾸도 없이 소주의 뚜껑을 열었다.

그 분위기가 방금 전과는 또 다른지라 장택근이 조금은 무안해져서 곱창을 한 점 집어 먹어 보고는 반색을 했다.

"이야, 진짜 끝장나는데?"

속된 말로 입에서 살살 녹는 곱창의 맛에 그가 감탄을 하니, 이지원이 피식 웃으며 잔을 내밀었다.

"그럼 내가 뻥치는 줄 알았어?"

그렇게 말한 그녀가 단숨에 잔을 비워내고는 다시 소주를 채워 넣었다. 이미 배가 부르던 상태였음에도 그는 환상적인 곱창의 맛에 마구 젓가락을 놀렸다. 한참을 식도락에 빠져 있던 그가 문득 이지원을 살피니, 정작 그녀는 안주는 먹는 둥 마는 둥 하며 술잔을 기울이고 있었다.

"왜? 무슨 일 있어?"

항상 당당하던 그녀의 얼굴이 왠지 어두워 보여 그의 얼굴에도 덩달아 걱정스러운 기색이 떠올랐다. 이지원이 그 말을 듣고는 잠깐 그의 눈을 바라보다가 다시 잔을 비웠다.

"너무 빨리 마시는 거 아니야? 그러다가 속 버……."

"어떻게 지내? 아직도 똑같아?"

그의 말을 단번에 잘라낸 그녀의 얼굴에 떠오른 것은 순수한 염려였다. 아무래도 방송가에서 따돌림을 당하다시피 하는 그의 이야기를 어디선가 들은 모양이었다.

"아, 뭐. 나 감독 그 새끼하고 차동수가 작정하고 나를 까고 다니는 모양인데, 시간 지나면 그쪽도 시들해지겠지 하고 있지 뭐."

그의 말에 이지원이 단번에 성난 음성으로 대꾸했다.

"뭐? 잘못한 건 그 새끼들인데 왜 니가 그런 대우를 당해야 하는데!"

그라고 왜 억울한 마음이 없겠는가. 하지만 방법이 없었다. 당장 귀국 직후에 받은 손보석과 김용민의 실종에 대한 조사에서도 다른 이들과는 다르게 꽤나 곤욕을 치러야 했다.

대체 어떻게 이야기가 된 것인지 마치 손보석과 김용민이 돌아오지 못한 이유를 그가 제공이라도 한 듯 몰아붙이는 경찰 측 관계자들로 인해 몇 번이나 얼굴을 붉혀야 했다.

그때마다 이지원과 진재영이 나서 그를 변호해 준 덕에 곤경을 면할 수가 있었지만 혐의가 완전히 벗겨진 것은 아니었다.

"그냥 다 말하고 털어버리자. 그 새끼들 좀 떴다고 어깨에 힘주고 다니는데, 가증스러워서 도저히 못 봐주겠어."

분에 가득 찬 그녀의 음성에 장택근이 고개를 저었다.

그 갖은 수모를 당하면서도 손보석과 왜 주먹다짐을 했는지 밝히지 않은 것에는 여배우 이지원의 이미지를 지켜주기 위한 마음이 있었다.

비록 미수로 끝난 일이라지만, 그런 일을 당했다는 사실만으로도 대한민국 여론은 그녀를 난도질하고도 남을 정도로 가혹했다.

그 사실을 이미 헤아리고 있던 그녀가 잔뜩 성을 내다가 이내 풀이 죽은 얼굴로 사과를 해왔다. 도도함이 지나쳐 차라리 건방져 보였던 그녀의 또 다른 모습에 그는 가슴이 훈훈해졌다.

"됐어. 어차피 조용히 있으면 곧 지나가. 그러니까 우리 괜한 분란 만들지 말자."

"알았어. 미안해. 그리고 혹시 무슨 일 있으면 꼭 말해. 우리 회사 변호사 보내줄게. 알았지?"

그녀답지 않게 약한 모습으로 새끼손가락까지 내미는 모습이 자못 사랑스러워 장택근이 미소를 지어주었다.

"근데 신애 이노무 기지배는 통 연락이 안 되네."

화제를 돌리기 위해 다른 이야기를 꺼내 들자 이지원이 금세 또 씩씩거리기 시작했다.

"말도 마. 그 기지배 그렇게 안 봤는데, 글러먹었어. 조금 유명세 탄다고 안면 싹 바꾸는데 재영이 언니한테도 연락 안 하는 모양이더라. 너한테도 안 하지? 나한테는 종종 안부 문자 오는데 그새 못된 것만 배워서 아주 간사함이 줄줄 흘러."

어지간하면 다른 사람에 대한 욕을 안 하는 그녀가 이번에는 윤신애의 욕을 줄줄이 해댔다. 장택근 역시 그녀에 대한 서운함이 컸던 탓에 가만히 그녀의 말을 듣고만 있었다.

아마존에 있을 때는 생명의 은인이니 뭐니 그렇게 자신을 따르더니, 서울에 돌아와서는 연락이 뚝 끊겼다. 그것도 하필이면 손보석과 김용민의 실종 사건 용의자로 그가 지목을 받고 난 직후라 야속함이 더욱 컸다.

게다가 들리는 풍문으로는 나윤섭 PD와 자주 어울려 다니는 게 곧 같이 작품 하나를 할 모양이었다. 이미 예능 프로그램과 각종 시트콤에 제법 얼굴을 비추며 유명세를 얻은 그녀였지만 정규 방송의 정극에는 출연 경험이 없었는데 무언가 나윤섭과 이야기가 잘 풀린 모양이었다.

그 모든 정황이 맞물려 그리움만큼이나 더욱 서운함이 커졌던 탓에 이지원과 장택근은 한참이나 그녀에 대한 이야기를 했다.

"근데 너 술이 왜 이렇게 늘었어?"

테이블에 굴러다니는 소주병이 벌써 아홉 병에 가까워지니 그녀의 얼굴이 붉게 달아올라 있었다. 발음도 평소의 또랑

또랑한 것이 아니라 조금은 늘어지는 말투라 그녀가 취기가 상당히 올라 있음을 알 수 있었다.

"그러게. 아마존에서 좋은 걸 많이 주워 먹었나? 이상하게 그 뒤로 술이 취하지를 않네."

얼굴에 살짝 홍조가 도는 것을 제외하고는 너무도 멀쩡한 자신의 모습에 스스로 감탄하며 그가 고개를 저었다.

이지원이 그의 말에 야유를 던졌다. 생각보다 취기가 많이 오른 모양인지, 단정했던 매무새가 꽤나 흐트러져 있었다. 티셔츠의 앞섶이 벌어져 그 풍만한 가슴골이 그대로 들어나 있었는데 저도 모르게 시선을 빼앗긴 그가 연신 침을 삼켰다.

"불공평해. 나는 거기 다녀오고 피부도 상하고 상처도 많이 생겼는데 너는 오히려 좋아졌잖아. 게다가 몸도 단단해지고."

자신의 꼴이 어떤지 생각도 하지 못하고 그녀가 장택근의 어깨며 가슴을 쿡쿡 찔러보는데 그 느낌이 괜히 야릇해 장택근의 얼굴이 시뻘게졌다. 그 모습을 보며 이제야 취기가 오른 모양이라며 균형이 맞다고 깔깔거리는 그녀의 가슴이 역동적으로 흔들렸다.

"안 되겠다. 너무 많이 먹었어. 이제 들어가자."

자꾸만 시선이 한 곳으로 쏠리는데, 가만히 있다가는 사고라도 칠 것만 같은 기분에 그가 그녀를 일으켜 세웠다. 술김에 한 번 들이대고 잃기에는 그녀와의 관계가 너무도 소중했다.

"냐. 취기는 좀 올라온 거 인정. 근데 취하지는 않았어."

취기는 올라왔다면서 취하지는 않았다는 그녀의 말도 안 되는 소리에 장택근이 고개를 젓는데 그녀가 몸을 비틀며 그의 손을 뿌리치려고 법석을 떨었다.

"나 지금 돌아가면 또 내일부터 죽어라고 일만 해야 하거든? 시간 귀한 줄을 몰라요."

그 말에 무언가 짙은 피로감이 담겨 있어 장택근이 이러지도 못하고 저러지도 못하는데 그녀가 손목을 확 잡아끌며 몸을 비틀었다. 제 딴에는 그의 손을 뿌리치기 위에서 그런 모양이었지만 덕분에 모양새가 이상해져 버렸다.

균형을 잃은 장택근이 자리에 주저앉았는데 그게 하필 그녀의 바로 곁이다. 당장 난리를 피우고 있던 이지원이 그의 얼굴이 바로 앞에 있자 당황한 표정으로 시선을 굴렸다.

장택근은 저도 모르게 홀린 듯이 그녀의 얼굴을 바라보았다.

'이렇게 보니 예쁘긴 진짜 우라지게 예쁘구나.'

제 말로는 피부가 상했다고 하지만, 잡티 하나 없이 광이 나는 피부는 떼놓고 봐도, 합쳐놓고 봐도, 나무랄 데 없는 이목구비가 치명적일 정도로 매력적이었다. 게다가 아까부터 혼자서 야릇한 기분을 눌러 참고 있던 그였던지라 도톰한 그녀의 입술이 자꾸만 시선을 빼앗았다.

그의 표정에 떠오른 묘한 기색을 느꼈는지, 이지원이 몸을 꼬물거리며 숨을 내쉬는데 그 숨결이 또 달콤하기만 했다.

장택근은 심장이 쾅쾅 뛰는 것을 느끼고는 침을 꼴깍 삼켰다. 무의식중에 얼굴을 들이대는데 이지원이 놀란 눈으로 파르르 속눈썹을 떨었다. 그 모습이 또 평소의 도도한 모습과는 너무도 달라 오히려 매력적으로 느껴졌다.

"흑……."

이지원이 기묘한 탄성 같은 신음을 내뱉으며 눈을 감았다. 이래서야 완전히 나를 잡아듭쇼 하는 얼굴이라 장택근의 얼굴이 더욱 시뻘겋게 달아올랐다.

자꾸만 욕망이 커지고 숨이 거칠어졌지만 그녀와의 인연을 소중하게 생각하는 만큼 술김에 확 스킨십을 시도했다가 이후에 어색해질 상황이 너무도 두려웠다. 결국 용기를 내지 못한 그가 자리에서 일어났다.

"응?"

눈을 감고 있던 이지원은 한참이나 지나도 아무런 일이 없자 슬며시 눈을 떴는데 장택근이 어느샌가 자신의 자리로 돌아가 있는 것을 발견하고는 눈썹을 치켜 올렸다.

"그럼 딱 한 잔만 더 먹자."

시선을 피하며 메뉴판을 살펴보는 그의 얼굴을 빤히 바라보던 이지원이 별안간 그의 이마를 튕겼다.

"마음에 안 들어."

괜히 죄를 지은 기분이 된 장택근이 애꿎은 메뉴판만 노려보았다.

한 잔만 더 하기로 했던 약속이 어디 술자리에서 지켜지던가. 결국 한 잔이 한 병이 되고 한 병이 세 병이 되었다. 이미 술이 얼큰하게 올라 있던 이지원이 결국은 널브러져 버렸다. 미리 연락처를 받아두었던 덕에 장택근은 그녀의 매니저에게 전화를 했다.

시간이 이미 새벽 두 시를 넘어서는 야심한 시간인데도 싫은 기색 없이 전화를 받은 강민식이 냉큼 달려오겠다며 전화를 끊었다.

강민식이 오기까지 시간이 남은 그가 테이블에 널브러진 그녀의 옷매무새를 정리해 주었다.

"아흐. 재영 언니, 신애야."

취해서 엎드린 것이 바로 잠이 들었는지 그녀가 잠꼬대처럼 입을 웅얼거렸다. 그 모습이 너무도 무방비해 다시 한 번 욕망이 차오른 그였지만, 불행인지 다행인지 강민식이 룸을 열고 들어선 탓에 정신을 차릴 수 있었다.

"얘가 정신을 놨네, 놨어. 기지배가 술이 떡이 돼서 미쳤나봐."

그 멀끔한 얼굴에 어울리지 않게 투정을 한참 늘어둔 그가 장택근을 보며 감사의 인사를 했다.

"연락 주셔서 감사해요. 이 기지배 이러고 나가면 분명히 내일 기사 뜨거든요."

그렇게 말한 그가 이지원을 편한 자세로 해주더니 장택근의 앞에 앉았다.

"이런 일 데뷔 초기 말고는 한 번도 없었는데 아무래도 지원이가 장 조감독님을 많이 믿고 의지하나 봅니다."

감사의 말 같지만 그 안에 기묘한 뼈가 담겨 있어 불편해진 장택근이 그녀를 일으켜주려 하는데 강민식이 고개를 저었다.

"지원이 술 깨면 제 발로 걸어서 나가야죠. 이러고 나가면 내일 신문에 난다니까요. 톱 여배우 L양 만취해서 실려 나가다. 으으… 생각만 해도 끔찍하네요."

그 말을 듣고 보니까 또 일리가 있어 자리에서 일어났던 장택근이 도로 자리에 앉았다.

"같이 기다려 주시는 겁니까? 고맙군요."

강민식이 마침 심심할 차에 잘되었다며 대뜸 그에게 술을 따라주었다.

"저는 운전을 해야 해서, 못 마시지만 짠은 해드리겠습니다."

익살스러운 그의 태도에 피식 웃은 장택근이 술잔을 비우는데 강민식이 갑자기 정색을 하며 말했다.

"이야기는 들었습니다. 아마존에 다녀오고 나서 좀 힘들게 지내신다지요?"

이미 이지원에게 얘기를 들은 것인지 강민식이 대뜸 장택근의 상황을 지목했다. 얼떨떨한 표정으로 대답을 해주니 강민식이 다시 말했다.

회사 차원에서 어느 정도 지원이 가능하다며, 혹시 기획안이 준비되면 캐스팅 목록에 자기 회사 배우들을 밀어주겠다는 것이다. 이지원의 기획사라면 그녀를 필두로 몸값 비싼 배우들이 잔뜩 포진해 있던 차라 그의 귀가 쫑긋 섰다.

안 그래도 이렇게 다른 사람들 일을 거들다가는 입봉도 제대로 못할 판이라 반가운 소리가 아닐 수가 없었다. 콧대 높은 배우들의 캐스팅이 확정되면 기획안 자체에 힘이 실린다. 아무래도 배우가 곧 흥행력에 직결이 되다 보니 얼마나 잘나가는 배우들을 캐스팅하느냐에 따라서 말도 안 되는 기획안이 통과되기도 하고, 또 반대로 잘 쓰인 기획안이 고배를 마시기도 했다.

"그래주시면 감사하죠. 근데 그렇게 하셔도 손해가 아닙니까?"

어떤 기획안이 나올지도 모르고, 입봉도 못한 초짜 감독에게 아끼는 배우들을 밀어주는 것은 쉬운 일이 아니었다.

"회사 차원에서 지원을 해주지 않더라도, 어차피 지원이가 했을 겁니다. 대체 뭘 어떻게 하셨기에 이 도도한 기지배가 입만 열면 신세 갚아야 한다고 하는 건지."

아무래도 아마존의 일로 단단히 그에게 신세를 졌다고 각인이 된 모양이었다. 숨을 쌕쌕거리며 잠이 든 그녀를 바라보던 그의 얼굴에 따뜻한 미소가 떠올랐다.

"근데 좀 안 좋은 정보가 하나 있습니다."

강민식이 갑자기 자세를 바로 하는 바람에 장택근도 덩달아 정자세를 취해 보였다.

"저번에 흐지부지됐던 그 실종 사건 조사가 다시 이뤄질 모양입니다만, 아무래도 장 조감독님이 또 시달리실 것 같습니다."

그의 얼굴이 대번에 일그러졌다. 아무런 물증이 없음에도 자꾸만 잘못된 사실을 흘리는 차동수와 나윤섭 덕분에 곤욕을 치렀는데 또 그 꼴을 당하게 생겼다. 그나마 김용민의 실종은 오지형 감독을 비롯한 카메라 팀 식구들의 증언으로 벗어날 수 있었지만, 손보석과의 일이 문제였다.

이지원이 당한 일을 말하지 않고는 손보석을 두들겨 팬 이유가 설명이 되지 않았다.

"이번에도 잘 부탁드립니다. 우리 지원이 만약 안 좋은 이야기라도 흘러나오면 높이 날았던 만큼 처참하게 떨어질 겁니다."

강민식이 고개를 숙이며 그에게 부탁을 했다. 그제야 회사 차원의 지원이니 뭐니를 떠들어댄 그의 태도가 이해가 간 장택근이 쓴웃음을 지었다.

그런 거래 따위 없어도 그녀를 다치게 할 생각은 터럭만큼 도 없는데…….

알았노라 대답을 해준 그의 표정이 좋지 않자, 강민식이 금 세 장난스러운 표정을 지으며 물었다.

"근데 진짜 아무 짓도 안 하신 거죠?"

불쾌하다고 받아들일 수도 있는 발언이었지만 제 발이 저 린 장택근은 빽하고 소리를 지르며 부정을 했을 뿐이다.

한참이 지나자 이지원이 자리에서 일어났다. 인사조차 없 이 몸을 벌떡 일으킨 그녀가 비틀거리며 룸을 나서는데 강민 식이 저게 술버릇이라며 설명을 해주었다.

무언가 아쉬운 마음에 그녀를 뒤따르는데 이지원이 허리 가 꼿꼿이 펴진다. 흐트러진 머리와 걸음이 순식간에 정돈이 되더니 사람들이 몰려 있는 식당의 입구를 향할 즈음에는 완 전히 멀쩡한 모습이 되었다.

그녀는 거침없는 태도로 바로 검은 승용차에 몸을 실었다. 그 모습이 너무도 물 흐르듯 자연스러워 장택근이 멍한 표정 으로 보고 있는데, 강민식이 고개를 숙여 보이며 인사를 했 다.

"아직 제정신이 든 건 아닙니다. 아마 저 기지배 내일 되면 지발로 걸어서 차에 탔다는 것도 모를 걸요. 그보다 오늘 고 생하셨습니다. 그럼 다음에 기획안 나오면 꼭 연락 주십시 오."

그렇게 인사를 한 강민식이 차를 몰고 사라지자 덩그러니 혼자 남은 장택근이 한숨을 내쉬었다.

이지원과의 술자리로 들떴던 기분이 경찰 조사 소식을 듣고는 곤두박질쳤다. 도대체 언제까지 자신을 괴롭힐 셈인지 차동수와 나윤섭에 대한 분노가 치솟았다.

거친 숨을 꾹 눌러 참으며 그는 하늘을 올려보았다. 별 한 점 보이지 않았던 악몽 속의 하늘과 서울의 하늘은 그다지 다르지도 않았다.

*　　　*　　　*

경찰이 다시 한 번 조사를 시작할 거라는 사실을 들었지만, 장택근의 일상은 변함이 없었다. 다른 선배 작가들의 일을 도우며 경험을 쌓고, 밤에는 기획안을 쓰며 입봉을 준비했다.

하지만 일과 기획을 병행하는 것이 쉽지 않아 도무지 속도가 나지를 않았다.

아마존에서 얻은 강철 같은 체력이 아니었다면 기획안은 커녕, 과로로 쓰러지지 않는 것이 용할 정도로 조연출의 일과는 고되기만 했다.

복도의 의자에 앉아 한숨을 내쉬고 있는데 저쪽에서 낯 익은 사내가 다가왔다.

"여어, 택근 씨. 오랜만이네?"

그 사람 좋은 얼굴로 지껄여 대는 말에 담긴 명백한 조롱에 장택근의 얼굴이 와락 일그러졌다.

차동수는 그의 얼굴에 불쾌한 기색이 떠오르자 어깨를 으쓱해 보이며 옆에 있던 사람에게 말했다.

"봤지? 방송국에서는 아무리 잘나가 봐야 감독들 아래니까 몸조심하라고. 나이고 뭐고 감독들 만나면 먼저 인사해. 저렇게 안 받아줘도 기분 나빠 말고, 워낙에 귀한 분들이시라."

조롱을 넘어 차라리 도발에 가까운 음성에 장택근이 고개를 돌렸다. 낄낄거리며 자신의 일행과 되는대로 지껄여 대던 차동수가 그의 시선을 느끼고는 턱을 치켜들었다.

"얼굴이 아주 좋아지셨네요. 아마존에서 그렇게 고생을 하신 것치고는 말이죠."

완곡하게 그의 거짓된 영웅담을 찔러 말하니 차동수가 잠깐 얼굴을 굳혔다가 이내 유들유들한 미소를 지었다.

"그럼. 여자들 데리고 동굴에 숨어서 보이스카우트 놀이하던 누구하고는 다르게 난 일행을 책임져야 했거든."

애초에 손보석의 행동을 방조한 그가 아니었다면 장택근과 여자들이 따로 일행에서 떨어져 나갈 이유가 없었다. 그런데도 저리 뻔뻔스럽게 지껄여 대는 태도가 너무도 어이가 없어 차라리 화가 날 지경이었다.

"그리고 곧 다시 조사 시작할 거라던데. 잘해봐. 그러게 왜 사람을 쳐가지고."

장택근을 지나치며 어깨를 두들기는 차동수의 말투에 조롱이 가득했다. 장택근이 차라리 마음이 차갑게 식는 것을 느끼고는 그를 노려보았다.

검은 눈동자가 순식간에 투명한 빛을 띠었다. 유리알처럼 번들거리는 눈빛이 된 장택근의 시선에 담긴 압도적인 기세가 너무도 끈적하고 광폭해서 그의 어깨에 손을 올리고 있던 차동수가 그대로 굳어버렸다.

장택근의 눈동자를 바라보는 것만으로도 마치 다시 아마존에 돌아간 것 같은 기분이 들었다. 몇 번이나 맡았던 포식자의 누린내가 맡아질 듯한 착각 속에서 차동수가 천천히 손을 내렸다.

"다시 보면 아는 척 맙시다."

그 잔뜩 겁을 집어먹은 모습에 장택근이 뒤늦게 자신의 실태를 깨닫고는 몸을 돌려 자리를 피했다.

"우와, 눈빛 봤어? 손보석 씨 죽인 사람이 저 사람이라던데, 진짠가 봐."

"진짜 사람 두엇 죽여 본 눈빛인데?"

수군거리는 사람들의 소리를 들으며 도망치듯 복도를 벗어나는데 저 멀리서 또다시 낯익은 이를 만나고 말았다.

오늘 날 잡았네.

쓴웃음을 지은 그가 걸음을 멈추는데 마주 오던 여인이 덩달아 걸음을 멈췄다.

"택근이 오빠?"

아마존에서 돌아온 이후 단 한 번도 보지 못했던 여인, 윤신애가 얼떨떨한 표정을 하고 그를 바라보았다.

"오랜만이구나. 잘 지내는 모양이네, 가던 길 바로 가라."

그동안의 서운함이 생각보다 컸던 모양이다. 그도 아니면 차동수와의 만남으로 인해 나락으로 떨어진 기분 탓에 애꿎은 이에게 화풀이를 하는 건지도 모르고.

눈을 크게 뜨며 자신을 바라보는 윤신애에게 딱딱하게 굳은 얼굴로 인사를 한 장택근이 그녀를 지나치려는데, 곱고 여린 손목이 그를 잡았다.

"오빠, 잠깐만요. 우리 잠깐 이야기 좀 해요."

그녀의 말에 잠시 고개를 돌리니 무언가 복잡한 표정을 한 그녀가 그를 바라보고 있었다.

"너 찾는다, 들어가 봐."

마침 저 멀리서 윤신애를 보고 달려오는 스태프가 곧 촬영 시작이라 말하며 그녀를 불렀다.

"윤신애 씨! 휴식시간 끝이에요! 촬영 시작합니다!

순간적으로 자신을 부르는 스태프가 장택근을 번갈아 바라보던 그녀가 아랫입술을 깨물었다.

"가라."

그 표정에 괜히 더 기분이 나빠진 장택근이 그렇게 말하며 돌아섰다.

"오빠, 끝나고 연락할게요!"

그녀의 말에도 그는 들은 척도 하지 않고 성큼거리며 복도를 걷기 시작했다. 무심한 듯 걸음을 옮기는 그의 얼굴에 불쾌한 기색이 한가득이었다.

연달아 반갑지 않은 만남을 하고 나니, 그는 도무지 일에 집중할 수가 없었다. 덕분에 좀처럼 듣지 않는 선배 작가의 훈계까지 듣고 말았는데 그 바람에 더욱 기분이 나빠져 버렸다.

간신히 하루의 일과를 마치고 버스 정거장을 향했다. 거리를 바쁘게 오가는 사람들의 표정이 하나 같이 무표정해 괜스레 현기증이 났다. 늘 가던 길을 가는 것인데도 마치 처음 가는 길처럼 낯설게만 느껴진 그는 걸음을 멈추고 마침 옆에 있던 공원의 벤치에 앉았다.

"좀 너무했나."

그 여린 얼굴이 잔뜩 주눅이 들어 있던 윤신애의 얼굴을 떠올리며 그는 한숨을 내쉬었다. 스스로 생각해도 차동수와의 만남 이후로 예민해진 상태에서 필요 이상으로 그녀를 냉대했다는 사실을 깨닫고 있었다.

타이밍이 좋지 않았다. 그간 한 번도 마주치지 않았던 이들을 하필이면 오늘 만나버렸다. 덕분에 지나칠 정도로 감정적이 되어 괜한 짓을 한 건 아닌가 생각한 그가 다시 한 번 한숨을 내쉬었다.

"그래도 기지배가 너무하긴 했지."

공치사를 하고 싶은 생각은 없었지만, 아나콘다로부터 구해주고 그 뒤로도 물심양면으로 그 험한 정글에서 챙겨주었던 그녀다. 그런데 서울에 돌아오자마자 연락이 뚝 끊긴 그녀에 대한 서운함이 없을 리가 없었다.

"아니면 자격지심인가."

처음부터 정상에 서 있던 이지원은 차치하고서라도, 다들 아마존을 다녀온 뒤로 승승장구를 하는데 자신만 뒤처지는 것만 같아 그는 스스로도 초조해하고 있다는 사실을 느끼고 있었다.

괜히 기분만 복잡해지자 그는 거칠게 고개를 흔들어 잡념을 털어내 버렸다.

*　　　　*　　　　*

집에 돌아오는 길에 윤신애의 연락이 왔지만 정신적으로 잔뜩 지쳐 버린 장택근은 휴대폰을 덮어버렸다. 가만히 침대에 누워 이런저런 상념을 떠올리고 있는데, 휴대폰이 계속해서 진동음을 토해냈다.

그 신경 거슬리는 소리에 장택근이 결국 자리에서 일어나 휴대폰을 집어 들었다.

"어라?"

그런데 한참 진동음을 토해 내길래 윤신애의 전화인 줄 알았더니 이지원이 부재중 통화를 한 통 남기고 문자까지 남겼다.

무슨 일인가 해서 문자를 확인하니 덜렁 한 단어가 쓰여 있었다.

[뭐해?]

그 짤막한 문자가 왠지 그녀다워 절로 미소가 흘러나왔다.

그날 술자리를 하고 난 이후로 부쩍 연락이 잦아진 이지원이었다. 안 그래도 뭔가 묘한 설레임이 가슴에 남아 있던 장택근이었던지라 조마조마한 심정으로 매번 답문을 하고는 했는데, 그 짤막한 문자에 늘 미소가 지어졌다.

[나 누웠음. 피곤해.]

뭔가 기묘한 기분 속에서 문자를 보내니 다시 짤막한 답문이 왔다.

[ㅇㅇ 푹 쉬어.]

진짜 안부라고 하기에도 뭐한 내용이었지만 괜스레 마음이 들뜬 장택근은 오늘 하루의 피곤함도 잊고 미소를 지었다.

그나마 그렇게 이지원 덕에 기분이 좀 나아지니, 기획안에 대한 의욕이 살아났다. 그는 책상에 앉아 그간 아이디어를 적어둔 것들을 수렴하여 기획안에 옮기기 시작했다.

*   *   *

다음 날 방송국에 출근한 장택근은 청천벽력과도 같은 소식을 들어야만 했다. 국장의 호출에 무슨 일인가 하고 가보니 드라마국으로 전출을 가란다.

예능, 교양국과 드라마국이 엄연히 다른 부서임에도 내려진 그 말도 안 되는 전출 명령에 그는 항의해 보았지만 변하는 것은 없었다. 입봉도 못한 말단 PD가 번복하기에는 국장의 권한이 너무도 컸다.

국장실을 나온 장택근은 한숨을 내쉬었다. 저 멀리서 책상에 앉아 있던 나윤섭 PD가 비열한 웃음을 보이는 게 보였다. 그 보기 싫은 웃음을 보며 무언가 그들이 야료를 부렸음을 깨닫고는 그는 얼굴을 일그러뜨렸다.

대체 뭐가 문제라는 말인가. 가만히 내버려 두기만 해도 먼저 건드릴 생각이 없건만. 자꾸만 자신을 걸고 넘어가는 이들의 행태에 화가 났다.

소식을 들은 PD들이 와서 위로의 말을 전했다. 하지만 진심이라고는 터럭만큼도 느껴지지 않는 그 알량한 위로를 들으며 그는 더욱 스트레스가 쌓여 버렸다.

그 거짓된 가면 아래로 보이는 저열한 쾌감, 타인의 추락을 즐기는 비열한 본심이 느껴진 탓이다. 그래도 끝내 싫은 내색 없이 일일이 선배 PD들의 위로에 감사 인사를 한 그는 짐을 꾸렸다.

사실 짐이라고 할 것도 없이 상자 하나도 채 다 못 채우는 초라한 것들이었지만, 그래도 그는 조심스럽게 짐을 싸두었다.

그렇게 짐을 싸다 보니 어제 밤을 새워 겨우 초안이 잡힌 기획서가 보였다. 이제는 영영 쓸 일이 없어져 버린 종이뭉치를 바라보던 그가 한숨을 내쉬었다.

진짜 더럽구나. 더러워.

이제 입봉을 준비할 정도로 경험을 좀 쌓았다 했더니 당장 드라마국으로 가서 처음부터 다시 시작하게 생겼다. 대체 언제 입봉하고 감독 소리를 좀 들으려는지 앞날이 깜깜했다.

"안녕하십니까, 신인 가수 O. LADY입니다."

실의에 빠져 멍하니 있는데 꽤나 예쁘장하게 생긴 여자 아이들이 다가와 고개를 꾸벅 숙여보였다.

"PD님, 피곤해 보이십니다. 이거라도 한 잔 드시고, 피로 쭉 푸세요."

곁에 있던 매니저로 보이는 사내가 부담스러울 정도로 고개를 숙여 보이며 원기 회복제와 명함을 건넸다.

"아, 네……."

딱히 뭐라고 대답할 말이 없어 대충 대답을 얼버무리니 또 행여나 그가 휴식을 방해받아 귀찮아하는 모양이라고 생각한 이들이 쫓기듯 자리를 벗어났다.

자신은 이렇게나 작은 존잰데 저들 보기에는 또 다른 모습으로 보이는 모양이라고 생각한 그의 입맛이 더욱 썼다.

결국 그는 전출 명령을 따라 터덜터덜 복도를 걸었다.

입사 때부터 온 국민이 즐겁게 볼 수 있는 버라이어티 쇼를 연출해 보이겠다는 포부를 갖고 있던 그에게 있어서는 정말 마른하늘에 날벼락이나 같은 전출 명령이다.

예능국의 PD가 드라마국으로 전출을 가는 듣도 보도 못한 괴사가 하필이면 자신에게 일어난 일이었다. 불합리한 세상에 소리라도 치고 싶지만 나오는 것은 한숨뿐이었다.

떨어지지 않는 발걸음으로 드라마국에 도착한 그는 얼떨떨한 표정을 지은 채 자신을 바라보는 드라마국의 PD들에게 고개를 숙여보이고는 국장실로 향했다.

그를 냉담하게 내친 예능국장보다 오히려 인자하게 그를 반겨주는 드라마국장과 인사를 나눈 그는 비어 있는 책상에 자리를 잡았다. 간출하게나마 챙겨온 짐을 풀고 있는데 드라마국의 사람들이 그를 향해 다가왔다.

"뭐야? 전출 온 거야?"

"이런 시기에? 게다가 아예 다른 부서로 왔는데?"

상자에 떡하니 붙은 예능국이란 글자를 보고는 PD들이 웅성거렸다.

장택근이 자리에서 일어나 고개를 숙여 보이며 정식으로 자기소개를 하니 그들이 한층 더 의아하다는 표정을 지었다.

"안녕하십니까, 선배님들. 예능국에서 있다가 드라마국으로 전출 온 장택근입니다. 부족하지만 잘 부탁드리겠습니다."

입사 초기로 돌아간 기분으로 그가 빠릿빠릿하게 인사를 하니 사람들이 뒤늦게 웃는 낯으로 그를 반겨주었다. 그렇게 하나하나 인사를 나눈 그는 한숨을 내쉬었다.

그래도 모난 사람들은 없는 모양이다.

더 겪어봐야 알겠지만 딱히 그를 고깝게 보는 이들이 보이지 않자 그는 그 사실을 위안 삼았다.

점심시간이 되자 드라마국 PD들이 법석을 떨며 구내식당으로 향했다. 붙임성 좋은 한 선배 PD의 이끌림에 덩달아 자리를 함께하게 된 장택근은 질문 세례에 시달렸다.

"택근 씨, 뭐 그쪽에서 잘못한 거 있어?"

단도직입적인 질문에 그가 진땀을 흘리는데 처음에 물어본 PD가 다시 말을 이었다.

"그렇잖아. 전에 방송국 디스하다가 징계 먹은 선배님들 말고, 이렇게 부서 자체가 다른 데로 전출 보내는 경우는 없었는데… 뭐 제대로 찍힌 거 아니야?"

그 말에 딱히 대답할 말을 찾지 못한 장택근은 그저 어설픈 미소만 지어 보였을 뿐이다. 당분간은 죽었다 생각하고 일만 배우라는 사람들의 말에 고개를 끄덕이고 있는데, 저 멀리 예능국의 PD들이 구내식당에 들어서는 것이 보였다.

인사를 나누기에도 또 무시하기에도 뭐해 어설프게 고개

를 숙여 보이는데, 나윤섭 PD를 비롯한 이들이 본 척도 안 하고 그대로 그를 지나쳐 버렸다.

무안한 표정을 짓는 그를 본 드라마국의 PD들이 대충 상황을 짐작하고는 그를 바라보는데 얼굴에 딱하다는 기색이 역력했다.

"으다다닷!"

뭔가 정신없는 하루였다. 어떻게 하루가 지났는지도 모르고 지나버린 하루에 장택근이 기지개를 펴며 일어서는데 드라마국의 PD들이 그를 둘러싸고는 환영식을 해주겠다며 아우성이다.

"아우, 애도 정신없을 텐데 또 호들갑들 떤다."

나이 지긋한 선배 PD 유동근이 그렇게 말하니 곁에 있던 여자, 드라마국의 몇 안 되는 여자 PD 중 한 명인 김나영이 말도 안 된다며 손을 저었다.

"언제부터 우리 드라마국이 이렇게 정이 없었어요! 갈 때는 어떻게 될지 몰라도 왔을 때는 반겨 줘야지."

어지간한 남자보다 더 화통한 태도로 그렇게 말하니 여기저기서 사람들이 맞다며 찬성을 해댔다.

"그냥 술 먹을 자리를 찾는 거겠지. 왜 애꿎은 택근 씨를 걸고 넘어가."

유동근이 그렇게 말하자 여기저기서 야유가 터져 나왔다.

그 모습을 얼떨떨하게 바라보고 있던 장택근은 새삼 자신이 새로운 곳에 왔음을 깨달았다. 정신없이 선배들을 따라다니며 얼굴을 익히고 업무를 파악하느라 바빴던 일과 시간이 지나고 보니 사람들의 면면은 물론 분위기조차 예능국과는 판이하게 달랐다.

고작 한 층 차이일 뿐인데 완전히 다른 세상에 온 기분이 된 장택근은, 새로운 세상에 도착한 이들이 으레 그렇듯이 그저 어색한 얼굴로 사람들을 따라 이리저리 끌려다녔을 뿐이다.

잠시 그가 생각에 빠진 사이에 행선지마저 정해 버린 드라마국의 PD들이 그를 이끄는데, 사무실 입구에 낯익은 여자가 들어섰다.

"안녕하세요, 감독님들."

특유의 도도한 태도로 이지원이 인사를 하니 PD들이 입을 쩍 벌리고 놀란 얼굴을 해보였다. 여기저기 얼굴을 안 비추는 곳이 없는 이지원이었지만 데뷔 초기 이후에는 드라마에 얼굴을 비춘 적이 거의 없었다.

각 PD가 아무리 자신하는 기획안과 대본을 들고 찾아가도 고사하기 바쁘던 그녀가 지금 누구의 연락도 없이 드라마국에 왕림한 것이다.

"지… 지원 씨가 웬일로? 드디어 드라마 하기로 결정한 거야?"

누군가 그렇게 물으니 이지원이 앙큼스럽게도 송구스럽다

는 표정을 지어 보이며 고개를 저었다.

"아뇨. 오늘은 장 감독님 부서 옮겼다는 소식 듣고 지나가는 길에 인사나 할까 들렀어요."

그 말에 드라마국의 PD들의 시선이 하나같이 장택근에게 쏠렸다. 이지원의 갑작스러운 등장에 얼떨떨한 표정을 짓고 있던 장택근이 어색한 미소를 지으며 마주 인사를 했다.

"장 감독님, 드라마국으로 옮긴 거 축하드려요. 역시 방송국의 꽃은 드라마죠. 안 그래요?"

손발이 오그라들 정도로 정중한 이지원의 태도에 장택근이 뒤늦게 그녀의 방문 목적을 눈치챘다. 도대체 어떻게 알았는지는 몰라도 강제 전출을 당한 그의 체면을 세워주기 위해 굳이 드라마국을 들린 모양이었다.

저 뒤에서 휴대폰을 붙잡고 이지원을 바라보고 있는 강민식의 얼굴만 봐도 그녀가 무리를 해서 들른 것이라는 사실을 알 수 있었다.

PD들에게 신작 출연제의를 수도 없이 받고 또 완곡하게 거절하느라 진땀을 빼던 그녀가 갑자기 장택근을 보며 말했다.

"드라마도 슬슬 도전해 보긴 하겠지만, 하게 되면 장 감독님이랑 찍었으면 좋겠네요."

그 폭탄 발언에 사람들이 하나같이 입을 쩍 벌렸다. 드라마에는 데뷔 초 외에는 딱히 출연한 적이 없는 그녀였지만 영화판에서는 잔뼈가 굵을 대로 굵은 이지원이다. 그런데 그런 경력도 인지도도 톱클래스인 배우가 아직 입봉도 못한 초짜 감독과 작품을 하고 싶다 얘기하니 놀라지 않는 사람이 어디 있겠는가.

매니저의 재촉에 그녀는 이내 인사를 남기고 사라졌지만 그녀가 남기고 간 여운은 쉬이 사그라들지 않았다.

"택근 씨? 이지원이랑 무슨 관계야?"

한 명이 물으니 금세 질문이 쏟아져 나왔다. 결국 그는 환영회 장소로 가기도 전에 아마존에서 있었던 일을 간략하게나마 설명을 해줘야 했다.

때로는 흥미로운 표정으로, 또 때로는 조마조마한 얼굴로 그의 이야기를 듣고 있던 사람들이 탄성을 연달아 내뱉었다.

"이야, 그렇게 안 봤는데 강단이 있는 모양이야!"

이미 술이 몇 순배 돌았던지라 잔뜩 흥이 오른 드라마국의 PD들이 그의 등을 두들겨 가며 친한 척을 했다.

남들이 경험해 보지 못한 아마존에서의 생존기가 즐겁기도 했지만, 왠지 모르게 필요 이상으로 감탄하고 친근한 척을 하는 그들의 태도에 장택근은 이지원의 이름값을 실감했다. 이 중 몇은 분명히 그와의 친분을 이용해 이지원과 연을 만들어둘 생각을 하고 있을 것이다.

이렇게 다들 웃고 떠들고 있지만 좋게 말하면 선의의 경쟁자나 선후배간이고, 나쁘게 말하면 밥그릇을 두고 싸우는 경쟁자들이다.

웃는 얼굴로 치르는 그 소리 없는 전쟁 속에서 장택근은 주먹을 힘주어 쥐었다. 이지원이 무리해서까지 힘을 실어주었으니 그들이 자신을 이용하는 만큼 자신 또한 그들을 이용해서 우뚝 서고 말리라.

그가 속으로 야무지게 다짐을 하고 있는데 자리가 슬슬 정리가 되어간다. 김나영 PD를 비롯한 여자들은 짐을 챙기며 돌아갈 준비를 하고, 유동근을 비롯한 남자들은 무언가 자신들끼리 쑥떡거리고 있었다.

그중에서 박영식이라 자신을 소개했던 비교적 젊은 PD가 그에게 다가와 귓속말을 했다.

"택근 씨, 우리 2차 갈 건데. 같이 가야지. 주인공이 빠지는 건 말도 안 되잖아?"

딱 이야기를 들어보니 보지 않아도 2차 장소가 어떤 곳인지 감이 온 장택근이 얼결에 고개를 끄덕였다. 어차피 자신을 환영한답시고 모인 자리니만큼 빠지는 것은 생각도 할 수 없는 상황이었다.

"오케이. 그럼 진짜 끝장나는 데로 모실 테니까, 기대하라고."

그 말에 장택근은 쓴웃음을 지었다. 자신도 남자인지라 괜스레 가슴이 설레었던 탓이다.

지이잉.

그 순간 휴대폰이 온몸을 떨며 문자가 왔음을 알려주었다.

[어디야?]

이지원이었다. 늘 반갑던 그녀의 문자가 지금만큼은 어쩐지 무섭게 느껴졌다. 짤막한 문장에서 괜한 한기를 느낀 그가 몸을 떠는데 남자들이 여자들을 보내고는 2차 장소로 이동할 차량에 몸을 실었다.

[아, 환영식 중. 고기 먹어.]

그렇게 답문을 보낸 장택근은 휴대폰을 호주머니에 넣고는 다른 PD들을 따라 차에 올라탔다.

5장

드라마국

꿈속의 장택근은 여전히 아마존을 헤매고 있었다. 음산한 진녹색의 밀림을 헤매는데 온 세상이 기이할 정도로 조용했다. 그 흔한 풀벌레 소리 하나 들리지 않고, 새소리 하나 들리지 않는다.

한참을 그렇게 밀림을 들쑤시고 다니다가 지쳐 버린 그는 바닥에 주저앉았다. 허공을 바라보는데 푸른 하늘이 순식간에 새까맣게 물들었다.

깜짝 놀란 장택근이 자리에서 일어나 주변을 둘러보는데, 이제껏 눈치채지 못했던 어둠이 그를 뒤따르고 있었다는 사실을 깨달았다.

소스라치게 놀라 어둠을 헤쳐 나가는데 까맣게 물든 온 사위보다 더욱 어둡고 어두운 그림자가 내내 그를 따라다녔다.

*　　　*　　　*

몽롱한 정신이 천천히 돌아온다. 빡빡한 눈을 몇 번이나 깜빡이다 보니 흐릿했던 초점이 잡히고 익숙한 방의 모습이 보였다.

"꿈이었구나."

자각몽이라고 하던가. 꿈을 꾸고 있다는 사실을 깨닫고 있었지만 막상 잠에서 깨어나 보니 적지 않게 안심이 되었다. 꿈속의 자신은 어쩌면 서울로 돌아온 이쪽의 현실이 꿈일지도 모른다고 두려워했으니까.

침대에서 일어난 장택근은 냉장고를 열어 차가운 물을 벌컥벌컥 들이켰다. 온몸으로 퍼져 나가는 청량한 기운에 뒤늦게 잠이 깨는 기분이 들었다.

"그나저나 오랜만에 꾸네."

아마존에서 구조된 직후에는 꽤나 악몽에 시달렸었는데, 지금에 와서는 더 이상 아마존에 관련된 꿈을 꾸지 않게 되었다.

그러던 것이 몇 달 만에 꿈속에서 아마존을 보았으니 기분이 좋을 리가 없었다. 고개를 세차게 저어 찝찝한 기분을 털어버린 그는 충전기에 꽂혀 있는 휴대폰을 들어 시간을 확인했다.

부재중 통화 3통, 문자 4통.

생각지도 못한 부재중 알림에 깜짝 놀라 내역을 확인해 보니 전부 이지원이었다.

[나 지금 스케줄 비었는데, 어디야?]

[가도 돼?]

[전화 안 받네. 보면 연락 줘.]

문자를 본 장택근이 아차 하는 마음에 얼굴을 일그러뜨렸다. 무리해서까지 방송국에 찾아와 체면을 살려주고 간 그녀에게 감사 인사는커녕 오히려 연락을 무시한 꼴이 되었다.

[나쁜 새끼…]

아니나 다를까 다른 문자들에 비해 무언가 한기가 느껴지는 짤막한 문자를 보고 그는 질끈 눈을 감았다.

드라마국의 남성 PD들과 함께 자리를 옮긴 2차 장소는 당연하게도 룸살롱이었다. 예능국에서도 입사 초기에 몇 번인가 가보았던 자신이 오랜만에 흥이 나 미친 듯이 부어라 마셔라 했던 것이 기억이 났다.

마침 또 신입이라며 환영주를 주는 선배 PD들도 있어 죽자고 마시다 보니 아마존을 다녀온 이후로 이상할 정도로 건강해진 육신마저 버티지 못하고 만취해 버렸다.

드문드문 기억조차 나지 않자 그는 얼굴을 찡그렸다.

혹시나 하는 마음에 휴대폰을 뒤져본 장택근은 비명을 질렀다. 부재중 통화 사이로 윤신애의 전화번호가 찍혀 있었다.

그것도 하필이면 발신 기록이다. 도대체 자신이 무슨 소리를 했을지 짐작도 가지 않았지만 그간의 서운함이 있었으니 그리 좋은 소리를 했을 것 같지는 않았다.

그는 시간을 확인했다.

새벽 5시 38분.

시간을 확인한 그가 윤신애에게 다시 전화를 하려다가 다시 휴대폰을 내려 두었다. 아무리 불규칙한 스케줄로 밤낮이 따로 없는 직군이라고 하지만 이 시간에 전화를 하는 것은 엄연히 실례였다.

게다가 전화를 하면 또 뭐라고 해야 한다는 말인가. 내가 술을 많이 먹어서 뭐라고 했는지 기억이 나지 않으니 좀 알려 달라고? 친구라면 몰라도 요즘 같이 소원해진 윤신애와의 관계를 생각하면 절대로 불가능한 일이었다.

베개를 몇 번이나 후려친 그가 다시 눈을 감았다.

"차라리 잠이나 자자."

결국 현실 도피를 선택한 그가 잠을 청했다. 하지만 아마존을 다녀온 뒤로 말도 안 되게 건강해진 그의 육신 탓에 그마저도 하지 못했다.

가만히 누워 있다 보니 자꾸만 전날의 기억이 떠올랐다. 드문드문 끊어진 기억 속에 룸살롱에서 미친 듯이 놀아재끼던 자신이 떠올랐다.

다른 선배 PD들 역시 취기에 반쯤 정신을 놓은 채로 파트너 아가씨들을 끼고 온갖 짓거리를 다 했지만 스스로가 그중 유독 추하게 느껴지는 것은 어쩔 수 없는 일이었다.

게다가 하필이면 누군가의 장난질로 자신의 곁에 앉은 파트너는 얄궂게도 이지원을 닮은 아가씨였다. 10퍼센트만 닮아도 미녀 소리를 듣는다는 말이 있는 여신 이지원이다. 그런데 그녀를 10퍼센트도 아니고 꽤나 닮은 아가씨가 사근사근한 태도까지 보였으니 그가 정신을 못 차린 것도 어떻게 보면 불가항력이었다.

취기 탓인지, 아니면 평소 자신의 마음이 그러했는지 모르겠지만 온갖 잡스러운 소리를 하며 파트너 아가씨에게 작업을 걸던 스스로의 모습이 떠올라 그는 발버둥을 쳤다.

"미친놈, 차라리 죽자, 죽어!"

가만히 있자니 온몸이 사라져 버리는 듯한 기분이 들어 도저히 견딜 수가 없었다. 그렇게 한참을 발버둥 치던 그는 한숨을 내쉬었다.

"이게 다 술 때문이야. 술이 원수지."

결국 다시 잠을 청하는 데 실패한 그는 일어나서 휴대폰을 잡았다.

[미안. 어제 신고식 비슷하게 먹다 보니 만취해 버렸네. ㅜㅜ]

그렇게 문자를 보낸 지 1분도 채 지나지 않아 이지원에게 전화가 왔다.

"……."

스스로도 이해 못할 정도로 위축이 된 그가 전화기 너머의 침묵에 침을 꿀깍 삼켰다.

"전화 못 받았네. 미안."

그렇게 말하니 저쪽에서 한숨을 내쉬는 소리가 들렸다.

─죽어라 부어라 마셔라 했구만.

자다가 깼는지 잔뜩 잠긴 목소리조차 매력적인 그녀의 음성이 의외로 차분했다. 그제야 정신을 차린 그가 내가 왜 이렇게 죄인처럼 행동했지? 하고 생각하고는 목소리를 가다듬었다.

"어, 드라마국에서는 내가 막내니까."

꽤나 안정이 된 그의 음성에 저 너머 이지원이 대답을 했다.

─영광인 줄 알아. 니 체면 살려주겠다고 갔다가 회사에서 욕을 한 바가지는 먹었어.

그녀의 말에 그제야 감사 인사도 제대로 하지 못했음을 떠올린 그가 황급하게 고맙다 말했다.

─됐고. 나 자고 있었으니까 나중에 통화해.

그렇게 말한 그녀에게 잘 자라 말해주니 잠깐 동안 전화기 너머에서 침묵이 이어지다가 이내 끊어 하고 말하며 통화를 종료한다.

그 잠깐의 통화에 괜히 진땀을 흘린 그가 문득 고개를 갸웃거렸다.

"대체 내가 왜 애한테 이렇게 설설 기지?"

*   *   *

장택근은 빠르게 드라마국의 생활에 적응했다. 이미 예능국에서 한 번 겪어보았던 막내 생활이라 그런 것인지, 그도 아니면 이지원의 지원사격으로 유달리 그를 살갑게 대해주는 드라마국의 선배 PD들 덕인지 스스로도 알 수 없었지만 그는 자신의 생활에 만족했다.

게다가 처음 예능국으로 입사를 하긴 했지만 드라마에도 꽤 관심이 있던 시절이 있었고.

선배들을 따라다니며 감을 익히고, 또 분위기를 파악했다. 예능국과는 많은 것이 달랐지만 그는 빠르게 모든 것을 배워 갔다.

"이야, 그래도 분야는 달라도 경력이 아예 초짜는 아니다 보니 감이 좀 있네. 좀만 더 배우면 금방 입봉하겠는데?"

그 말이 그저 입에 발린 말인지, 아니면 진심인지까지 알 수는 없었지만 장택근은 더욱 열심히 선배들의 노하우를 빨아들였다.

스스로가 생각하기에도 이상할 정도로 습득이 빠르다고 느끼긴 했지만, 아마존을 다녀온 뒤로 바뀐 것이 한두 개였던가.

"운동 따로 하나봐? 무슨 몸이 이렇게 좋아?"

이따금씩 눈을 빛내며 그의 몸을 툭툭 찔러대는 김나영 PD의 말이 아니더라도 스스로의 몸이 평범하지 않다고 깨닫고 있었다. 그전까지만 해도 사는 데 바빠 후줄근한 차림으로 방송국을 배회하고 다녔는데, 이제는 목이 늘어난 티를 걸쳐도 패션이 될 지경이다.

덕분에 직장 내에서, 또 직장을 오가며 그는 꽤나 유명인이 되었다. 알 수 없는 매력, 위험스러운 수컷의 향기가 온몸에서 풍겨지니 싫어도 사람들의 주목을 끌게 되었다.

그래서였을 것이다. 선배 PD들이 작가들과의 미팅에 그를 자꾸만 데려가기 시작한 것이.

유독 노처녀가 많은 드라마 작가들은 장택근만 떴다 하면 평소의 까탈스러운 태도 따위는 던져 버리고 얌전한 고양이처럼 PD들의 의견을 받아주었다.

"역시 시청자의 취향을 조금 더 반영하는 게 좋겠지요? 여린 꽃미남도 좋지만 짐승남 쪽도 나쁘지 않겠네요."

꽤나 여러 개의 히트작을 낸 덕에 콧대 높기로 방송가에서 이름이 자자하던 김선영 작가가 되도 않을 콧소리를 냈다. 평소 캐스팅을 할 때 유독 꽃미남 욕심을 버리지 않아 PD들과

마찰이 꽤나 있던 그녀가 장택근을 바라보며 그렇게 말하자 곁에 있던 유동근 PD가 입을 쩍 벌렸다.

"왜요? 저도 나이가 들어서 그런지 요즘 좀 의지할 수 있는 짐승남들이 좋아지더라고요."

'아니, 왜 말을 할 때마다 나를 쳐다보는데!'

벌이가 좋은 만큼 자신에게 투자를 아끼지 않는 그녀인지라 얼굴도 몸매도 평균 이상이었지만 그 풍기는 분위기가 꼭 남자 여럿 잡아먹을 것 같은 종류의 그것이다.

장택근은 남몰래 식은땀을 흘리며 어설프게 미소를 지었다.

"근데 우리, 답답한 방송국보다는 밖에서 만나서 이야기해 볼까요? 좀 더 분위기가 좋은 곳에서 이야기하면 영감이 더 잘 떠오를 것 같은데."

그 노골적인 추파에 유동근이 장택근을 바라보며 부러워하는 건지, 불쌍해하는 건지 모를 애매한 표정으로 고개를 끄덕였다.

"김 작가만 좋다면야 나야 좋지. 그래, 오늘 저녁에라도 당장 어때?"

"장 PD님은 어때요?"

또다시 화살이 자신에게 돌아오자 장택근이 난감한 표정을 지었다.

"왜요? 오늘 다른 일 있어요?"

눈을 가늘게 뜨며 묻는 김선영 작가의 눈빛을 보면 거절하고 싶었지만 그 옆에서 눈을 부라리며 눈치를 주는 유동근을 보면 그에게 처음부터 선택권은 없었다.

"아하하하, 아니요. 저는 언제든 좋습니다."

어설픈 웃음을 지으며 그렇게 말하니 유동근과 김선영이 일사천리로 이후 일정을 잡았다. 그 모습에 다시 한 번 어색한 미소를 지은 그는 속으로 한숨을 내쉬었다.

"그럼 이따 봐요."

끈적끈적하게 인사말을 남긴 김선영이 드라마국을 나섰다. 그녀가 저 멀리 엘리베이터를 타는 것을 확인한 유동근이 장택근을 보며 애매한 표정을 지었다.

"내 입장에서는 고마운데, 네가 또 고생하겠구나."

이미 몇 번이나 이런 경험이 있었던 탓에 장택근은 그저 말 없이 한숨만 내쉬었다. 이런 일들이 쌓이고 쌓여 선배들이 더욱 그를 어여삐 보는 것은 좋았지만 이래서야 호스트와 다를 바가 없었다.

하지만 그런 내심을 내색할 수 있을 리가 없었다. 장택근이 웃는 낯으로 유동근에게 걱정 말라며 가슴을 쳐 보였다.

가뜩이나 경쟁사 K방송국에게 밀려 평일 아침, 주말 할 것 없이 시청률 참패를 겪고 있는 드라마국이다. 이런 상황에서 히트작 하나가 간절한데 작가들이 어느 정도 양보를 해주고 있으니 그나마 일하기가 수월했다.

"조만간 너도 드라마 하나 맡아야지?"

미안해서였을까, 아니면 앞으로도 그의 도움이 필요해서였을까. 유동근이 그에게 넌지시 입봉에 대한 이야기를 하니 장택근의 자세가 대번에 달라졌다.

"안 그래도 국장님이 종종 네 얘기를 해. 아무래도 K방송국에서 워낙 캐스팅에 열을 올리니 이쪽도 수를 낼 것 같더라. 근데 알다시피 드라마 강국인 K방송국에 비해 우리가 좀 딸리잖냐. 캐스팅하기가 쉽지가 않아."

안 그래도 연이은 시청률 참패로 분위기가 좋지 못하던 드라마국이었다. 이게 한두 작품이면 몰라도 연달아 경쟁사에게 밀리다 보니 같은 조건이면 배우들마저도 경쟁사로 갈 지경이 되었다.

이런 상황에서 존재만으로 흥행이 보장되는 톱스타와의 관계는 어마어마한 무기가 될 수 있었다. 직접적으로 언급하진 않았지만 이지원과 장택근의 관계를 염두에 둔 발언이라 장택근이 쓴웃음을 지었다.

"일단은 대충 일 마무리 짓고 김 작가나 잘 구슬리자고."

유동근의 말에 그는 결국 한숨을 내쉬고야 말았다.

*　　　*　　　*

다시 나타난 김선영은 드라마 기획 미팅이라기보다는 마

치 파티에라도 나가는 듯한 화려한 복장이었다. 검은색 시스루 원피스를 맵시 있게 차려입은 그녀의 몸매가 육감적이다.

"저거 다 실리콘이야."

유동근의 언질이 있었지만 그래도 남자인 이상에야 눈이 가는 것까지는 어쩔 수가 없었다. 장택근의 시선을 느낀 그녀가 양팔을 모아 가슴을 부각시키며 눈웃음을 쳤다.

"그럼 앉을까?"

유동근이 민망한 얼굴로 자리를 권하자 그녀는 자리에 앉으며 도발적인 시선으로 장택근을 훑어보는 것을 잊지 않았다.

"일단 우리가 생각한 장태식 역할에 어울릴 만한 배우들인데 김 작가가 한 번 봐봐."

유동근이 파일을 넘겨주자 김선영이 눈으로 대충 내용을 훑어보았다.

"음, 얘는 얼마 전에 좀 지저분한 스캔들 난 개 아니에요? 전 이런 애들한테 배역 주고 싶은 생각 없어요. 그리고 얘는 또 뭐야. 싼티가 줄줄 흐르는 게 어디 호빠에서 데려온 애 같고, 얘는 연기 못하기로 유명한 애들이고……."

제대로 보는 것 같지도 않은데 힘들게 준비한 배역 리스트를 줄줄이 퇴짜를 놔버리는 김선영의 모습에 유동근이 난감한 표정을 지었다.

"잘 봐봐. 그래도 이 친구하고, 또 요 친구, 또 이 친구는 제법 핫한 친구들이야. 그리고 연기력도 꽤 탄탄하고… 장태식의 분위기에 꽤 잘 어울릴 거라니까."

유동근이 몇 명인가를 지목하며 말해보지만 그녀는 다시 파일에 시선을 주지 않았다.

"유 PD님, 이렇게 후진 애들 데리고 어떻게 히트를 쳐요. K방송사는 지금 영화판이고 뭐고 싹 뒤져서 쟁쟁한 애들로 데려다가 꽂아 넣는데."

그래도 장택근이 있어 조금은 일이 수월해지나 했더니 그 까탈스러운 성격은 어디 가지 않았다.

"격 떨어진다고요. 좀 상위급 없어요? 이런 듣도 보도 못한 애들 말고."

"김 작가, 잘 생각해 봐. 응? 우리가 장태식 한 명 배역 뽑고 말 거 아니잖아. 앞으로 여주도 남았고 또 줄줄이 조연도 채워 넣어야 하는데. 도대체 어느 정도 급을 생각하길래……."

유동근이 잘 달래어 보겠다고 그렇게 말하니 그녀의 시선이 장택근에게 향했다.

"솔직히 장 PD님 정도만 되도 오케이 하겠는데, 애들이 너무 후지잖아요. 차라리 우리 장 PD님이 이 역 맡는 건 어때요?"

냉담한 표정으로 유동근을 대할 때는 언제고 장택근을 향한 눈빛에는 애교가 철철 넘쳐흘렀다. 딱히 대답할 말을 찾지 못해 그가 눈을 굴리는데 유동근이 김선영 모르게 그의 옆구리를 쿡 찔렀다.

"그래도 이 친구는 요즘 인기도 상승세고 연기도 기본기가 탄탄해서 나쁘지 않을 거 같은데요?"

유동근의 언질을 미리 받았던지라 그녀가 내팽개친 파일을 열어 남자 배우를 지목하니 그녀가 시선도 돌리지 않은 채 대답했다.

"그래요? 하긴 PD님들이 잘 알겠지. 그럼 장태식 역할은 그 친구 주기로 하죠."

그녀의 대답에 유동근이 끄응 하고 신음을 내뱉었다.

입 아프게 떠들었더니 젊은 PD의 한마디만도 못하게 되어 버렸다.

안 그래도 매번 기획이 들어갈 때마다 작가들과 각종 스폰 업체들의 등쌀에 못 이길 판이다. 예산은 한정되었고, 그리는 그림은 있는데 이게 또 제각각 미는 배우들이 다르니 시작도 하기 전에 골머리를 썩어야 했다.

그 뒤로는 유동근은 아예 뒤로 물러나 장택근과 김선영이 조율을 하는 것을 지켜보기만 했다. 애초에 그녀를 만나기 전에 장택근과 말을 맞춰놨으니 사실 그의 의견이 자신의 의견과 다르지 않기도 했고, 괜히 섣불리 끼어들었다가는 김선영이 괜히 어깃장을 놀까 걱정이 됐던 탓이었다.

"대충 정해졌네요. 오늘은 이쯤에서 일 얘기는 접어두죠. 어차피 앞으로 길게 봐야 하잖아요?"

한마디 한마디 색기가 담기지 않을 때가 없는 그녀의 말투에 유동근이 슬쩍 자리에서 일어났다. 안 그래도 자꾸만 눈치를 주는 터라 앉아 있기가 불편했는데 일 이야기도 대충 마무리가 된 마당에 더 이상 자리를 지키고 있을 이유가 없었다.

"나는 들어가서 배우들 일정 확인해 봐야 하니까 이야기들 더 나눠. 음식도 많이 남았는데 천천히 들고."

"가시게요? 아쉬워라. 하긴 PD님들 바쁜 거야 뭐 유명하죠."

입에 침 하나 안 바르고 지껄여 대는 김선영의 모습에 남몰래 인상을 쓴 유동근이 자신을 따라 자리에서 일어나려는 장택근에게 눈치를 줬다.

"그럼 장 PD는 김 작가랑 같이 작품 이야기 좀 더 나누고 바로 퇴근해. 내일 보자고."

그러고도 불안한지 쐐기를 박고는 그대로 도망치듯 사라져 버렸다.

유동근이 사라지는 모습을 얼떨떨하게 보고 있던 장택근은 남모르게 진땀을 흘렸다. 그간 노처녀 작가들의 갖은 추파를 받기는 했지만 김선영만큼 노골적인 이들은 없었다. 지금도 유동근이 사라지기가 무섭게 슬쩍 자리에서 일어나 그의 곁으로 자리를 옮긴 그녀가 끈적끈적하게 말했다.

"우리 장 PD님은 예능국에서 오셨다고요?"

안 그래도 색기가 좔좔 흐르는 여인이 작정하고 달라붙자 장택근은 심장이 두근거렸다. 그녀의 노골적인 태도가 부담스럽기는 하지만 그래도 남자인지라 아예 마음이 동하지 않는 것은 아니었다.

의학의 힘을 빌렸느니 뭐니 해도 지금의 김선영은 꽤나 매력적인 여인이었으니까.

"어휴, 예능국은 공채 볼 때 몸을 보나? 왜 이렇게 몸이 좋을까."

노골적인 그녀의 스킨십에 장택근이 눈앞에 놓인 잔을 들이켰다. 술기운을 빌리려고 해도 원체 건강한 몸이라 마치 냉수를 마신 것 같은 느낌에 쓴웃음을 지었다.

목이 타는 듯 자꾸만 술을 들이켜는 장택근을 바라보는 김선영의 눈이 보기 좋게 휘어졌다. 마치 장택근이 너무 귀여워 참을 수 없다는 듯한 기색이었다.

"애인은 있고?"

그녀의 질문에 장택근이 고개를 젓고는 다시 한 번 술을 들이켰다. 그래도 여전히 밍밍한 술맛에 아예 작정하고 위스키 병을 들이부었다.

"어마, 터프해라. 난 이런 거친 남자가 좋더라."

김선영의 손길이 그의 가슴 위를 타고 지나갔다. 그 노골적인 스킨십에 장택근은 저도 모르게 시선을 돌려 그녀를 눈에 담았다.

언제 풀어재껴졌는지 이미 속이 훤히 보이는 시스루 원피스의 단추를 몇 칸인가 더 풀어낸 그녀가 풍만한 가슴골을 슬쩍 모아 보였다.

"음……."

저도 모르게 마른침을 삼키며 그 가슴을 쳐다보니 그녀가 아예 작정한 듯 그에게 기대어 왔다. 풍만한 가슴이 닿는 그 물컹한 감촉에 장택근은 눈앞이 핑핑 돌 지경이었다.

"어머머, 더운가 봐. 왜 그렇게 땀을 흘리고 그래."

그녀가 손을 슬쩍 치켜들어 그의 목덜미를 훑어냈다.

"위에 내가 룸 하나 예약해 놨는데. 우리 거기 가서 이야기 좀 더 할까? 여기는 좀 덥네. 나도 땀난다."

그렇게 말하며 가슴팍을 펄럭거리는데 새하얀 젖무덤이 언뜻언뜻 모습을 보이며 그를 유혹했다.

장택근은 순간 고민이 되었다. 열 살 먹은 애라도 그녀가 말하는 이야기라는 것이 어떤 종류일지는 알고도 남을 정도로 그 의도가 노골적이었다.

지금 위로 올라갔다가는 그냥 적당히 술 한잔하는 정도로 일이 끝나지 않을 것이다.

"음… 그럼 자리를 옮길까요."

결국 농염한 여체의 유혹을 이기지 못한 장택근이 그녀의 손을 잡고 일어섰다. 속으로는 몇 번이고 기획안을 들어 엎은 전적이 있는 그녀의 까탈스러운 성격을 맞춰주라는 유동근의 말 때문이라고 자신을 합리화하며 그는 그녀를 따라 식당을 벗어났다.

역시나 드라마로는 손에 꼽을 정도로 이름난 작가다 보니 잠깐 묵었다 가는 데도 스위트룸을 잡아놓는 그 씀씀이가 남다른 그녀였다. 생전 처음 보는 고급스러운 객실에 놀랄 만도 했지만 장택근은 미처 그런 것을 감상할 여유도 없이 신음을 내뱉어야 했다.

객실에 들어서기가 무섭게 김선영이 그의 목을 끌어당긴 탓이다.

도톰한 입술을 느끼기도 전에 말캉하면서도 축축한 무언가가 그의 입을 파고들었다. 저도 모르게 그녀의 허리를 끌어안아 당기니 그녀가 아예 다리를 벌려 그의 허리를 안고는 매달렸다.

그 뒤로는 일사천리였다. 자신이 무슨 짓을 하는지도 모르고 그는 정신없이 그녀를 탐했다. 값비싼 브랜드일 게 뻔한 그녀의 옷을 찢듯이 벗겨내고, 가슴을 쓸고 엉덩이를 움켜잡으니 그녀가 끈적한 신음을 토해냈다.

알 수 없는 갈증에 인상을 찡그린 그가 그녀를 침대에 던지듯 내려놓았다. 그 거친 태도에도 눈 하나 깜짝하지 않은 그녀가 오히려 흥분이 된다는 듯 숨을 몰아쉬었다. 무언가를 기대하는 듯한 그 달뜬 얼굴에 장택근이 그대로 그녀의 몸을 찍어 눌렀다.

김선영이 신음을 내질렀다. 생각 이상으로 탄탄한 그의 몸에 놀라고 또 하복부에 느껴지는 그 충만함에 또다시 놀랐다.

유달리 몸이 좋고 뭔가 알 수 없는 남자의 향기가 느껴져 그와의 잠자리를 유도한 것이기는 했지만 사실 큰 기대는 하지 않았다. 그저 자신의 수집욕과 허영을 잠깐이라도 채워줄 수 있다면 그만이라고 생각했을 뿐이었다.

하지만 지금 이 순간 그녀는 까무러칠 것 같은 쾌감에 비명을 지를 수밖에 없었다. 평소 적지 않은 남성 편력을 자랑할 정도로 경험이 많은 그녀가 지금은 마치 갓 쾌락에 눈을 뜬 처녀처럼 속수무책으로 당하고 있었다.

능숙한 리드, 현란한 허리 놀림, 그런 것은 지금에 와서 아무런 소용이 없었다. 미칠 듯한 쾌락의 파도에 그저 쓸려 나가지 않도록 이를 악물고 버텨냈을 뿐이다. 하지만 그런 저항조차도 이내 의미가 없어지고 그녀는 입을 벌리고 연신 비명과도 같은 신음을 토해내기 시작했다.

＊　　　＊　　　＊

하얗고 기다란 목선을 따라가다 보면 풍만한 곡선을 그리는 가슴이 있다. 그 흐트러짐 없는 봉긋한 가슴 아래로 군살 하나 없는 복부에 앙증맞은 배꼽이 있고 그 아래로는 아찔한 여인의 숲이 펼쳐져 있다. 쭉 뻗은 각선미에 새하얀 피부까지 흠 잡을 곳 없는 여체는 참을 수 없이 유혹적이고 아름다웠다.

하지만 그런 극상의 아름다움을 감상하는 장택근의 심정은 그다지 좋지 않았다.

막상 본능을 참지 못하고 일을 벌이기는 했지만 이래서야 자신이 접대부라도 된 듯한 기분이었다. 마음 같아서야 당장 자리를 떨치고 일어나고 싶었지만 틈 하나 없이 달라붙은 김선영 탓에 몸 하나 까딱할 수 없었다.

마음이 복잡해진 그가 가만히 김선영의 얼굴을 바라보았다.

아까 전까지만 해도 미친 듯이 비명을 내지르고 종내에는 울음을 터뜨리며 쾌락을 탐하던 여인이라고는 생각할 수도 없을 정도로 천진한 얼굴이다. 비록 여기저기 손을 댄 흔적이 보였지만 화장기가 사라진 얼굴이 오히려 매력적이었다.

차라리 아까처럼 도발적인 얼굴이었다면 그냥 하루 놀고 말았다는 생각에 잊고 말텐데, 의외로 잠이 든 그녀의 얼굴은 어쩐지 피로에 지쳐 쓰러진 기색마저 느껴져 괜한 죄책감이 들었다. 게다가 왜인지는 모르지만 자꾸만 이지원의 얼굴이 떠올라 입맛이 썼다.

혼자 생각에 잠겨 있던 장택근은 문득 느껴지는 시선에 고개를 돌렸다.

"어? 일어났어요?"

언제 깨어났는지 그를 빤히 바라보고 있던 김선영이 그의 말에 대꾸했다.

"왜? 후회 돼? 꼭 표정이 혼자 손장난이라도 치다가 현자 타임이라도 온 얼굴인데?"

역시나 거침없는 그녀의 말투에 그가 쓴웃음을 지었다. 그간 겪어왔던 여인들, 이지원과 진재영도 스스럼없는 성격이긴 했지만 김선영처럼 거침없지는 않았다.

"아뇨, 그런 것보다는……."

비록 표현이 저속하긴 했지만 딱히 틀린 표현도 아니기에 장택근은 속마음을 들킨 것 같아 말끝을 흐렸다.

"별로 자기한테 부담 줄 생각은 없으니까 어렵게 생각하지 마."

김선영이 그의 이마를 톡 하고 밀며 말하는데, 아까와는 다르게 그녀의 얼굴이 어딘가 느긋했다. 기대 이상으로 채워진 쾌락 덕인지, 아니면 평소 그녀의 성격이 원래 이런 것인지. 의외의 얼굴에 그가 눈을 크게 뜨니 그녀가 쌜쭉한 얼굴을 해 보였다.

"뭐야, 그 표정은."

그녀의 표정이 순간 귀여워 보인 그가 피식 웃음을 짓자 그녀가 입을 삐죽 내밀고는 변명하듯 말했다.

"왜? 여자들은 마음에 드는 남자한테 이렇게 작업 걸면 안

돼? 남자들도 예쁜 여자 보면 못 자빠뜨려서 안달이잖아."

그녀의 말을 듣고 보니 그것도 사실이라 그가 얼떨결에 고
개를 끄덕였다.

"여자도 가끔은 주체 못 할 정도로 몸이 뜨거울 때가 있어.
그리고 자기는 자기 생각보다 더 매력적이고."

아까와는 달리 편한 분위기를 한 그녀라지만 노골적인 화
법은 여전했다. 그래도 몸을 섞은 사이라고 장택근은 그 모습
이 아까보다는 덜 거북하게 느껴졌다.

"아그그긋… 온몸이 풀리네."

온몸을 비틀며 기지개를 켠 그녀가 그렇게 말하고는 몸을
일으켰는데, 가슴을 가릴 생각조차 하지 않았다. 그 당당한
태도에 오히려 무안해진 그가 고개를 돌리니 그녀가 또 그 모
습을 보고는 깔깔거리며 놀려댔다. 그게 또 되바라지게 느껴
졌다기보다는 왠지 솔직 담백하게 다가온 것을 보면 하룻밤
사이에 만리장성을 쌓는다는 말이 괜히 나온 것은 아닌 모양
이었다.

"뭐라도 먹자. 이렇게 몸을 풀고 나면 배가 꼭 고프더라
고."

마치 테니스라도 한 게임 뛰고 온 것과도 같은 태도의 그녀
를 보며 그는 결국 실소를 내뱉고 말았다.

김선영은 생각보다 괜찮은 여자였다. 부담스러운 첫인상

과는 달리 제법 위트도 있었고, 상대방을 편하게 해줄 줄도 알았다. 덕분에 찝찝하던 기분을 털어버리고 즐거운 마음으로 식사를 할 수 있었다.

서로 연락처를 주고받은 그는 시간을 확인했다. 날이 샌 것도 아니고 그렇다고 또 잠을 잘 만한 시간도 아니었다. 그 애매한 시간에 잠시 인상을 찌푸린 그는 차라리 방송국으로 향하기로 마음먹었다.

어차피 거사를 치르고 난 뒤에 샤워까지 말끔하게 했던 터라 방종한 전날의 흔적 따위는 남아 있지 않았다.

그렇게 드라마국에 들어서니 몇몇 선배 PD가 아직도 작업에 한창인 게 보였다. 방송국 어디를 가도 밤새는 사람들 천지라고 하지만, 형형하게 빛나는 눈으로 대본과 시나리오를 훑어보는 그들의 눈빛은 뭔가 남달랐다.

사무실에 들어선 그를 발견한 PD 몇 명이 아는 체를 했다.

"이야, 그 살모사 같은 김 작가한테 끌려갔다더니 의외로 멀쩡하네?"

이미 이야기가 퍼질 대로 퍼진 모양이다. 괜스레 움찔한 표정을 지어 보인 그가 어설프게 웃으며 선배들에게 커피를 타다 날랐다. 이럴 줄 알았으면 뭔가 요깃거리라도 사오는 건데 하고 후회를 해보았지만 PD들은 커피라도 감지덕지라며 장국 마시듯 후루룩 들이켰다.

"좀 고생스럽고 더러워도 김 작가랑 친해져 봐. 그 여자가 그래도 이 바닥에서는 히트작 제조기야. 사실 대박은 없어도 최소 중박 이상은 꾸준히 치는 작가라 섭외대상 1순위기도 하고."

장택근과 나이 차이가 많지 않아 형, 동생 하기로 한 박영식 PD가 그를 보며 말했다.

"예능국에서는 입봉도 못 하고 왔다며, 여기서는 진짜 PD 소리 한번 들어야지."

그 말에 장택근이 야무진 얼굴로 고개를 끄덕여 주니 박영식이 이내 장난스러운 웃음을 지어 보였다.

"그리고 솔직히 김 작가 정도면 괜찮지 않아? 의느님의 힘을 빌었다고 해도 지금 비주얼만 봐서는 어지간한 여배우 저리 가라잖아. 아니지. 어차피 배우들 중에 손 안 댄 애들이 드물 정도니 도찐개찐이네."

그대로 두었다가는 이야기가 딴 데로 샐 것 같아 장택근이 그의 말을 잘라냈다.

"그럼 형이 만나시든가요."

그렇게 말하니 또 질색을 하고 체력이 안 된다며 엄살을 피우는 그의 모습에 장택근은 소리 없이 웃었다.

"우와, 웃는 얼굴 봐라. 이러니 여자들이 살살 녹지. 너 그거 알아? 요즘 너 드라마국의 짐승남으로 인기가 장난이 아니야."

"에이, 뭘 또. 그냥 몇 분이 좋게 봐주신 걸 가지고……."

민망한 화제에 그가 말을 빼니 박영식이 정색을 했다.

"농담 아니야. 석천 선배는 지금 빵꾸 난 남자 배역, 땜빵으로 너 생각 중인 모양이야. 마침 얼추 이미지가 비슷하고."

들을수록 가관이라 그가 손사래를 치며 빼니 박영식이 피식 웃었다. 오래 겪었다고는 할 수 없었지만 성실하고 붙임성 좋은 장택근을 꽤나 친근하게 여기는 기색이었다.

"그리고 너 기획안 준비는 하는 중이지? 언제까지 선배들 뒤치다꺼리만 할 거야."

이런 면이 예능국과 달랐다.

나윤섭을 비롯한 몇몇 인기 PD가 후배를 노예 부리듯이 대하는 예능국과는 다르게, 드라마국의 PD들은 꽤나 후배들을 챙겨주었다.

그 인간적인 면이 가슴에 와 닿아 장택근은 저도 모르게 입가에 미소 한 점을 빼물었다.

"웃지 마, 인마. 정 들어. 사내새끼랑 정 붙어서 뭐한다고."

그렇게 같이 미소를 지어 보인 박영식이 주변을 슬쩍 둘러보더니 낮은 목소리로 그에게 귀띔을 했다.

"빨리 준비해 놔. 지금 선배들 작품이 연패 중이라 국장님이 뭐라도 해볼 모양이야. 이런 상황에서 입봉도 못 한 초짜 쓰는 것도 웃기지만… 이지원이 널 살렸다. 진짜로."

이야기를 들어보니 전날 이지원이 드라마국을 들리고 난 뒤, 몇몇 선배 PD가 이지원의 소속사에 따로 연락을 넣어보았단다. 당장 흥행 보증 수표인 그녀인데 본 김에 찔러나 보자는 의도였던 모양이었다.

그런데 이지원의 소속사에서 전혀 생각도 못 한 말을 했다. 대충 스케줄이 정리되면 드라마 하나를 잡긴 한단다. 근데 하필이면 장택근을 콕 집어 이야기를 했던 터라 드라마국의 분위기가 묘해져 버렸다.

경험도 없는 초출을 마치 비장의 무기로 취급하는 분위기랄까. 말도 안 되는 일이었지만 그 정도로 드라마국의 현 상황이 좋지 않았다. 어지간하면 실무에 터치를 안 한다던 국장 역시 이번만큼은 발 벗고 나설 모양이었다.

"물론 선배 한 명 끼고 작업을 하긴 하겠지만 일단 네 데뷔작이 되는 건 마찬가지지. 아마도 지금 시작한 드라마 몇 개 반응 보고 너한테 말이 있을 거야."

언제가 될지 모르는 이야기였다. 게다가 선배 PD들의 작품 중 한 개라도 성적이 좋으면 당장 흐지부지될지도 모르는 이야기라 그는 복잡한 심정이 되었다. 이래서야 동료의 부진을 기도해야 할 판이 아닌가.

그래도 마음이 들뜨는 것만큼은 어쩔 수 없었다. 자신의 작품이 전파를 타고 온 국민에게 흘러 나간다니 상상만 해도 즐거웠다.

그리고 그 즐거운 상상은 생각보다 훨씬 일찍 현실이 되어

버렸다. 전입 첫날을 빼고는 딱히 얼굴을 볼 기회가 없었던 드라마국의 국장이 그를 호출한 것이다.

"예능국에서 꽤 있었다지? 그쪽은 워낙 고인 물이 꽉 잡고 있어서인지 입봉이 다들 늦는 모양이야."

여전히 사람 좋은 미소를 지은 나이 지긋한 국장이 손수 커피를 내주며 말했다.

"그래, 생각해 둔 기획은 있어?"

박영식의 말대로였다. 국장이 넌지시 건넨 말에 담긴 의미를 깨닫고는 그의 심장이 미친 듯이 뛰기 시작했다. 필요 이상으로 씩씩하게 준비해 둔 기획이 있다고 대답을 해주니 국장이 고개를 끄덕여 주었다.

"좋아, 우리도 새로운 피를 수혈할 필요가 있었지. 안 그래도 공채로 들어온 놈들이 죄다 선배 꽁무니만 따라다니느라 도무지 패기가 느껴지질 않더라고. 한번 장 PD를 믿어보지."

아직 제출한 기획안도 없고, 또 구체적인 이야기가 오고 간 것도 아니었지만 그는 얼굴이 벌겋게 달아오를 정도로 흥분했다. PD 출신 국장답게 그의 내심을 다 헤아린다는 얼굴로 흐뭇하게 고개를 끄덕이던 국장이 뒤늦게 단서를 하나 달았다.

"단! 캐스팅은 제대로 해봐. 이야기 들어보니까 이지원 씨하고 유독 친하다지? 예산은 잡아줄 테니 한번 딜 제대로 들어가 봐."

다른 이들에게는 어려운 일이겠지만 장택근에게 그보다 쉬운 것이 없었다. 이미 이지원의 소속사를 통해 이지원을 비롯한 A급 배우들을 지원받기로 했던 게 한참이나 지난 일이다. 비록 그 거래의 판돈이 찝찝하긴 하다지만 애초부터 이지원이 다치는 일이 생기기를 원하지 않았던 그에게는 불로소득과도 같은 것이었다.

맡겨만 달라며 가슴을 탕탕 치고 국장실을 나오니 사무실에 남아 있던 몇몇 선배 PD가 다가와서 축하를 해주었다. 박영식이 이야기를 해줄 정도였으니 이미 내부적으로는 기정사실화됐었던 모양이다.

상기된 얼굴로 그들에게 하나하나 감사 인사를 한 그의 눈빛이 전에 없이 생생했다.

장택근은 그날부터 더욱 미친 듯이 일에 몰두하기 시작했다. 밤낮으로 선배들을 따라다니며 하나라도 더 배우기 위해 열을 올리고, 남는 시간에는 기획서를 쓰느라 여념이 없었다.

드라마국을 굴러다니는 수많은 시나리오를 살펴보았다.

이미 방송으로 나간 작품도 있고, 또 무언가 운때가 맞지 않아 그대로 묻혀 버린 작품들도 있었다. 잠도 줄여가며 시나리오들을 읽다 보니 대충 몇몇 작가가 물망에 올랐다.

하지만 이름만 들어도 알 만한 유명 작가들이 과연 자신과 작업을 할지가 문제였다. 예능국에 있다가 툭 떨어져 나와 드라마국에 자리를 잡은 초짜 PD. 그녀들의 구미가 당길 만한 뭔가를 만들어내야 했다.

그날 이후로 부쩍 가까워진 김선영 작가라면 그래도 비벼 보기라도 해볼 텐데, 그녀는 지금 유동근 PD와 신작 드라마 초읽기에 들어간 상태라 논외로 쳐야 했다.

막상 시작을 하자니 이래저래 걸리는 것이 많았지만 그럼 에도 장택근은 즐거운 마음으로 일에 몰두했다.

*　　　*　　　*

"아니, 왜 멀쩡한 배우들 두고 저를 쓰려고 해요!"

장택근은 질색을 했다. 어지간하면 선배 PD의 말에 토를 달지 않았을 그가 지금만큼은 완강하게 거부를 했다.

"얌마, 형 한 번만 살려주라. 지금 당장 어디 가서 이런 조 건의 배우를 찾아."

당장 전화기의 버튼만 몇 개 눌러도 속옷 취향까지 배역에 맞춰 입고 달려들 놈들이 한 트럭이다. 단역이 아니라 지나가 는 행인을 시켜준다고 해도 얼굴 한 번 비춰보겠다고 프로필 을 들이미는 배우들이 지천에 널렸다. 그런데 저런 죽는 소리 라니.

입에 침도 바르지 않고 거짓말을 지껄여 대는 김석천 PD의 얼굴이 뻔뻔했다. 박영식으로부터 언질을 받은 적이 있던 터 라 장택근은 그의 얼굴을 보자마자 내빼려고 했는데, 이게 또 선배다 보니 작정하고 찾으면 걸릴 수밖에 없었다.

"응? 대사도 없어. 그냥 가만히 서 있기만 하면 된다니까."

한참이나 더 사정을 하는 통에 완강하게 거부하던 장택근도 결국 두 손 두 발 다 들어야 했다. 더 이상 거절하는 것은 모양새도 좋지 않았고, 그의 말대로 대본을 읽어보니 그다지 어려울 것도 없는 배역이었다.

그냥 눈 딱 감고 몇 초만 카메라 앞에 버텨보리라 생각을 고쳐먹으니 차라리 마음이 홀가분해졌다.

조명을 든 이들이 자리를 잡는답시고 연신 소리를 지르고, 카메라와 소품을 챙기는 사람들이 부산을 떤다. 단 몇 초의 장면을 찍기 위해서라기엔 너무도 바쁘게 움직이는 사람들의 모습에 장택근은 심장 어림을 슬쩍 쓸어내렸다.

단 몇 초로 끝나고 말 장면. 어쩌면 보는 이들 중 어느 누구도 신경 쓰지 않을 소소한 디테일을 위해 저렇게 부산을 떠는 촬영장은 언제 보아도 감동이었다.

그리고 그 안에서의 백미는 촬영장의 분위기를 좌지우지하는 연출자의 카리스마다. 죽는 소리를 하며 장택근의 바짓가랑이를 붙잡던 김석천은 온데간데없고 바쁘게 뛰어다니는 스태프들에게 호통을 치는 그의 모습이 천생 연출자의 그것이라 그는 괜스레 심장이 뛰었다.

조만간 저 자리에 자신이 앉을 거라 생각하니 감회가 새로운 탓이었다.

"인마, 여기서 뭐하고 있어! 빨리 가서 의상 갈아입고 분칠 좀 해. 얘기해 놨으니까 빨리."

멍하니 그 모습을 지켜보고 있으니 김석천이 소리를 빽 질 렀다. 그 서슬에 눌린 장택근이 부리나케 달려갔다. 이미 대 기하고 있던 스태프가 검은 슈트 한 벌을 챙겨 주었다.

슈트로 갈아입고 나온 그를 잡은 여자 스태프는 얼굴에 분 칠을 해주었다. 질색하는 그를 억지로 앉혀놓고 제법 공을 들 여 메이크업을 해준 그녀가 묘하게 상기된 얼굴로 그에게 끝 이 났음을 알렸다.

"뭔가 생각보다 더 본격적인데……."

조금은 엉클어진 슈트에 잔뜩 흐트러진 머리, 게다가 얼굴 한가운데를 가로지르는 상처를 한 그가 그렇게 중얼거리니 저 멀리서 스태프들이 출연진의 자리를 배정하는 것이 보였 다.

어색한 표정으로 잠시 한숨을 내쉰 그가 스태프들의 인도 를 받아 촬영장 한구석에 자리를 잡았다.

#Scene 81, 퍼스트레이디.

대통령의 무남독녀인 소현은 막다른 골목에 몰려 있다. 정체를 알 수 없는 십여 명의 괴한이 그녀를 둘러싸는데, 자신의 경호원 은 고작 둘뿐이었다. 그 암담한 상황 속에서 소현은 공포에 떨고 있었다.

괴한 중에 하나가 차가운 웃음을 내지으며 말했다.

"저항해 봐야 소용없으니까 이만 포기해."

뻔한 얼굴에 뻔한 패턴, 그리고 뻔한 대사까지.

전형적인 3류 악당의 모습이었지만 소현은 겁에 질린 얼굴로 뒷걸음질을 쳤다. 괴한이 그런 그녀에게 비열한 웃음을 보이고는 턱짓을 했다.

"컷!"

갑작스러운 컷 사인에 나름 극에 몰입해 있던 배우들이 김석천을 바라본다. 김석천이 잔뜩 찡그린 얼굴로 그들에게 고래고래 소리를 쳤다.

"아니, 지금 이게 어디 초등학교 재롱 잔치야? 똑바로 좀 하자. 필름 아깝고, 시간 아깝다."

괴한 역을 한 사내가 고개를 숙이며 죄송하다 말하는데, 소현 역을 맡은 여배우는 살짝 인상을 찡그렸을 뿐이다. 아무래도 괴한의 연기가 부족해 덩달아 자신까지 꾸중을 받았다고 생각하는 모양이었다.

그런 그녀의 기색을 눈치챈 김석천이지만 따로 달래주거나 하진 않았다. 배우 하나하나를 신경 써주기에는 드라마의 일정이 너무도 빠듯했다.

장택근은 그 모든 모습을 보며 쓴웃음을 지을 수밖에 없었다. 왜 경쟁사와의 시청률 경쟁에서 밀려나는지 알 수 있을 것 같았다. 단지 보는 것만으로도 손발이 오그라드는 상황 설정에 뻔한 대사, 그리고 어색한 연기까지 3박자 중 맞는 것이 하나도 없었다. 대체 시나리오를 쓴 작가가 누구인지 얼굴이라도 보고 싶을 지경이다.

한숨을 내쉰 그가 다시 자세를 가다듬고 괴한 2로 돌아갔다.

슬레이트가 다시 딱 소리를 냈다.

괴한이 턱짓을 하자 괴한의 뒤에 있던 사내 하나가 천천히 걸음을 옮겼다. 풀어헤친 셔츠에 검은 슈트를 대충 걸쳐 입은 사내의 얼굴을 가로지르는 상처가 험악했다. 말없이 소현에게 다가서는 그의 눈빛이 투명하다. 번들거리는 눈동자에 흐르는 것은 살벌할 정도의 무심함이라 소현의 앞을 가로막고 있던 경호원들조차 몸을 움찔하며 떨었다.

사내는 그런 경호원들을 무심하게 바라보고는 그대로 걸음을 옮겼다. 마치 경호원들 따위는 안중에도 두지 않는 듯한 그의 걸음걸이가 마치 초식동물을 눈앞에 둔 포식자의 오만함과 다르지 않았다.

"컷!"

김석천의 컷 소리에 괴한 2는 장택근으로 돌아왔다. 막 경호원의 지척까지 걸음을 옮겼던 그가 어색한 얼굴로 재킷을 정리하고 자세를 바로 했다.

기왕 하는 김에 제대로 해보자는 마음으로 딴에는 사나운 사내를 연기해 보았지만 그래 봐야 이 장면 이후로는 장면이 전환되어 다른 캐릭터들이 나오고 괴한들은 영영 등장하지 않는단다. 애초에 의미도 없는 배역이었고, 열을 올릴 만한 일도 아니었는데 하다 보니까 제법 몰입을 했던 모양이다.

뒤늦게 부끄러움이 밀려든 그가 얼굴을 붉히니 그를 바라보는 사람들의 표정에 묘한 기색이 올라와 있었다.

"NG 아니죠?"

황급히 재킷을 벗어 던지며 묻는 그에게 김석천이 엄지손가락을 추켜세웠다.

OK 사인에 장택근은 도망치듯 촬영장을 빠져나갔다.

그가 빠져나가고 나자 조용했던 촬영장이 뒤늦게 활기가 돌아왔다.

"이동합니다! 출연진들 챙기고 장비 정리하세요!"

스태프들이 현장을 정리하고 이동 준비를 서둘렀다.

"지혜야, 뭐 해. 가자."

건장한 사내 한 명이 소현 역을 맡았던 여배우 김지혜를 부르는데, 그녀의 얼굴에 핏기가 하나도 없었다.

"뭐 해, 가자니까."

매니저의 독촉에 그녀가 뒤늦게 주변을 둘러보았다.

스태프들이 분주하게 움직이며 촬영장을 이동할 준비를 하고 있었다. 그녀와 경호원 역을 맡은 단역 세 명만이 돌처럼 굳어 촬영장의 한가운데에 놓여 있었다.

"네, 가요."

　그녀가 얼떨떨한 얼굴로 대답을 하고 촬영장을 벗어나니 뒤늦게 정신을 차린 경호원 역할의 단역 셋도 스태프를 따라 분주하게 움직이기 시작했다.

6장

킬러 김한수

김 씨는 평범한 주부다. 요즘처럼 경기가 어려운 상황에서 으레 그렇듯이, 회사 눈치를 보느라 야근을 밥 먹듯 하는 남편을 둔 여느 주부처럼, 그녀에게는 40인치도 안 되는 네모난 상자가 친구고 세상의 절반이었다.

"이 드라마는 갈수록 막장이야. 에잉, 퍼스트레이디라더니 대통령 부인은 왜 안 나오는데."

늘 챙겨 보는 드라마기는 하지만 동 시간대 방송되는 K방송사의 여주인공이 꼴 보기 싫은 그년만 아니었으면 절대 보지 않았을 드라마이기도 했다.

오늘도 스토리는 막장을 향해 달려갔다. 간신히 선거를 이긴 대통령의 무남독녀가 갑작스레 괴한에게 쫓기고 있었다. 대체 괴한이 왜 등장하는지, 소희라는 여자는 왜 인적이 드문 길을 가는지에 대한 설명 따위는 나오지도 않았다.

"8회쯤 됐으면 뭐가 좀 나와야지."

김 씨가 혀를 차며 말했다. 차라리 이 시간에 다른 드라마의 재방송이라도 볼까 했지만, 어지간한 드라마들은 이미 본방 사수에 재방까지 보고 난 뒤라 선뜻 손이 가지를 않았다.

"저항해 봐야 소용없으니까 이만 포기해."

3류 악당의 전형적인 표본이라고 해도 좋을 정도로 평이한 캐릭터가 나와 역시나 뻔한 대사를 지껄여댔다. 그다지 능숙하다고는 할 수 없었지만 그나마 이 드라마 속에서 볼 만한 연기를 보여주는 소희 역의 배우가 겁에 질려 물러났다.

"너희도 이제 드라마 포기해라."

조기 종영이라도 하면 차라리 다른 볼거리가 생길 텐데 이건 해도 해도 너무했다. 그렇게 혀를 차며 제작진을 씹어대고 또 한심한 배우들을 씹어대며 텔레비전 앞에 앉아 인상을 찡그리고 있던 그녀가 순간 눈을 크게 떴다.

벼락이라도 맞은 것처럼 몸을 떤 그녀가 마치 뭐에 홀리기라도 한 것처럼 화면에 시선을 고정했다.

화면 속의 사내는 그저 그런 평범한 건달들과는 달랐다. 보는 순간 소름이 쫙 돋을 정도로 위험스러운 눈빛을 한 사내가 화면 속에서 그녀를 노려보고 있었다.

마치 육식동물이라도 되는 것처럼 다른 이를 눈 아래로 깔아보는 시선을 한 사내가 어슬렁거리며 다가온다.

그리고 마침내 사내의 얼굴이 화면을 가득 채운 순간, 익숙한 OST가 흘러나오기 시작했다.

"어머머, 어머머."

자기도 모르게 홀린 듯이 화면을 바라보고 있던 김 씨가 탄성을 내뱉었다.

"벌써 끝났어?"

이제까지 건성건성 드라마를 시청한 그녀답지 않게 드라마가 끝이 난 것이 아쉽게 느껴질 지경이었다. 한 시간 내내 제작진을 씹어댔는데 드라마가 끝나기 직전의 단 몇 초 만에 모든 것이 뒤바뀌어 버렸다.

그녀는 곧바로 방송사의 홈페이지에 들어갔다. 익숙한 손놀림으로 화면을 클릭한 그녀가 시청자 게시판을 찾았다. 그간 배우와 제작진에 대한 비난이 드물게나마 올라오던 게시판이 어쩐 일인지 꽤나 소란스러웠다.

'마성의 4초.'

게시글을 클릭한 그녀의 표정이 웬일인지 빨갛게 상기되어 있었다.

　　　　　*　　　　*　　　　*

영화와는 다르게 드라마의 반향은 즉각적이고 또 노골적이었다. 비록 그 드라마라는 것이 시청률 13%도 안 되는 초라한 성적의 그것일지라도 시청자들의 반응까지 그런 것은 아니었다.

동 시간대 방송 중인 타 방송국의 드라마가 연일 기사거리를 쏟아내는 것에 비하면 차라리 무관심이라고 해도 좋을 정도로 조용했던 시청자 게시판이 난리가 났다.

"에이, 무슨 난리씩이나."

'보는 사람도 별로 없는 드라마를…' 이라는 뒷말을 굳이 꺼내진 않았지만 표정만으로 모든 것이 드러났다.

김석천 PD가 그런 장택근의 얼굴을 보더니 못마땅한 얼굴을 해보였다. 그래도 제 놈 나온 장면에 대한 반응이라고 한달음에 달려와 말해 줬더니 저런 얼굴이라니.

하지만 애초에 자신의 욕심으로 인해 억지로 출현한 장택근이기도 했고, 또 앞으로도 아쉬운 부탁을 해야 하는 입장이기도 한 그였던지라 이내 웃음기 띤 얼굴로 그에게 말했다.

"그게 아니라 진짜로 난리가 났다고. 네 얼굴이 나간 시간이 딱 4.23초야. 근데 지금 그 4.23초 나온 얼굴의 주인공에 대한 문의가 끊이지 않고 있다고."

김석천 PD의 말에 장택근은 인상을 찡그렸다. 자신의 정체를 궁금해하는 사람들의 반응이 기분 좋으면서도 왠지 모르게 부끄럽기도 했다. 게다가 김석천의 얼굴을 보아하니 뭔가 또 난감한 부탁을 할 것 같아 왠지 모르게 꺼려지기까지 했다.

"일단은 나 잠깐 들른 거라 자세히는 말 못 하는데, 너 이따가 나 좀 보자, 오케이? 전화 받아!"

정신없이 나타나 또 정신없이 사라지는 김석천의 모습을 바라보던 그가 가만히 인터넷 검색창을 통해 시청자 게시판에 접속했다.

"오버하셨네, 또."

시청자 게시판이 난리가 났다고 하더니, 막상 들어와 보니 그 정도로 게시판이 뜨겁게 달아올라 있진 않았다. 애초에 보는 사람도 별로 없는 드라마다 보니 드문드문 올라오던 게시글이 비교적 늘어났을 뿐이었다.

제목: 제작진들 봐주세요.

날짜: ****년 **월 **일 **:**

안녕하세요. 퍼스트레이디를 항상 응원하는 인천에 사는 김 아무개입니다.

그간 8회가 되도록 스토리가 본궤도에 오르지 않아 답답하던 차였는데 이번에 그 답답함이 해소됐네요. 마지막에 소희를 위협하는 그 흉터 있는 남자는 새로운 캐릭터인가요? 만약 그렇다면 진짜 흥미롭

네요. 얼핏 보기에도 뭔가 예사 과거가 있는 캐릭터 같지는 않았는데.

제목: 마성의 4초.

날짜: ****년 **월 **일 **:**

마지막 장면 보고 숨넘어갈 뻔했습니다. 그간 김지혜 씨를 제외한 다른 배우분들의 발연기에 진짜 손발이 오그라들었는데 마지막 순간 그 남자, 킬러 맞죠? 그 킬러 보고 기절할 뻔했어요. 얼마나 인상이 강렬한지 딱 4초 보고 드라마 내용을 잊어버릴 정도로 놀랐다니까요.

아무래도 게시글을 다는 이들이 대부분 주부다 보니, 요즘 젊은 사람들의 게시글처럼 임팩트가 있는 것은 아니었지만, 사람들이 꽤나 인상 깊게 그의 등장 신을 보았다는 것 정도는 알 수 있었다.

"김 선배도 진짜 멘탈 하나는 갑이구나. 이런 소리를 듣고도 아무렇지도 않은 걸 보면."

그에 대한 낯간지러운 찬사 글들 사이사이에 끼어 올라오는 신랄한 비판을 본 장택근이 고개를 절레절레 저었다. 아무래도 이번 일로 귀찮은 일이 생길 것만 같은 예감이 들었지만 그는 애써 부정하고 다시 기획안을 잡기 위해 시나리오를 펼쳐 놓고 보기 시작했다.

그리고 그의 예상은 정확하게 들어맞았다. 김석천이 다시 찾아온 것이다. 기획안을 작성하느라 여념이 없는 그를 다짜고짜 휴게실로 불러낸 그가 장택근의 바짓가랑이를 붙잡았다.

"딱 몇 번만 출연하자, 응? 딱 몇 번만."

"싫다니까요. 선배 부탁이라 들어드렸잖아요. 근데 또 그러시면 저는 언제 기획서 쓰고 언제 입봉하라고요."

완곡하게 거절을 해 봐도 통하지 않자 이제는 장택근의 음성이 강경하기만 했다.

하지만 강경하기로는 김석천 역시 마찬가지였다. 아니, 그의 태도는 강경한 것을 넘어 필사적이기까지 했다.

시청률 1%에 웃고 우는 드라마국의 사람들이다. 그런데 연일 하강 곡선을 치던 시청률을 반대쪽으로 꺾어버릴 실마리를 찾았다. 매달리지 않으면 사람이 아니다.

"인마, 한 번만 형 살려주라."

게다가 며칠 전에도 국장실에 불려 가 된통 깨졌던 그였던지라 장택근에게 매달리는 태도가 한결 더 간절했다.

당장 장택근을 출연시킨다고 13%까지 내려간 시청률이 확 치솟을 리도 없었지만 연일 장택근에 대한 관심을 보이는 시청자들의 반응을 보고는 그나마 희망을 본 김석천이다.

"너도 입봉할 때 누구 하나 붙어야 하잖아. 이 바쁜 드라마국에서 남 좋으라고 보조 뛸 선배가 어딨어. 네가 이번에 도와주면 나도 도와줄게."

결국 입봉작까지 언급하고 나서야 장택근의 고개가 끄덕여졌다. 마치 세상이라도 다 얻은 듯 활짝 미소를 지은 김석천의 모습이 이제는 딱할 지경이었지만 장택근은 단서를 붙였다.

"저 괜히 팔자에도 없는 배우질 하다가 발연기니 뭐니 괜히 까이기 싫으니, 대사 없이, 난이도 있는 신 없이 가는 겁니다."

애초부터 연기자 출신도 아닌 그에게 고난도의 연기를 기대했던 것도 아니라, 김석천이 가슴을 탕탕 쳐 보이고는 바쁘게 사라졌다.

하나뿐인 여동생의 병원비를 벌기 위해 조직의 히트맨 노릇을 하는 김한수. 그게 새롭게 보강된 괴한 2의 설정이었다.

끝까지 전형을 벗어나지 못하는 김석천의 한계에 고개를 내저은 장택근이었지만 일단 약속한 것은 약속한 것이니 대본을 읽어보았다.

"아오! 선배는 진짜 이걸로 드라마가 뜰 거라고 생각하는 거야 뭐야……."

보는 순간 손발이 오그라드는 대본에 그가 온몸을 비틀었다. 이건 뭐 처음부터 끝까지 우수 어린 눈빛 아니면 잡아먹을 듯한 눈빛이라고 도배가 된 지문에 그는 한숨을 내쉴 수밖에 없었다.

이러니 시청률이 바닥을 벅벅 기다 못해 뚫고 들어가지…

차마 면전에 던지지 못한 말을 삼킨 그가 저 멀리서 스태프들에게 호통을 치는 김석천을 바라보았다.

비록 막장 스토리에 발연기 배우들을 데리고 찍는 드라마였지만, 김석천 본인의 능력은 그렇게 나쁘지 않았다. 그 능력이 과도할 정도로 영사의 미학 쪽에 쏠린 탓에 다른 능력이 말도 안 될 정도로 좋지 않았지만, 미장센(등장인물의 배치나 역할, 무대 장치, 조명에 관한 총체적인 계획) 하나만큼은 드라마 국에서 손에 꼽아주는 그였다.

지금도 배우들의 연기력을 지적하는 것보다 화면의 구도와 색감에 대한 지적을 더 많이 하고 있다.

가만히 그를 보다가 고개를 절레절레 저은 장택근은 메이크업 탓에 답답한 얼굴을 살짝 쓰다듬었다. 그 모습에 기겁을 한 여자 스태프가 흉터 지워진다며 법석을 떠는 통에 무안해져버린 그가 이내 촬영을 준비해야 했다.

##Scene 148, 퍼스트레이디.

병실에 누운 가녀린 소녀는 생명 유지 장치의 도움으로 간신히 숨을 쉬고 있었다. 그 가녀린 가슴이 힘겹게 오르락내리락했다.

그 모습을 바라보는 김한수의 눈빛이 참담했다. 어렸을 때부터 몸이 약한 동생이었던지라 그저 건강하게만 자라길 바랐는데 결국 이렇게 되어버렸다. 자신이 조금 더 보살피고 챙겨줬어야 했는데 먹고산답시고 이리저리 뛰다 보니 정작 소중한 이를 지키지 못했다.

동생을 바라보는 그의 눈빛에 자기혐오와 자책이 깃들었다. 한참을 그런 참담한 눈빛으로 동생을 지켜보던 김한수는 이내 차가운 표정을 하고는 병실을 나섰다.

이 병실을 나서는 순간 인간 '김한수'는 사라지고 잔혹한 살인 기계가 되어야 했다.

"컷!"

김석천의 '컷' 사인에 장택근이 휴 하고 길게 한숨을 내쉬었다. 이미 몇 번이나 NG를 내 재촬영을 했던지라 때 아닌 연기 지도까지 받아야 했던 그다. 연기 지도라고 해봐야 사실 별것도 없고, 최대한 비슷한 상황을 떠올리며 감정을 이입해 보라는 것이었다. 그나마 덕분에 이번에는 OK 사인을 받고 촬영을 마칠 수가 있었다.

"좋아! 진작 그렇게 하지!"

김석천이 방금 전의 촬영분을 모니터링하더니 좋다고 손뼉을 쳤다.

"이야, 장 PD 이 김에 아예 배우로 나가지? 어지간한 배우보다 감정이 더 살아 있어!"

호들갑을 떠는 그의 모습에 장택근이 슬그머니 주변의 반응을 살피는데, 뭔가 사람들의 표정이 묘했다.

특히나 여자 스태프들의 표정이 가관이었는데 뭐에 홀리기라도 한 것처럼 장택근을 바라보고 있었다.

이상할 정도로 상기된 얼굴들이라 장택근이 자신이 뭔가 실수했나 싶어 주변을 살펴보았지만 김석천을 비롯한 남자 스태프들은 엄지를 추켜세우며 그를 칭찬했다.

"유나 씨, 저 많이 어색해요?"

그나마 메이크업을 챙겨준답시고 몇 번 이야기를 나눴던 이유나에게 물으니 그녀가 더듬거리며 대꾸했다.

"어색이요? 아니요! 절대로요, 절대!"

금세 손사래를 치며 말하는 그녀의 태도에 그나마 안심한 그가 의자에 앉는데 이유나가 땀 한 방울 흘리지 않은 그의 얼굴을 만져 준다며 법석을 떨었다.

"대박! 대박! 장 PD님, 원래 연기자 지망생이셨어요?"

호들갑스러운 그녀의 말에 장택근이 택도 없는 소리라며 고개를 젓자 그녀가 다시 물었다.

"근데 어떻게 연기를 그렇게 잘하세요! 눈빛 작살! 진짜 어지간한 배우들은 명함도 못 내밀겠다니까요."

비록 뒷말은 그에게만 들리도록 작게 이야기했다지만 주변에 있는 사람들도 그의 연기력을 칭찬하는 그녀의 태도를 당연하게 받아들였다.

그 정도로 그의 연기는 좋았다. 비록 연기 경험이 없는 그를 배려한 비교적 편한 각도에 편한 흐름이었다지만 그의 눈빛은 진짜였다. 대체 연기의 비결이 뭐냐고 묻는 이유나에게 장택근은 웃으며 대답했다.

"비슷한 경험이 있거든요. 그래서 그때를 떠올리니까……."

"아……."

그렇게 말하는 그의 눈빛이 너무도 애환에 차 있어 이유나는 갑자기 이유도 모르고 가슴이 먹먹해지는 것을 느꼈다.

＊　　　＊　　　＊

장택근의 열연 아닌 열연 덕인지, 그도 아니면 단순히 시기가 맞았는지 김석천의 '퍼스트레이디'는 시청률이 조금씩이나마 오르고 있었다. 덕분에 덩달아 장택근도 바빠져야 했는데 아무래도 김석천은 작정하고 장택근을 부각시키려고 마음먹은 모양이었다.

이제는 드물게나마 장택근에 관련된 기사가 포털사이트에 오르내리기도 할 지경이었다. 원래대로라면 그저 그런 드라마의 약진 정도로 끝이 났어야 할 일이 얼마 전에 있었던 일로 제법 흐름을 타버렸다.

미장센에 목매다는 김석천이 장택근의 옷을 벗기는 데 성공한 것이다.

극 중 필요하네, 뭐네 하며 갖은 말로 그를 설득하더니, 결국 화면에 나온 것은 그저 아무런 의미도 없는 서비스 신이었다. 아마존을 다녀온 이후로 군살 하나 없는 탄탄한 몸매로 바꾸어버린 장택근의 몸매가 그대로 방송을 타버렸다.

덕분에 '퍼스트레이디'를 보지 않는 사람들마저도 장택근의 존재를 알게 되었다. 여전히 그의 정체에 대해서 정확하게 알려진 것은 없었지만 킬러 김한수 하면 요즘에는 나름 핫한 이름이라는 소리가 나올 정도였다.

"장 PD님, 이제는 꽤 자연스러워지셨는데요?"

처음에는 질색을 하더니 이제는 곧잘 메이크업을 받는 그의 모습에 이유나가 실웃음을 지으며 말했다.

"끄응, 유나 씨, 그냥 해요. 사람 민망하게."

오늘은 그가 배역을 맡은 김한수가 최후를 맞는 날이었다. 그간 여동생을 위해 수라의 길을 걷고 있던 그가 끝내 그 누구에도 이해받지 못한 채 조직의 배신 속에서 죽어가는 장면이다.

덕분에 메이크업을 하는 시간이 꽤나 오래 걸렸다. 이유나는 힘들지도 않은지 이유 모를 콧노래까지 불러가며 그의 얼굴을 만지며 공을 들였다.

"꺄아, 장 PD님. 그거 알아요?"

메이크업이 끝나자 뭐가 그리 좋은지 감탄을 내뱉은 그녀가 그렇게 물었다.

"뭐요?"

"요즘 진짜 더 멋있어진 거. 우리 팀에도 장 PD님 팬 엄청 많아요."

홍조를 띤 채 호들갑을 떠는 그녀의 말에 쓴웃음을 지으며 주변을 둘러본 장택근은 촬영장의 이곳저곳에서 그를 훔쳐보는 여자 스태프들을 발견하곤 헛기침을 했다.

"비행기 그만 태워요. 그러다 떨어지면 머리부터 떨어져요."

되도 않을 소리를 지껄이며 자신의 차례를 기다리다 보니, 어느새 그의 차례가 돌아왔다.

"대역 없이 진짜 괜찮겠어?"

킬러 김한수가 최후를 맞는 날이다 보니 액션 신이 빠질 수가 없었다. 김석천의 꼬드김에 넘어가 안 그래도 조금씩 난도 있는 연기를 해왔던 그였던지라, 지금에 와서는 그저 한숨으로 대답을 대신했을 뿐이다.

잠시 호흡을 가다듬은 장택근이 김한수가 되었다.

카메라가 돌기도 전인데 벌써부터 눈을 번들거리며 서서 자세를 바로잡는 그의 모습에 스태프들이 감탄을 내뱉었다.

"진짜 그림 나온다. 저런 친구가 대체 왜 여태껏 연기를 안 하고 PD를 하고 있었대."

김석천의 곁을 지키던 카메라 감독이 화면에 비친 장택근,

아니, 김한수를 바라보며 감탄을 토했다.

"나도 그게 이해가 안 가네. 마스크도 꽤 괜찮고, 몸도 끝장나고. 저 정도면 상품성이 있지 않아? 거기다가 반쪽 연기라지만 연기도 작살이고."

김석천이 휘파람을 불며 그의 말을 받았다.

모니터에 비치는 김한수의 모습이 장렬하다. 잔뜩 찢어진 슈트에 피 칠갑을 한 그가 거칠게 숨을 몰아쉬며 화면을 노려보고 있었다.

"바로 들어가도 되겠는데?"

카메라 감독의 말에 김석천이 바로 신호를 보냈다.

"242번 신 들어갑니다! 다치지 않게 다들 조심하시고! 그럼 레디, 액션!"

슬레이트의 소리와 함께 필름이 돌아가기 시작했다.

*   *   *

장택근은 다시 본래의 PD 업무로 돌아가 있었다. 김석천의 일을 돕는답시고 생각보다 많은 시간을 허비했던지라 기획서를 쓰는 데 온 정신을 집중했다.

처음에는 지지부진했던 기획이 운이 좋게도 제법 괜찮은 작가와 자리가 마련되었다. 경력도 실력도 나무랄 데가 없는 작가라 자신 같은 초짜와의 작업에 거부감이 없을까 걱정했는데 다행스럽게도 그런 기색은 없었다.

"꺅! 어떻게 해! 진짜 김한수네! 반가워요!"

오히려 아이돌을 만난 소녀 팬처럼 들뜬 얼굴로 호들갑을 떠는 통에 정신이 없을 지경이었다. 민망한 얼굴로 그녀가 내민 손을 잡아주니 그걸 또 좋다고 호들갑을 떠는 작가의 얼굴이 생각보다 앳되었다.

"김한수가 아니라 이번 기획을 담당하기로 한 PD 장택근입니다."

그가 쓴웃음을 지으며 인사를 건네니 그녀가 뒤늦게 정신을 차리고는 사과를 해왔다.

"어머, 죄송해요. 제가 실례를 했네요. 박선미예요."

소녀 같은 이마가 매력적인 박선미가 헤실헤실 웃음을 지어 보였다. 뭔가 생각과는 다른 이미지의 그녀인지라 잠시 정신이 없던 그가 이내 표정을 수습하고는 바로 본론을 꺼내들었다.

"일단 여기 나오셨다는 건 제 제안에 흥미가 있으시다는 거죠?"

장택근은 몇 번이나 읽어보느라 잔뜩 꼬질꼬질해진 대본 하나를 내밀며 물었다.

"PD님이야말로 제 '아름다운 세계'의 어디가 마음에 드셨어요? 사실 예전에 쓴 거라 지금 세태에는 맞지 않을 텐데요?"

이미 기획 단계에서 한 번 엎어진 그녀의 시나리오다.

아무래도 대중적인 요소가 부족한 감이 있다는 평이 있는 시나리오였던지라 그녀가 정색을 하고는 그의 눈을 마주 보았다.

초짜 감독다운 작품성이니 뭐니 하는 소리를 지껄였다가는 바로 자리를 털고 일어날 것처럼 날카로운 얼굴이었다. 첫인상과는 또 다른 그녀의 모습에 장택근은 자세를 바로 하고 자신의 생각을 털어놓기 시작했다.

＊　　　＊　　　＊

장택근은 발걸음도 가볍게 강남의 한 식당으로 향하고 있었다. 원래대로라면 눈코 뜰 새 없이 바빠야 할 그였지만 요근래 제법 드라마의 기획에 진척이 있어 시간을 낼 수가 있었다.

게다가 그렇지 않다고 하더라도 오랜만에 만날 그리운 이들을 생각하면 없는 시간이라도 뺄 생각이었다.

약속 장소에 도착한 장택근은 고급스러운 로비 저 너머에서 손짓하는 진재영을 보고는 걸음을 옮겼다.

"누나, 진짜 오랜만이네요."

밝게 웃으며 그녀에게 물으니, 그녀가 장난스러운 표정을 지어 보였다.

"이야, 너는 신수가 훤해졌다. '킬러 김한수.'"

그 어투에 담긴 기색이 악의 없는 장난기라 장택근은 짐짓 냉정한 얼굴로 김한수를 연기해 보였다.

"더 이상 그 드라마에 대해서 말했다가는 내가 쪽팔려서 죽든지 누나가 죽든지 해야 할 거예요."

제 딴에는 분위기를 잡고 한다는 말이 어색하기 그지없어 진재영이 깔깔거리며 웃었다.

"야, 너 진짜 대사 없었던 게 신의 한 수다. 입 여니까 진짜 깬다."

악의 없는 농담에 장택근이 마주 웃어보이고는 자리에 앉았다.

"잘 지냈죠?"

"뭘 또 그렇게 내외하고 그래. 누가 보면 문자 한 번 안 주고받았는지 알겠네."

오랜만에 만나도 변함없이 유쾌한 그녀의 태도에 기분이 좋아진 장택근이 즐거운 표정을 지어 보이는데, 저 멀리서 이지원이 들어서는 게 보였다.

"쟤는 진짜 존재하는 것만으로 빛이 난다."

"지원이가 걷는 곳이 곧 런웨이라는 소리가 괜히 있는 게 아니죠."

언제나처럼 티셔츠에 청바지 차림을 한 간편한 복장인데도 눈을 떼지 못하게 만드는 그 치명적인 매력에 장택근과 진재영이 감탄을 토했다.

"왔어? 앉아, 우리도 막 온 참이야."

장택근이 이지원의 자리를 정리해 주며 의자를 살짝 빼주자 그녀가 너무도 자연스럽게 그 자리에 앉았다. 그 모습을 본 진재영이 가늘게 눈을 뜨고는 둘을 번갈아 살펴보았다.

"오랜만이에요, 언니. 더 예뻐졌네."

"너한테 그런 말 들으면 놀림당하는 기분이거든? 그나저나 너희 둘 조금 수상한데?"

오랜만에 만나는 사람들 치고는 너무 격의 없는 모습에 진재영이 콕 집어 그렇게 물으니 이지원이 천연덕스럽게 대꾸했다.

"수상하긴 뭘 수상해. 나 배고파, 밥부터 시키자."

그 태도가 또 그녀가 알던 이지원 그대로인지라 진재영이 기분 좋게 웃었다. 아마존을 다녀오기 전에도 톱스타였던 이지원은 지금에 와서는 더 이상 올라갈 곳이 있을까 싶을 정도로 상한가를 치고 있었는데, 여전히 변함없는 그 털털한 태도에 괜히 웃음이 나왔다.

"그나저나 택근이 너는 이제 창피한 것도 모르고 훌렁훌렁 벗더라?"

어느 정도 배를 채운 이지원이 그렇게 말하니 장택근이 민망한 얼굴을 해보였다.

"내가 힘이 있냐. 선배가 까라면 까야지."

고단함에 찌든 영업사원과도 같은 얼굴로 죽는 소리를 하자 진재영이 금세 깔깔 거리며 그를 놀렸다.

"진짜 너는 대사만 안 하면 아카데미상 감이야."

"어차피 뭐 이제 연기할 일도 없어요. 아카데미상은 줄 사람 주라고 해요. 난 관심 없으니까. 양보할게요."

너스레를 떠는 그의 모습에 진재영과 이지원이 또 웃음을 터뜨렸다.

"근데 진짜 연기 생각 없어?"

웃을 만큼 웃고 난 이지원이 정색을 하며 물었다. 그 태도가 방금 전과는 달리 조금은 진지한 구석이 있어 장택근이 고개를 갸웃거렸다.

"아니, 요즘 새로 들어갈 영화 하나 있는데, 감독이 너한테 관심을 좀 보이더라고."

그 생각도 못한 말에 장택근이 눈을 크게 뜨니 진재영 역시도 놀란 얼굴을 해보였다.

"연기 경험이 없으니까 주연급은 힘들더라도 비중 있는 조연 자리 정도는 줄 생각 하는 모양이던데, 마침 너한테 딱 맞는 배역도 있고."

이야기를 들어보니 진지하게 배역을 맡을 생각이 없는지 물어보는 터라, 장택근이 손사래를 쳤다.

"너까지 왜 그래. 나는 PD지 연기자가 아니야. 연기는 연기 밥 먹던 사람들이 해야지."

대충 말을 넘기려는데 이지원이 집요하게 다시 물었다.

"아냐, 너 소질 있어. 이지원이 보장한다고. 제대로 배우면 너 금방 올라갈 거야."

"그래, 그래. 나도 퍼스트레이디는 진짜 막장 드라마라 안 보려고 했는데, 너 나온다고 해서 궁금해서 봤거든? 근데 진짜 너 같지 않았어."

그녀의 말에 진재영까지 나서서 거드니, 이래서야 캐스팅 제안을 받는 연기자 같지 않은가. 장택근이 진땀을 흘리며 거절을 하는데 저 멀리서 사람들이 수군거리는 소리가 들렸다.

"맞잖아. 여자는 이지원이고, 남자는 김한수야. 그 옆에는 신인 연기자 아냐?"

"웃빨 장난 아니다. 이지원 앞에 있는데 전혀 안 꿀려. 가서 사인이라도 받자."

"여기 그런 데 아니거든? 괜히 물 흐리지 말고 앉아 있어."

몇 테이블 건너에 앉아 있던 여인들이 수군거리는 소리가 민감한 그의 청각에 걸려들었다. 고급스러운 분위기 탓에 제법 격 있는 사람들이 들락거리는 식당이 아니었다면, 당장에라도 달려와 사인을 해달라고 할 법한 기세였다.

저도 모르게 대화를 듣다 보니 수군거리는 여자들을 보게 되었는데, 그중에서도 일행을 만류한 아가씨가 도도한 표정으로 그를 바라보고 있었다. 어쩌다 보니 눈이 마주쳐 무안해진 그가 고개를 살짝 숙이니 저편의 아가씨가 고개를 홱 소리가 나도록 돌리는 것이 보였다.

"너 지금 좀 이름값 생겼다고 작업질이냐?"

갑작스레 끼어든 이지원의 음성에 정신을 차린 장택근은 왠지 모르게 차가운 눈으로 자신을 바라보는 그녀를 보고 진땀을 흘렸다.

"아니, 저 테이블에서 우리 얘기를 하길래."

"네 귀는 무슨 600만 불쯤 되기라도 해? 저기서 나누는 대화가 어떻게 여기까지 들려."

평소와 다를 게 없는 무심한 음성이지만 그 안에 담긴 기색이 왠지 화가 난 것 같아 장택근이 변명하듯 입을 놀리는데 이지원이 다시 그에게 면박을 줬다.

"니들 누가 보면 진짜 사귀는 줄 알겠다."

진재영이 그 모습을 보고는 한마디 하니 이지원과 장택근의 얼굴이 동시에 뻘겋게 달아올랐다.

*　　　　*　　　　*

"언니, 어휴, 매번 그렇게 취해요."

"괜찮다니까."

장택근의 부축을 받은 진재영이 잔뜩 꼬부라진 발음으로 대답했다.

"진짜 괜찮아? 우리 회사 차 불러준다니까."

"기지배야. 시간이 몇 신데 또 민식 씨를 불러. 그냥 택시

타고 가도 된다니까."

진재영은 장택근의 손을 뿌리치며 길가에 잔뜩 늘어선 택시 중 하나를 잡아탔다. 슬쩍 창문을 내린 그녀가 손을 흔들어주었다.

"어디로 모실까요?"

"신사동 쪽으로 가주세요. 간다, 연락해!"

주말이라 그런지 도로에는 택시고 개인차량이고 할 것 없이 가득 차 있었다. 여기저기서 택시를 잡는 취객들의 모습을 바라보며 진재영은 피식 웃었다.

"이것들 내가 지들 좋으라고 이러는 거 아나 몰라."

구부정하게 쳐져 있던 어깨를 편 그녀의 얼굴은 방금 전과는 달리 취기 하나 없었다.

"어휴, 다 커가지고 하는 짓만 보면 애들이라니까."

혼잣말을 하며 고개를 젓는데 휴대폰이 진동음을 토해냈다. 액정에는 지원이라는 이름이 떠올라 있었다.

"응, 지원아. 그래, 지금 가는 길이야. 걱정 말래두. 알았어, 알았어. 들어가면 연락할게. 이제 다 왔어."

대충 꼬부라진 소리로 전화를 받으니 룸미러로 기사가 뜨악한 얼굴로 그녀를 쳐다보았다.

* * *

"집에 거의 도착했대. 들어가면 연락 주겠다네."

이지원의 말에 장택근이 고개를 끄덕였다. 워낙 세상이 흉흉해 취한 여자 혼자 보낸다는 게 찝찝했는데 다행스럽게도 곧 도착할 모양이다.

"언니가 술을 잘 못했나? 주량이 소주 세 병은 된다는 것 같던데."

테이블에 굴러다니는 술이라고 해봐야 소주 다섯 병이다. 세 명이 골고루 나눠 마셨으니 그녀가 아무리 많이 마셨다고 해도 두 병을 넘지 않을 텐데, 이상할 정도로 취해 버린 진재영의 모습에 이지원이 고개를 갸웃거렸다.

"일어나자."

이지원의 말에 장택근이 말없이 휴대폰을 챙기고 자리에서 일어났다. 그러고는 자연스럽게 그녀를 따라 걷기 시작했다.

아직 그리 늦지 않은 시간임에도 취객이 가득한 강남의 번화가는 시끌벅적했다. 고래고래 악을 쓰며 떠들어대는 사람, 자지러지게 웃어대며 일행과 이야기를 하는 사람, 벌써 만취해 전신주를 잡고 욕지기를 토해내는 사람.

자신들만의 유흥에 빠져 버린 사람들 사이로 이지원과 장택근은 천천히 걸음을 옮겼다.

"너 이러다가 기사 뜨는 거 아냐?"

그래도 식당을 나서며 선글라스에 모자까지 챙겨 쓴 그녀인지라 알아보는 사람들은 없었지만, 워낙에 눈에 띄는 외모다 보니 이따금씩 사람들이 그녀를 힐끗힐끗 쳐다보았다.

"무슨 기사?"

이지원이 시큰둥하게 묻더니 걸음을 멈추고는 그를 빤히 바라보았다. 선글라스의 검은 렌즈에 가려진 그녀의 눈이 어떤 빛깔일지 몰라 괜히 주눅이 든 장택근이 뺨을 긁적였다.

"왜에, 야밤에 같이 남자랑 다니다가."

"다니면 뭐?"

도도한 외모와 다르게 털털한 성격을 가진 그녀가 요즘따라 종종 이런 모습을 보였다. 별것도 아닌 사소한 일에 열을 올린다고 할까. 난감해진 장택근이 다시 걸음을 옮겼다.

"왜, 너랑 스캔들 날까 봐?"

이지원이 그런 그의 곁으로 바싹 붙으며 묻는데 그 말투가 어쩐지 들떠 있었다.

"그래, 너 몇 번 크게 났잖아."

아무래도 대한민국을 대표하는 여배우이다 보니 한때는 각종 추측성 기사에 시달렸던 이지원이다. 기획사의 강경대응으로 금세 사그라지기는 했지만 당시 그녀가 꽤나 시달렸던 것을 기억한 장택근이 걱정스레 말했다.

"스캔들 나면 나는 거지."

그렇게 말한 그녀가 갑작스레 그의 팔짱을 끼워왔다.

깜짝 놀란 장택근이 그녀를 바라보니 그녀의 얼굴에 홍조가 서려 있었다. 그것이 취기 때문인지 그도 아니면 다른 이유 때문인지 혼란스러워진 장택근이 영문도 모르고 얼굴을 붉혔다.

뭉클한 감촉이 자신의 팔뚝에 닿았다는 것보다 그녀의 태도에 그는 더욱 심장이 두근거렸다.

"뭐해. 좀 빨리 좀 걸어."

당당한 그녀의 태도에 장택근은 애써 두근거리는 마음을 진정시키고 그녀를 따라 걸음을 맞췄다. 어딘지 모르게 들뜬 얼굴을 한 장택근이 정면에 시선을 고정시키고 걸음을 옮기는데, 이지원이 슬쩍 그의 얼굴을 훔쳐보았다.

그녀가 혀를 내밀며 입술을 오물거렸다.

비록 소리는 들리지 않았지만 입모양은 '바보'를 몇 번이나 그려냈다.

*   *   *

집에 돌아온 장택근은 멍하니 천장을 올려다보았다.

무언가 간질거리는 느낌이 손끝에 남은 것 같아 그는 허공에 손을 뻗고는 몇 번이나 움찔거렸다.

오늘 대체 왜 팔짱을 끼었던 것일까.

이지원의 돌발 행동에 그는 집에 돌아온 이후로 한참이나 혼란스러워야 했다. 혹시나 하는 마음이 들었지만 그녀는 대한민국의 톱스타 이지원이다. 존재만으로 빛이 나는 대한민국 최고의 미녀가 무엇이 아쉬워 입봉도 못한 PD 나부랭이를 좋아한다는 말인가.

아마존에서 같이 지내다 보니 가족처럼 느껴진 것은 아닐까. 모든 정황이 한 가지의 사실을 가리키고 있었지만 머리가 굳어버릴 대로 굳어버린 장택근은 애써 그 사실을 부정했다.

가만히 손을 꼼지락거리던 장택근은 휴대폰을 집어 들었다.

[이지원]

[이지원]

[이지원]

지금은 잠이 들었겠지만 한참이나 그녀와 문자를 주고받았던 장택근이었다. 휴대폰에 남아 있는 문자 기록들을 몇 번이나 더 읽어본 그가 갑작스레 고함을 질렀다.

"그럴 리가 없어어어어어!"

대뜸 소리를 지르더니 나중에는 침대를 뒹굴뒹굴 굴러다니다 다시 휴대폰의 문자를 읽어보았다. 그렇게 장택근은 잠도 못 이루고 날을 새워버리고 말았다.

날밤을 새우고 출근한 장택근이었지만 별로 피로한 기색은 없었다. 기이할 정도로 강인해진 체력 덕에 평소와도 같은 모습으로 기획안을 잡느라 열을 올렸다.

박선미 작가의 수정된 시나리오. '新아름다운 세계'가 이미 완료가 된 상태였고, 국장의 인가를 받은 상태였다. 이대로 캐스팅에 기타 기획만 맞아떨어지면 그가 꿈에도 그리던 입봉이 결정되는 것이다.

아니, 입봉도 입봉이지만 자신이 기획하고 연출을 한 작품이 온 국민에게 선을 보이는 것이다. 김한수 역을 하며 대중들에게 자신을 보이는 그 설렘을 한 번 맛본 그였지만 역시나 자신의 본업은 PD라고, 더욱 커다란 설렘에 슬그머니 미소를 지었다.

"뭐 좋은 일 있어?"

때마침 사무실에 와 있었는지 김석천이 그를 보며 알은척을 했다. 마지막 회 촬영까지 마무리가 된 터라 영상편집실에 있었어야 할 그가 사무실에 있자 장택근이 의아한 표정을 지었다.

"선배, 지금 마무리로 바쁘지 않아요? 여기서 하고 계세요?"

"벌써 끝났어, 인마. 커피나 한잔할래?"

매 편마다 전쟁을 치르는 다른 PD들과는 달리 묘하게 여유가 있는 김석천의 모습에 장택근은 고개를 절레절레 저었다. 퀄이 엉망이니 일이라도 빠른 모양이라고 차마 꺼내지 못한 말을 삼키며, 그는 김석천을 따라 휴게실로 갔다.

"기획은 잘돼 가?"

"그럭저럭요. 작가도 섭외했고, 수정 시나리오도 받았고, 국장님 도장도 받았어요. 이제 캐스팅에 자잘한 것들만 잡히면 바로 작업 들어갈 수 있을 것 같은데요?"

"캐스팅은 이지원하고 그 집 식구들?"

묘하게 기대를 하는 그의 눈빛에 장택근은 고개를 끄덕였다. 안 그래도 며칠 전에 이지원의 매니저 강민식과 그 건으로 통화를 했던 차다. 수정된 시나리오를 보냈으니 저쪽에서 리스트에 있는 배우들을 어느 정도 추려서 보낼 것이다.

얼마나 자신들의 약속을 지킬지는 미지수였지만, 그래도 이지원만 건져도 기획이 엎어질 일은 없었다. 이지원까지 생각이 미친 장택근이 왈칵 인상을 찡그렸다.

도무지 적응이 되지 않는 그 간질거리는 느낌이 또다시 심장 어림을 쓰다듬은 탓이다.

"뭐야. 잘돼 가는 거야, 안돼 가는 거야?"

그의 표정을 오해한 김석천이 물었다. 장택근이 고개를 저으며 황급히 변명했다.

"그쪽에서도 최대한 맞춰주겠다니까, 뭐 조만간 답이 나올 겁니다."

"대체 무슨 관계길래 이렇게까지 맞춰준데? 그쪽 식구들이면 죄다 A급 아닌 애들이 없잖아."

김석천이 눈을 가늘게 뜨고 물으니 장택근이 뜨끔한 얼굴을 해보였다가 이내 표정을 가다듬었다.

"하여튼, 나도 최종 화 나가고 나면 할 일 없으니까 그 기획 좀 보자고. 약속은 지켜야지."

김한수 역을 맡아주는 대가로 그의 입봉작에 보조를 해주기로 한 김석천이 종이컵을 쓰레기통에 던져 넣으며 말했다.

"돌아가면 드릴게요. 기획서하고 캐스팅 리스트, 그리고 방향하고 잡아둔 거 있어요."

장택근이 그에게 고마운 표정으로 말했다. 따지고 보면 김한수 역할을 하면서 그렇게 고생이랄 것도 없었는데 앞으로 초짜 PD를 도와 드라마라는 긴 여정을 함께 해야 할 그에게 진심으로 감사를 표했다.

"됐어, 인마. 제대로 못 하면 내가 뺏어버릴 거야."

"그건 좀……."

미장센에만 집착하는 그의 연출법을 알기에 그가 뒷말을 흐렸다. 솔직한 심정으로 아무리 못해도 그보다 잘할 자신은 있었다. 이지원과 그 주변 배우들이라는 막강한 무기도 얻은 상태였고, 박선미라는 잘나가는 작가까지 섭외가 끝난 상태다.

김석천의 '퍼스트레이디' 꼴이 나서야 차라리 접시 물에 코를 박고 죽어야 할 판이다.

7장

추락

'퍼스트레이디'의 최종 화가 나간 다음 날부터 김석천은 장태근의 입봉작 작업에 참여했다. 마침 국장의 특별 지시도 있었고, 시기도 맞아 모든 것이 순조롭게 풀려 나갔다.

　박선미 작가는 기대 이상의 유연함과 포용력으로 수정 작업을 성공적으로 마무리했고, 어떻게 보면 가장 중요하다고 말해도 좋을 배역 섭외 역시 소소한 문제들을 제외하고는 순조롭게 진행되고 있었다.

　그 소소한 문제라는 게 어떻게 보면 판을 뒤엎을 만큼 큰 문제긴 했지만.

　아무리 무조건적인 지원을 약속했던 이지원의 회사라고

해도 이지원쯤이나 되는 여배우를 함부로 내돌릴 리가 없다. 드라마의 여주 설정이 마음에 들지 않아 조율에 들어갔는데 그게 꽤나 스트레스를 받는 작업이었다.

어지간한 이지원도 이번만큼은 양보를 하지 않았는데, 자신이 맡을 배역이다 보니 납득이 가지 않으면 차라리 다른 좋은 배우를 소개시켜 주겠다는 것이다.

그래도 이게 몸값을 올리기 위한 수작이나, 괜한 강짜라기보다는 정말 타당한 이의 제기여서 박선미 역시 흔쾌히 수정 작업을 진행 중이었다. 당장 제작까지 초읽기에 들어간 것이나 진배가 없을 정도의 작업 상황이었다.

모든 것이 순조로웠다. 이대로라면 금방 입봉을 성공하고 금일봉을 하사받을 것만 같은 기분에 장택근은 요즘 꿈속을 걷는 기분이었다.

하지만 그 기분 좋은 꿈이 악몽이 되는 것은 순식간이었다.

손보석의 살인 혐의로 장택근이 재조사를 받기 시작하면서 모든 일이 틀어지기 시작했다.

나 PD의 증언뿐만 아니라 남자 그룹에 있었던 다른 이들의 증언, 그들과 인연이 있는 검사까지 합심하고 그를 출두시킨 것이다.

처음에는 대수롭지 않게 여기고 검찰에 출두했더니 다음 날 신문을 비롯한 각종 매체에 그에 대한 이야기가 실렸다.

M방송국의 자신작 '아름다운 세계'의 담당 PD가 살인 혐의를 받고 있다는 기사가 대문짝만 하게 난 것이다.

스스로야 아직 이름값도 없는 무명 PD였지만 하필이면 이지원이 걸려 버렸다. 뭐든 스치기만 해도 대박 특종이라는 그녀의 이름값대로 해당 사건은 사회적 이슈가 되어버렸다.

"장택근 씨. 칼데아네스의 판자라고 아시죠? 공부 많이 하신 분이니 아마 아실 겁니다."

어두운 취조실 속에서 장택근은 내내 시달림을 받아야 했다. 애초부터 그를 타깃으로 정한 것인지 교묘하게 자꾸만 자백을 유도하는 담당 검사의 태도가 너무나 무례했다.

"그러니까 그냥 말씀하시라니까요. 어차피 아무런 처벌도 받지 않아요. 그냥 우리는 이 사건을 빨리 종결시키고 싶어서 그럽니다. 누구를 처벌하는 게 목적이 아니라고요. 아시겠습니까?"

검사의 말이 아니더라도 아무런 증거도 없는 증언만으로는 죄가 성립되지 않는다. 그걸 아니 이렇게 장택근을 가둬놓고 진을 빼고 있는 것이다.

자백하라고.

검사의 말에 침묵으로 대답을 대신한 장택근이 한숨을 내쉬었다.

'정말 지겹게도 따라다니는구나. 이놈의 꼬리표.'

"그럼 이렇게 합시다. 장택근 씨가 왜 사망한 손보석 씨를 폭행했는지. 오늘은 거기까지만 합시다."

역시나 언제나처럼 도돌이표다. 결국 돌고 돌다 보면 자신이 손보석을 폭행한 이유에 대해서 이야기가 나올 수밖에 없었다.

하지만 그에게는 절대로 그 사실을 말할 수 없는 이유가 있었다.

이지원은 빛나야 한다. 스타라서 그런 게 아니다.

그저… 당당한 그녀가 또다시 상처 입고 웅크리는 모습은 도저히 보고 싶지 않았다.

조금만 버티면 어차피 증거 따위도 없는 이 무의미한 조사가 끝나고 그는 풀려날 것이다. 아마존을 다녀온 이후 단 한 번도 피로를 느끼지 않았던 장택근의 얼굴에 피로한 기색이 떠올랐다.

그가 입을 꾹 다물고 있는데, 갑작스레 바깥이 소란스러워졌다.

"여기 들어오시면 안 됩니다!"

밖에 있던 경찰이 누군가를 제지하는 소리가 들렸다.

실랑이를 하는지 잠깐 이런저런 소리가 들리다가 취조실의 문이 벌컥 열렸다.

"어?"

책상에 팔꿈치를 대고 고개를 숙인 채로 있었던 장택근은 너무도 뜻밖의 얼굴이 나타나자 얼빠진 신음 소리를 냈다.

"얼굴이 그게 뭐야. 바보같이."

성큼성큼 다가온 그녀가 그의 얼굴을 쓸어 만지며 눈물을 쏟을 것만 같은 얼굴을 해보였다.

"지금 뭐하시는 겁니까!"

맞은편에 있던 검사가 버럭 소리를 지르는데, 그녀를 따라 들어온 나이 지긋한 사내가 말했다.

"안녕하십니까. 변호사 이형준입니다. 지금 제 고객이 불법적이고 아주 강압적인 조사를 받고 있다는 소식을 듣고 왔습니다."

변호사의 차분하지만 충분히 위엄이 서린 음성에 검사가 눈을 크게 떴다. 그 모든 모습을 바라보고 있던 장택근이 뒤늦게 입을 열었다.

"지원아, 네가 왜……."

눈물이 그렁그렁한 얼굴을 한 이지원의 얼굴을 바라보는 장택근의 얼굴에서 핏기가 빠져나갔다.

"빨리 가. 네가 왜 이런 데 있어, 가라고."

당황한 기색이 역력한 음성으로 이지원을 밀어내는 장택근의 얼굴이 창백했다. 혹시라도 그녀가 구설수에 오를까 걱정하는 마음이 너무도 절절하게 느껴져 이지원이 결국 눈물을 흘렸다.

항상 당당한 그녀가 흘린 한 방울의 눈물에 장택근은 가슴이 찢어질 것 같았다.

"가라니까."

당장 그녀를 따뜻하게 안아 위로해 주고 싶은 심정이었지만 그는 매몰차게 그녀를 밀어냈다. 그 완강한 태도에 몇 걸음 밀려난 이지원이 고개를 저었다.

"가자, 이제 다 해결됐으니까. 가자."

고개를 세차게 젓는 바람에 눈가에 고여 있던 눈물이 또다시 뺨을 타고 흘러내렸다. 그녀의 말에 영문을 몰라 장택근이 검사를 바라보니, 뭐라고 변호사와 이야기를 주고받았는지 검사가 똥 씹은 얼굴로 고개를 끄덕였다.

"가셔도 좋습니다. 조사에 협조해 주셔서 감사합니다."

이제까지와는 달라도 너무 다른 검사의 태도에 장택근이 얼떨떨한 얼굴을 해보이자, 검사가 고개를 숙이며 말했다.

"혹여 조사 중에 불쾌한 일이 있으셨다면 양해 부탁드리겠습니다. 장택근 씨 개인에게 무슨 억하심정이 있었던 건 아니고, 제가 하는 일이 원래 이런 일이라서."

그 정중한 말에 장택근이 변호사와 이지원을 번갈아 바라보자 이지원이 다시 한 번 그의 뺨을 어루만지며 말했다.

"다 끝났어. 그러니까 빨리 가자."

*   *   *

이지원이 장택근을 찾아가기 세 시간 전.

"무슨 소리를 하는 거야!"

이지원이 전에 없이 성난 음성으로 빽 하고 소리를 질렀다. 가끔 짜증을 부리긴 했어도 저렇게 소리를 지르는 모습은 또 처음인지라 매니저 강민식이 놀란 얼굴로 그녀를 진정시켰다.

"지원아, 왜 그렇게 흥분을 해. 일단 앉아, 응?"

사무실의 문을 다시 한 번 단속한 강민식이 이지원을 강제로 다시 자리에 앉혔다. 잔뜩 화가 난 얼굴로 씩씩대던 이지원이 조금은 누그러진 목소리로 말했다.

"다시 말해봐. 장 PD가 뭐 어떻게 됐다고?"

아까보다는 낮아진 음성이지만 그 안에 담긴 분노는 절대로 줄어들지 않았다. 오히려 너무 화가 나 차라리 차가워진 그녀의 표정에 강민식은 진땀을 흘렸다.

"장 PD님이 이번에 조사 또 받으러 갔잖아. 그리고 누가 찔렀는지 제대로 까발려졌고."

"빨리 이야기해. 알고 있는 건 넘어가."

서슬 퍼런 그녀의 말투에 강민식이 다시 말을 이어갔다. 몇 년을 함께해 온 그녀지만 이렇게까지 화가 난 건 또 처음이라 도무지 적응이 되지를 않는 모양이었다.

"그래서 그게 자격론까지 이야기가 확대됐는데, M방송국에서 입장 표명을 했어."

여기까지 말한 그가 슬쩍 그녀의 눈치를 살폈다. 차가운 눈으로 다음 말을 기다리는 모습이 워낙에 싸늘해 잠시 마른입에 침을 바른 그가 다시 이야기를 시작했다.

"'아름다운 세계' 메인 PD를 전격 교체한다고."

"그게 무슨 말도 안 되는 소리야!"

결국 참다못한 이지원이 벌떡 일어나며 다시 소리를 질렀다.

장택근이 이번 드라마에 얼마나 심혈을 기울였는지 누구보다 잘 아는 그녀였다.

매번 연락을 주고받을 때면 미주알고주알 떠들어대는 이야기들이 죄다 자신의 입봉작에 관련된 이야기였던 그. 잠도 줄여가며 선배들 뒤치다꺼리에 기획안 작성까지 하느라 종종 죽는소리를 하던 장택근이었지만 웃음을 잃은 적이 없었다.

그만큼이나 그는 이번 작품에 큰 기대를 걸고 있었다.

그런데 그런 작품을 다른 이에게 넘기게 됐다니.

"지원이 너도 알겠지만. M방송국이 요즘 좀 부진하잖아. 근데 아무리 자신작이라고 해도 이슈화고 나발이고 마케팅으로 커버 칠 상황이 아니야. 당장 소비자들이 보이콧을 하겠다고 난린데 어쩌겠냐."

결국 그가 몇 달 동안 밤을 새워가며 준비한 작품은 그를 보조하던 김석천이 맡게 되었다. 방송국의 입장에서야 이미지를 생각한 조치였겠지만 장택근에게는 날벼락이나 다름없는 일이리라.

이지원이 쓰러지듯 의자에 주저앉았다.

"다 나 때문이야. 이게 다 나 때문이야."

마치 미친 사람처럼 같은 말을 수 없이도 되뇌던 그녀가 어느 순간 눈을 번뜩거렸다.

"차동수하고 나윤섭. 두 명하고 자리를 만들어 줘."

"야! 이지원! 너 이 새끼 정말!"

듣다 못한 강민식마저 결국 소리를 지르고야 말았다.

"너 인마! 네가 설쳐 대면 장 PD가 뭐가 돼!"

"오빠 지금 장 PD 입장 생각하는 거 아니잖아. 이지원이라는 상품에 흠 생길까 봐 걱정하는 거잖아. 그러니까 장 PD 생각해 주는 척 그만해."

차갑게 입을 놀리는 그녀의 모습에 강민식이 그만 입을 다물었다. 정말이지 카리스마 이지원 어쩌고 할 때마다 코웃음을 쳤던 그였지만, 지금만큼은 그 유치한 소리가 그렇게 잘 어울릴 수가 없었다.

그녀의 날 선 분위기에 압도당한 강민식이 결국 체념한 듯 고개를 꺾었다.

"알았어. 대신 대표님하고도 먼저 이야기를 하는 거다."

그로부터 오래 지나지 않아 이지원은 차동수와 나윤섭과

마주할 수 있었다.

"이야, 지원 씨. 오랜만이네?"

비열한 얼굴로 지껄여 대는 차동수의 주둥이에 테이블에 놓인 재떨이를 쑤셔 넣고 싶은 마음을 꾹 눌러 참고 그녀가 옆에 있던 변호사에게 말했다.

"이 변호사님, 서류 보여주세요."

그녀의 말에 곁에 있던 변호사 이형준이 강민식의 눈치를 살폈다. 잔뜩 찌푸린 얼굴을 하고 있던 강민식이 고개를 끄덕여주니 이형준이 서류 몇 장을 테이블에 올려놨다.

"이게 뭐야?"

나윤섭이 능글맞은 얼굴로 서류를 집어 들었다. 보기 싫은 웃음을 지으며 서류를 살펴보던 나윤섭의 얼굴이 조금씩 굳어간다.

"지원 씨? 이건……."

나윤섭의 심상치 않은 태도에 차동수가 느긋하던 자세를 풀고 뒤늦게 서류를 들춰 보았다. 서류를 다 살펴보고 난 그의 표정 역시 나윤섭과 다르지 않게 굳어버렸다.

"지금 뭐 하자는 거야?"

마치 으르렁거리듯 말하는 그의 기세에 강민식이 굵은 눈썹을 꿈틀거리고는 이지원의 곁에 섰다. 이지원이 손을 들어 강민식을 만류하고는 차갑게 대꾸했다.

"몰라서 물어? 지금 이 상황 당신이 꾸민 거 모를 줄 알아?"

한기가 뚝뚝 흘러내리는 그녀의 음성에 차동수가 찔끔한 표정을 했다가는 이내 표정을 가다듬었다.

"무슨 소리를 하는 건지 모르겠는데."

"그래? 그럼 계속 모르는 채로 있어."

그렇게 말한 그녀가 그대로 자리에서 일어나려고 하자 나윤섭이 황급히 그녀의 손목을 잡았다.

"지… 지원 씨. 이게 무슨 소리야. 나는 그 일하고 상관없잖아. 그거야 보석이 새끼가 혼자서 그런 걸……."

그 비굴한 태도에 차갑게 웃은 그녀가 탁 소리가 나도록 그의 손을 뿌리쳤다.

"당신들한테 배운 거야. 뭐가 진실인지가 중요한 게 아니더라고. 그렇잖아?"

서늘한 눈매가 나윤섭을 훑고는 차동수에게 향했다.

"이런 짓을 벌였다가는 정작 가장 크게 다치는 게 누군지 몰라서 이러는 거야?"

거의 무릎을 꿇을 듯 자세를 낮추고 있던 나윤섭이 차동수의 말에 잠시 생각을 하더니 이내 기세등등하게 외쳤다.

"맞아! 이렇게 나오면 가장 크게 다치는 건 지원 씨일걸?"

구역질이 날 정도로 속물적인 그의 태도에 이지원이 자세를 바로 하고는 그들을 노려보았다. 흐트러진 옷매무새를 정리하고 허리를 꼿꼿이 세운 그녀가 또박또박 말했다.

"나 이지원이야. 얼굴만 반반해서 시청자들한테 사랑해 달라고 구걸하는 그런 인형 같은 년들이랑 같은 취급 하지 마."

그녀의 당당한 태도에 어지간한 차동수마저 주눅이 들 수밖에 없었다.

"어때, 치킨 게임 한번 뛰어볼래? 판돈은 내가 더 크지만 당신들도 요즘 걸 거 많잖아?"

이지원이 차갑게 웃으며 물었지만 차동수와 나윤섭, 그 누구도 대답하지 못했다.

*   *   *

"근데 진짜 어떻게 된 거야."

차에 올라탄 장택근이 그렇게 물으니 이지원이 시큰둥하게 대답했다. 방금 전에는 그렇게 애절한 얼굴을 하고 있더니 또 지금의 그녀는 평소의 그 도도한 모습 그대로였다.

"차동수하고 나윤섭이 새끼가 말을 번복했어. 사실 네 혐의라는 것도 다 그 치들이 나불거린 진술이 다잖아. 저쪽에서 말을 번복했으니 이제 네 혐의도 없는 거지."

갑작스러운 그들의 태도 변화가 이해되지 않은 장택근이었지만, 이지원은 그가 의문에 빠져 있을 시간 따위는 주지 않았다.

"그보다. 마음 단단히 먹고 내 말 들어."

전에 없이 진지하고 조심스러운 그녀의 태도에 장택근이

저도 모르게 진지해진 얼굴로 그녀를 바라보았다.

"아름다운 세계, 메인 PD 교체됐어."

그 돌리는 법 없는 돌직구에 그가 어리둥절한 표정을 지어 보였다. 아무래도 제대로 자신의 말을 알아듣지 못한 모양이라고 생각한 그녀가 다시 한 번 쐐기를 박았다.

"시청자들 여론이 좋지 않아서, 방송국의 이미지가 많이 타격을 받았어. 그래서……."

"무… 무슨 소리를 하는 거야? 지원아. 좀 알아듣기 쉽게 설명해 봐. 민식 씨, 지금 얘가 무슨 말을 하는 거예요?"

너무 큰 충격을 받은 것인지 장택근이 횡설수설하며 이지원의 말을 잘라냈다. 매달리듯 운전석의 의자를 부여잡은 장택근의 참담한 얼굴을 룸미러로나마 살펴본 강민식이 잔뜩 어두워진 얼굴로 대답했다.

"장 PD님, M방송국이 '아름다운 세계'의 PD 교체를 공식적으로 표명했어요."

그 말에 장택근이 입을 쩍 벌리고는 이지원과 강민식을 번갈아 바라보다가 이지원이 고개를 끄덕이자 온몸의 힘이 빠진 듯 가죽시트 등받이로 등을 기댔다. 무기력한 얼굴을 한 그가 한참이나 아무 말이 없다.

그런 그의 모습을 안타까운 얼굴로 바라보던 이지원이 몇 번이나 입을 열었다 닫았지만 결국 아무런 말도 하지 못했다.

"씨발! 좆같은 세상!"

장택근이 잔뜩 꼬부라진 말투로 욕설을 내뱉었다. 맞은편에 있던 진재영이 안쓰러운 얼굴로 그런 그를 토닥여 보지만 그는 계속해서 욕설을 내뱉었다.

테이블을 굴러다니는 술병이 이미 열 병이 넘었다. 작정했는지 독한 위스키와 맥주를 마구 섞어서 쉬지 않고 들이 부은 장택근은 결국 만취하고 말았다.

"우리 택근이 어떻게 하냐, 응? 택근이 어떻게 해."

속이 상한 진재영의 눈에도 눈물이 그렁그렁했다. 차마 뭐라고 위로해야 할지 할 말을 찾지 못한 그녀가 끊임없이 어떻게 하냐는 말만 되뇌었다.

"내가 왜! 잘못한 건 그 새끼들인데! 대체 내가 왜!"

이제는 거의 난동에 가까운 모습을 보이는 그였지만, 혹시 몰라 방음이 잘되는 가라오케를 골라 장소를 잡았던지라 제지하는 이는 아무도 없었다.

"내가 왜에에에에!"

아무리 소리를 질러도 울분이 가시지를 않는지 장택근이 고래고래 악을 썼다. 그 모습을 바라보는 진재영이 결국 눈물을 흘리고 말았다.

"내가… 내가 왜… 내가 얼마나 공을 들인 작품인데… 석천이 개새끼. 국장 개새끼……."

한참이나 그렇게 악을 쓰던 그가 지쳐 맨바닥에 주저앉았다.

"그걸 내가 어떻게 만든 건데… 그게 내가 어떻게 잡은 기 횐데……."

결국 장택근이 어깨를 들썩이며 흐느낌을 토해냈다.

진재영이 자리에서 일어나 그에게 다가가 그를 안아주었 다.

"다시 기회가 있을 거야."

그렇게 위로를 하는 그녀의 말투에 확신이 없었다. 이미 자 신을 만나기 전에 방송국을 들러서 다녀온 그는, 당분간은 자 숙하고 있으라는 사실상 징계나 다름없는 처분을 받았다고 했다.

그 당분간이 금방일 거라는 말은 차마 빈말로도 하지 못한 그녀가 장택근의 등을 쓸어주었다.

"이게 다 손보석 때문이야… 이게 다 차동수 새끼 때문이 야. 나윤섭도 김석천도… 다 개새끼들이야……."

결국 울먹임을 토해내는 그의 모습에 진재영이 질끈 눈을 감았다.

"이게 이지원 때문이야. 내가 걔랑 엮이지만 않았으 면……."

이제는 자신이 무슨 말을 하는지도 모르고 지껄여 대는 그 의 모습이 꼭 상처 입은 짐승과도 같았다. 잔뜩 다치고 깨져 몸을 웅크리고 신음을 참아내는 모습을 보는 진재영은 가슴이 미어졌다.

그 먹먹한 심정에 그녀는 저도 모르게 그를 꼭 안아주었다.

"지원이만 아니었으면……."

"그래, 나만 아니었으면 뭐."

장택근이 스스로 무슨 말을 하는지도 모르고 지껄여 대는데 언제 들어왔는지 이지원이 그를 내려다보고 있었다.

진재영이 슬며시 장택근에게 떨어지며 '왔어?' 하고 물으니 그녀가 살짝 고개를 끄덕이고는 다시 장택근에게 말했다.

"이지원만 아니었으면 뭐, 뭐가 어쨌는데."

장택근의 상황을 누구보다 잘 아는 그녀라기에는 너무도 날카로운 어조라 진재영이 곁에서 그녀를 만류했다.

"지원아, 지금 택근이 술을 너무 많이 먹어서, 지가 무슨 말 하는지도 모를 거야."

"잠깐만요, 언니."

그렇게 말한 이지원이 그대로 무릎을 굽히고는 바닥에 주저앉은 장택근의 얼굴을 부여잡았다.

"뭐! 이지원만 아니었으면 뭐!"

가뜩이나 힘든 장택근이다. 그런데 술에 취해 자신이 무슨 말을 하는지도 알지 못하는 상황에서 갑자기 나타난 이지원이 자신을 몰아붙이자 그의 얼굴이 대번에 사나워졌다.

"너만 아니었어도! 내가 왜! 이런 꼴을 당해!"

결국 마음에도 없는 소리를 빽 내질러 버린 그가 봇물이 터진 것처럼 여태껏 참아왔던 말을 마구 쏟아냈다.

"애초에 내가 그 지옥 같은 곳에서 왜 그랬는데! 무슨 심정으로 너하고 누나를 지킨 건데! 신애 년도 똑같아! 너나 신애나!"

두서없는 그의 말에 잔뜩 가시가 돋아 있어 어지간한 진재영마저도 핼쑥해진 얼굴이 되었다. 오히려 폭언에 가까운 말을 바로 앞에서 듣고 있는 이지원의 얼굴은 냉담했다.

"그래서 뭘 어떻게 하고 싶은데!"

마주 고함을 쳐 주니 장택근이 놀란 듯 눈을 크게 떴다가는 이내 꺼억거리며 오열을 하기 시작했다. 이지원이 차가운 표정을 거두고, 금세 안쓰럽다는 얼굴로 그를 품에 안아주었다. 아이처럼 그녀의 가슴에 얼굴을 파묻고 마구 울어대는 그의 등을 쓰다듬는 그녀의 손길이 조심스럽다.

"울어. 차라리, 울고 털어내자."

속삭이는 듯한 그녀의 음성에 장택근이 더욱 큰소리로 울기 시작했다. 그 모습을 바라보던 진재영이 조용히 자신의 가방을 챙겨서 문을 나섰다.

진재영마저 떠난 룸 안에서 장택근이 이지원의 가슴에 얼굴을 묻고는 하염없이 눈물을 쏟아냈다.

그렇게 서럽게 울기를 얼마나 울고 있었을까. 어느새 장택근의 흐느낌이 잦아들었다.

"미안해. 내가 너무 추한 꼴을 보였네."

눈물이 멈추고도 한참을 이지원의 품에 안겨 있던 그가 민 망한 얼굴로 그녀의 품을 벗어나려 했다.

"괜찮아. 조금 더 있어."

그런데 이지원이 그의 머리를 끌어안고는 놓아주지를 않 았다. 따뜻한 눈빛으로 그를 내려다본 그녀가 그의 머리를 쓰 다듬으며 말했다.

"내가 미안해. 나만 아니었으면 네가 이런 일을 당할 일도 없었을 텐데……."

그 처연한 말투에 장택근이 눈을 질끈 감았다. 술이 조금 깨자 자신이 무슨 소리를 했는지 이제 기억이 난 모양이다. 게다가 폭발적으로 끓어오르던 분노와 원망, 절망마저도 한 바탕 울고 났더니 슬그머니 사라져 버렸다. 여전히 가슴을 갑 갑하게 짓누르는 고뇌가 있었지만, 그래도 이제는 제법 이성 적인 판단이 가능한 상태까지 회복되었다.

"아까 한 말은 신경 쓰지 마. 내가 제정신이 아니었어."

그렇게 말하니, 그녀가 다시 그의 머리를 조심스럽게 쓰다 듬었다. 그 손길이 마치 깨어질까 걱정하는 듯해 장택근은 괜 히 심장이 두근거렸다.

"사실이어도 상관없어. 틀린 말도 아닌데."

미안한 기색이 역력한 그녀의 말에 장택근은 고개를 저으 려 했지만 머리를 끌어안은 그녀가 그렇게 하도록 두지 않았다. 괜히 그녀의 가슴에 얼굴을 부빈 꼴이 된 그가 뒤늦게 자신의 꼴을 인지하고는 새빨갛게 얼굴을 물들였다.

"내가 다 미안해."

정말 미안한 심정이었지만, 지금 장택근은 이지원의 말 따위는 들리지 않았다. 애초에 그녀를 원망한다는 말도 진심이 아니었고, 당장에는 온 뺨을 압박해 오는 그녀의 풍만한 가슴이 더욱 신경이 쓰일 지경이었다.

그 보드라운 감촉에 장택근이 마른침을 삼키는데 이지원이 느릿느릿하게 그의 뺨을 부여잡았다.

"내가 어떻게든 보상할게. 네가 원하는 게 있으면 다 따를게."

하필이면 지금 같은 상황에서 던진 그녀의 말에 장택근은 괜히 야릇한 기분이 들었다. 하지만 자신을 빤히 바라보는 그녀의 눈빛 뒤로 복잡하게 얽힌 죄책감과 슬픔이 너무도 선명하게 다가와 그는 삿된 마음을 버렸다.

바보같이 지금 같을 때 무슨 생각을… 하고 자신을 책망한 그가 그녀를 마주 바라보았다. 그가 서럽게 우는 동안 그녀도 울고 만 것인지 그 고운 얼굴이 제법 상해 있었다. 뺨을 타고 흘러내린 눈물 자국을 본 그가 자신도 모르는 사이에 그 뺨을 쓸어주었다.

그리고 한참이나 그렇게 서로를 바라보던 장택근과 이지원의 얼굴이 점점 가까워진다. 닿을 듯 서로의 입술에 다가선 이들이 누가 먼저랄 것도 없이 눈을 감았다.

그리고 이어지는 입맞춤, 그 부대낌은 정열적이라고 하기에는 너무도 부드러웠고, 설렌다고 하기에는 너무도 조심스러웠다. 마치 상처 입은 짐승들이 서로를 핥아주듯 서로의 입술을 핥아가는 그들의 모습이 처연했다.

장택근은 천천히 눈을 뜨고는 익숙한 천장을 바라보았다. 몇 번이나 눈을 깜빡이다 보니 흐릿한 상이 또렷하게 잡혀간다.

"음……."

천장을 바라보던 그가 고개를 돌렸다. 세상모르고 잠든 이지원이 앓는 소리를 내며 그의 품에 파고들었다. 그 천진한 얼굴을 바라보는 장택근은 가슴을 따뜻하게 덥혀 오는 그 알 수 없는 온기에 미소를 지었다.

"우웅……."

마치 어미 품을 찾는 새끼 고양이처럼 그녀가 더욱 그의 품을 파고들었다. 한참이나 그 모습을 바라보던 그가 조심스럽게 그녀의 뺨을 쓰다듬었다.

비록 육체적 관계가 있었던 것은 아니지만, 전날의 일로 무언가 하나가 되었다는 고양감에 그녀를 바라보는 그의 눈빛이 한없이 따뜻하고 또 따뜻했다.

그렇게 장택근이 질릴 줄 모르고 그녀를 바라보는데 이지원이 슬며시 눈을 떴다. 눈을 떴지만 잠이 완전히 깬 건 아닌지 한참이나 눈을 깜빡이던 그녀가 뒤늦게 장택근의 시선을 느끼고는 고개를 들었다.

"나 때문에 깼어?"

그의 한없이 따뜻한 음성에 그녀가 다시 눈을 감으며 그의 품에 파고들었다.

"더 잘래."

그렇게 말하고는 그의 가슴에 뺨을 부비는데 그 부드러운 감촉이 너무도 좋아 장택근이 다시 미소를 지었다.

그의 가슴에 뺨을 부비던 이지원이 다시 눈을 떴다.

"근데 몇 시야?"

"아직 새벽이야. 네 시 반쯤 됐나?"

전날 가라오케에서 한참이나 서로를 위로하던 그와 그녀는 아쉬움에 도저히 떨어질 수 없었다. 그리고 대담하게도 이지원이 장택근의 손을 꼭 잡고 그의 오피스텔까지 따라온 것이다.

비록 그 밤이 육체적인 관계로 이어진 것은 아니었지만 그래서 오히려 그는 더 많은 위로를 받을 수 있었다. 가만히 누워 이런저런 이야기를 나누다 보니 하루 종일 그를 짓눌렀던 고통과 좌절이 많이 희석되었다.

누가 그랬던가. 남자의 인생에 있어 여자는 20%밖에 차지하지 않지만 그 20%가 나머지 80%를 좌지우지한다고.

언제나 이루기를 바라마지 않았던 꿈이 좌절되었지만 이지원의 존재로 인해 그 절망감이 덜해지는 기분이었다.

"민식이 오빠가 나 죽이려고 할 거야."

그녀가 턱 끝으로 저 멀리 배터리가 뽑힌 채 나뒹굴고 있는 휴대폰을 가리키며 말했다. 입을 삐죽거리며 말하는 그 모습이 너무도 사랑스럽다. 장택근이 저도 모르게 그녀의 뺨을 잡고는 입을 맞춰주었다.

조용히 그의 입맞춤에 눈을 감는 이지원의 모습이 너무도 평화로웠다. 서로의 온기를 나누던 남녀가 다시 한 번 서로를 꼭 끌어안았다.

"이제 어떻게 할 거야?"

이지원이 조심스럽게 물었다.

그 까만 눈동자에 서린 걱정스러운 기색에 장택근은 담담하게 대답했다.

"내가 너무 안일했어."

그 담담함 속에 담긴 의지가 왜인지 너무도 단호해서 이지원이 잠시 품에서 떨어져 그의 얼굴을 바라보다가 이내 다시 그의 가슴에 얼굴을 묻었다.

"바보 같았던 거지. 아마존에서는 그렇게 필사적으로 살아남았는데, 사회에 돌아오고 나니 내가 마치 뭐라도 된 것처럼 느꼈었나 봐. 사실 나는 똑같은 장택근일 뿐인데."

처음 말을 시작할 때는 담담했던 말투에 어느 순간 힘이 실리기 시작했다.

"밀림 속에서는 필사적으로 저항하기라도 했지. 지금의 나는 오히려 밀림 속에서보다 더욱 약자일 뿐이야. 누가 마음만 먹으면 언제든지 짓밟아 죽일 수 있는 그런 하찮은 존재더라고."

스스로를 하찮다 말했지만 그는 얼굴은 오히려 자신감에 차 있었다.

"그래서 결심했어."

언제부터인가 홀린 듯이 장택근을 바라보고 있던 이지원이 눈을 크게 떴다. 전에 없이 빛나는 눈을 한 그의 모습에 빨려 들어갈 것만 같은 얼굴을 한 그녀를 마주 보며 장택근이 또렷한 음성으로 말했다.

"올라갈 거야. 다시는 무시당하지 않도록. 다시는 쉽게 건들 수 없도록."

그렇게 자신의 의지를 처음으로 세상에 표명한 장택근의 말에 이지원이 고개를 끄덕였다. 왠지 모르게 그의 말대로 이루어질 것 같다는 생각이 들어 그녀의 눈빛에 감탄이 서렸다.

"그러기 위해서는 네 도움이 필요해."

장택근의 말에 이지원이 힘차게 고개를 끄덕였다. 몇 번이나 고개를 끄덕인 그녀가 그의 품에 안기며 조그맣게 중얼거렸다.

"항상 응원해… 오빠……."

너무도 작은 중얼거림이라 장택근은 미처 알아듣지 못했지만, 그 따뜻한 마음만큼은 충분히 전해져 왔다.

이지원과 아쉬운 작별을 한 장택근은 바로 방송국으로 향했다. 사무실에 들어서기가 무섭게 걱정스러운 얼굴을 한 선배 PD들이 다가왔다. 꽤나 친해졌다고 생각했던 박영식이 그에게 위로의 말을 건넸다.

"인마, 기운 내. 그냥 더 시간을 두고 작품 준비한다고 생각해. 이 드라마국에서 진짜 네가 그런 일을 벌였다고 생각하는 사람 한 명도 없으니까. 그냥 재수 없었다고 생각하고 잊어."

위로하는 말이지만 그 안에 상처를 헤집는 은밀한 날이 들어 있었다.

"어차피 지금 상황에서 입봉해 봤자 그게 네 작품이겠어? 다들 사실은 석천 선배가 만들었다고 생각하지. 조금 더 경험을 쌓고 그때는 정말 너 혼자 작품 하자."

그들의 걱정스러운 얼굴 뒤로 숨겨진 저열한 승리감이 손에 잡힐 듯 보이는 것만 같아 장택근은 쓴웃음을 지었다.

이게 현실이다. 그리고 이게 사회다.

이빨을 들이밀고 달려들던 아마존의 맹수들은 차라리 이들에 비하면 오히려 친근하게 느껴질 지경이었다.

온 힘을 다해 싸울 수 있었던 밀림과는 다르게 옴짝달싹 하지 못하는 지금의 환경이 그에게는 더욱 가혹하게 다가왔다. 이곳에서 그는 철저하게 약자였다. 입봉도 못 한 초짜 PD, 인맥이랄 것도 없고 줄도 없는, 누군가 조롱하며 짓밟아도 신음도 제대로 내뱉지 못하는, 그런 존재였다.

하지만 이제는 달라지리라.

"국장님은 출근하셨어요?"

선배들의 말을 단박에 잘라내는 그의 얼굴이 전날과는 다르게 자신감에 차 있었다. 뒤늦게 그의 변화를 눈치챈 사람들이 얼떨떨한 얼굴로 고개를 끄덕여 주었다.

"감사합니다."

고개를 숙여 보인 장택근이 거침없는 발걸음으로 국장실로 향했다. 그렇게 걸음을 옮기는 그를 바라보던 사람들이 눈빛을 주고받으며 수군거렸다.

국장실에서의 대화는 그의 예상보다 훨씬 더 짧게 끝났다. 일을 그만두겠다는 그를 바라보던 국장이 말리는 말도 없이 그저 수고했다는 말로 대답했다. 딴에는 인자한 얼굴로 어깨를 두들기던 국장의 얼굴은 먼저 말하지 못해 끙끙 앓다가, 장택근이 먼저 이야기를 꺼내니 앓던 이가 빠졌다는, 그런 표정이었다.

근 몇 년을 정신없이 한길만 보고 달려왔던 그다. 비록 그것이 자신의 영달을 위해서였다지만 방송국에 들인 노고가 없지 않은데 그렇게 간단하게 모든 것이 정리되자 차라리 허탈할 지경이었다.

"어딜 가든 여기서처럼만 하면 성공할 거야."

처음에는 그를 만류하는 시늉이라도 해보이던 사람들이 불과 몇 분 만에 그의 퇴사를 기정사실로 받아들였다.

그러고는 지껄인다는 말이,

"석천 선배 오면 보고 가야 하는 거 아니야?"

짐짓 생각해 주는 듯한 말투였지만, 진심이 느껴지지 않았다. 오히려 그간 친하게 지냈던 선, 후배가 지금과 같은 상황 속에서 어떻게 마주할지 궁금해하는 듯한 기색마저 느껴질 지경이었다.

서로 마주해서 좋을 게 없는 이들의 만남이 성사되지 않은 것을 몇 번이나 아쉬워하는 박영식과 사람들의 모습에 그는 입맛이 썼다.

자꾸만 색안경을 끼고 보는 자신의 모습에 쓴웃음이 나왔지만, 기이할 정도로 사람들의 내심이 느껴졌다. 손에 잡힐 듯 선명한 감정의 아우라가 느껴지는데 그 겉모습에 넘어가는 것도 우습지 않은가.

"아니요. 선배도 불편할 테니까요. 보면 그냥 저 신경 쓰지 말라고. 작품 꼭 대박 내라고 말 좀 전해주세요. 그래도 꽤 공들인 기획이니까요."

그렇다고 그들에게 환멸을 느끼거나 하진 않았다. 단지 자신이 약하기 때문이다. 자신 또한 반대의 입장이었다면 그들과 다름없는 모습이었을 것이다.

쓸쓸한 마음을 숨긴 그가 호인처럼 웃어 보이니 유동근 PD
가 그의 어깨를 두들겨 주었다.

"그래. 석천이가 잘해줄 거야. 그러니 걱정 마."

"믿어요. 그럼 저는 이만 가보겠습니다. 다들 건강하시고
다음에 뵐 기회가 있으면 뵙도록 할게요."

짤막한 인사를 남긴 장택근은 그렇게도 자신을 울고 웃게
만들었던 방송국의 건물을 나섰다.

방송국을 나온 그는 자신을 둘러싼 거대한 빌딩들을 바라
보았다. 빈 공간 없이 빼곡하게 돋아난 회색 건물들 사이에서
그는 다짐했다.

이제부터야말로 진정한 생존을 위한 투쟁의 시작이다.

다시는 밟히지 않도록, 다시는 자신과 소중한 이를 누구도
건드릴 수 없도록. 그리고 끝에는 마침내 자신을 조롱하고 눈
아래로 보던 이들을 밟고 올라서고 말리라.

그는 그렇게 아마존보다 더욱 가혹하고 더욱 치열한 콘크
리트의 밀림 속으로 힘차게 한 걸음 내디뎠다.

8장

오디션

오디션장의 분위기는 살벌할 정도로 긴장감이 있었다.

비록 비공개 오디션이라 참가자들로 바글바글하진 않았지만, 그런 만큼 더욱 실력이 출중한 이들이 자리하고 있었던지라 출연 순서를 기다리는 이들의 얼굴이 비장하기 그지없었다.

어떤 이는 다른 참가자들을 경계하는 눈빛으로 탐색하고 있었고, 어떤 이는 대본을 보느라 여념이 없었다. 그리고 개중 나름 인지도가 있고 실력이 있다 자신하는 이들은 그렇게 필요 이상으로 과민한 참가자들을 보며 스스로를 고무시키고 있었다.

그중 장택근은 어느 쪽에도 포함되지 않는 부류였다.

그저 조용히 자신의 차례를 기다리듯 편안한 자세를 한 그는 다른 참가자들을 힐끗거리지도 않았고, 대본 역시 곱게 접어 무릎 위에 올려두고 있었다. 다소 굳은 얼굴이기는 했지만 그는 별달리 긴장도 하지 않은 듯한 표정이었다.

그런 그의 분위기가 특이해서였을까. 다른 참가자들을 눈 아래로 보는 듯 자신감에 차다 못해 오만한 얼굴을 하고 있는 사내가 그에게 다가왔다.

"안녕하세요."

서글서글한 얼굴이 여자깨나 울렸을 법한 사내의 인사에 장택근이 눈을 껌벅거리다가 마주 인사를 했다.

"처음 보는 얼굴 같은데, 신인이신가요?"

대기실을 채운 참가자 중 대다수가 다른 오디션장에서도 몇 번은 마주쳤던 이들인데 유독 장택근만 처음 보는 얼굴이라 호기심을 느낀 모양이었다.

"아, 이번이 처음 오디션 받는 거라."

그렇게 대답하니 사내가 눈을 가늘게 뜨고는 그를 탐색하듯 살펴보았다.

반소매 아래로 드러난 팔뚝이 마치 운동선수의 그것처럼 탄탄해 평범한 티셔츠에 청바지를 입은 복장을 제법 멋스럽게 보이게 했다. 거기에 광택이 날 듯한 피부까지 제법 관리에 공을 들인 모양인데 얼굴이 조금 아쉬웠다. 못생긴 것은 아니었지만 조각 미남이 판을 치는 이 바닥에서 그렇게 돋보일 만한 얼굴은 또 아니었다.

그렇게 장택근의 모습을 탐색한 사내가 불쑥 손을 내밀었다.

"저는 한현수라고 합니다. 반갑습니다."

다소 뜬금없는 인사였지만 장택근은 마주 손을 내밀어 그의 손을 잡았다.

"아, 반갑습니다. 저는 장택근입니다."

그렇게 인사를 나누고 나니 한현수가 그의 곁에 스스럼없이 앉아 입을 열었다.

"관리 진짜 제대로 받는 모양입니다. 얼굴 피부 진짜 장난 아니네요. 저도 평소 꾸준히 관리를 받은 덕에 피부라면 어디 가서 꿇리지 않는데. 그쪽에 비하면 저는 곰보네요, 곰보."

그의 말마따나 어지간한 여자들보다 더욱 관리가 잘된 피부였지만 장택근에 비해서는 어느 정도 손색이 있었다.

"관리 어디서 받으세요? 좋은 건 나눠야지요."

서글서글하게 웃으며 물으니 장택근이 떨떠름한 얼굴로 대답했다. 아무래도 남자들끼리 나누는 대화로 이런 화제는 또 처음이라 난감한 모양이었다.

"그런 거 안 받는데요. 태어나서 한 번도 받아본 적 없어요."

한현수가 그의 말에 서운하다는 얼굴을 해 보였다.

"에이, 그러지 말고 좀 알려줘요."

아무래도 단단히 오해를 한 모양이었다. 원체 경쟁이 심한 바닥이다 보니 미래의 경쟁자가 될지도 모르는 자신에게 정보를 주기 싫어하는 모양이라고 오해를 한 듯했다.

"뭐, 초면에 바로 이런 정보 공유하는 것도 좀 그렇죠. 나중에 저도 좋은 정보 있으면 드릴 테니 그때 공유합시다."

원래 천성이 그런 것인지, 아니면 의도가 있는 것인지 장택근을 대하는 그의 태도에 스스럼이 없었다. 딱히 부정하자니 그의 호의마저 거절하는 모양새라 장택근이 알았노라 대답했다.

"근데 어디 소속이세요? 오늘 오디션 어지간히 확실한 데 아니면 모를 텐데."

정말 궁금한 것도 많은 사내라고 생각한 장택근이 고개를 돌리며 대답했다.

"소속이요? 아, 저는 프립니다. 프리."

방송국을 나온 지 이제 겨우 한 달이 되어가는 장택근이었다. 그런 그에게 소속이 어디 있겠는가.

"프리요? 그럼 오디션 정보는 어디서 얻으셨어요?"

"아는 사람 통해서 소개받았어요."

장택근의 태연한 대답에 한현수가 눈을 크게 떴다.

자신이 속한 회사도 이번 오디션 참가 자격을 따내기 위해 제법 공을 들였다고 알고 있었다. 그런데 회사 차원도 아니고

개인 자격으로 소개를 받아 참가했다는 말에 놀란 기색이다.

"우와… 그 소개해 준 분이 장난 아닌가 본데요. 난 이거 진짜 어렵게 딴 기회였는데. 이거, 이거. 배역 다 정해놓고 우리는 들러리로 부른 거 아닌가 몰라요."

장난스러운 말이지만 혹시나 하는, 탐색하는 듯한 느낌이 다분했다. 그가 호들갑을 떠니 대기실에 있던 다른 참가자의 시선까지 장택근을 향했다.

질시와 분노, 허탈함, 그리고 경쟁심.

그 복잡한 감정이 얽힌 시선에 담긴 것이 하나같이 간절함이라 장택근은 쓴웃음을 지어야 했다.

"그런 거 아닙니다. 그냥 경험 삼아 보는 거지 딱히 결과를 바라고 나온 건 아닙니다."

"어휴, 그런 소리 말아요. 그렇게 말하면 오고 싶어도 오디션 참가 기회가 없어 못 온 사람들은 뭐가 돼요."

이제는 슬슬 대기실 참가자들의 눈빛에 적대감마저 서릴 판이다. 한현수의 의도가 뭐였는지는 몰라도 그다지 상대하기 좋은 성격은 아니라고 판단한 그가 짧게 말했다.

"그런가요? 어쨌든 저는 대본이라도 읽어봐야겠습니다. 그렇게 말씀하시니 더 열심히 해야겠다는 생각이 들어서요."

그렇게 말하고는 대본을 펼쳐 드니 한현수가 잠시 그의 주변을 기웃거리다가 원래의 자리로 돌아가고 만다.

그가 제자리로 돌아가는 것을 본 장택근이 내심 한숨을 내쉬었다. 방송가에 오래 있었던 탓에 나름 이 바닥의 생리를 어느 정도 안다고 생각했었는데, 막상 입장이 바뀌고 나니 생각보다 더 살벌하지 않은가.

그렇게 생각에 잠겨 있는데 심사실의 문이 열리며 누군가가 그의 이름을 호명했다.

"장택근 씨, 들어오세요!"

＊　　　＊　　　＊

"그럼 차후 연락을 드리도록 할 테니, 이만 나가보세요. 수고하셨어요."

방금 막 오디션을 끝낸 탓에 얼굴이 발갛게 상기되어 있던 참가자가 이필상 작가의 말에 허리를 90도로 꺾어 보이고는 오디션장을 나섰다.

참가자가 나간 방문이 닫히자 심사석에 앉아 있던 이들이 일제히 한숨을 내쉬었다.

"어떻게 된 게 애들 연기가 이렇게 다 애매해. 필이 안 와, 필이."

이필상이 고개를 저으며 말하자 냉수로 목을 축인 박준규 감독이 고개를 끄덕이며 동의를 표했다.

"나름 추리고 추린 친구들인데 연기가 영 약하네. 진짜 건질 만한 놈 없으면 그냥 공개 오디션이라도 해야 하는 거 아냐?"

"아서요. 일 번거롭게 뭘 그렇게 크게 벌려. 그래도 다들 기본기는 있어 보이니까 적당한 놈 하나 뽑아서 가르쳐서 씁시다."

생각만 해도 끔찍하다는 듯 넌덜머리를 내는 이필상의 말에 박준규가 너털웃음을 터뜨렸다.

"그렇긴 해. 우리 이 작가도 이 바닥에 오래 있으니까 눈썰미가 좋아졌어."

이미 몇 번이나 같이 작품을 해온 그들이었던지라 주고받는 말에 격의가 없었다. 그런 그들의 말을 듣고 있던 마이더스의 캐스팅 디렉터 김수종이 조그맣게 사진이 붙은 종이를 덜렁거리며 그들 사이로 끼어들었다.

"이 친구가 그 친구지요?"

그 뜬금없는 말에 사람들의 시선이 테이블 위에 가지런히 놓인 참가자의 신상명세서를 확인했다.

"킬러 김한수였던가? 마성의 눈빛이라고 한동안 꽤 시끄럽던."

"아, 그 친구. 나도 알지. 그 '퍼스트레이디'라고 겉멋만 잔뜩 들었던 드라마에 나왔던 친구. 진짜 내가 그 드라마 시나리오 쓴 놈 얼굴 한번 보고 싶더라니까. 발로 써도 그것보다는 나을 거야."

"아니, 우리 이 작가님 그런 막장 드라마도 봐? 나는 도저히 못 보겠던데."

"트렌드를 알아야 글을 쓰지. 그래도 나는 그냥저냥 편식
하는 것 없이 닥치는 대로 보는 편인데 그건 진짜 못 봐주겠
더라니까. 연기, 연출, 시나리오. 뭐 하나 제대로 된 게 있어
야지."

이필상의 신랄한 말에 김수종이 헛기침을 하고는 다시 말
했다.

"박 감독님이 전에 한번 만나보고 싶다고 하시더니, 어떻
게 연락이 닿았네요?"

한동안 인터넷을 제법 떠들썩하게 했던 '킬러 김한수'였
지만 딱히 밝혀진 것이 없어 관심이 금세 사그라지고 말았었
다. 그러던 차에 우연히 김한수의 연기 장면만 따로 떼어낸
유튜브의 영상을 본 박준규가 관심을 표한 적이 있었다.

"아, 그게 지원 씨가 아는 사람이더라고."

이지원이 아는 사람이라는 말에, 이제껏 다른 이들과는 다
르게 의자 등받이에 깊게 몸을 묻고 시큰둥하니 있었던 주연
배우 최민혁이 관심을 보였다.

"지원이가 아는 사람이라고요?"

데뷔 이후부터 줄곧 최민혁이 이지원을 따라다녔었다는
사실은 이 바닥에서는 파다한 소문이었다. 내심 웃음을 참은
박준규가 특유의 느릿느릿한 어투로 대답했다.

"어, 원래 M방송국 시사 교양국에 있던 PD인 모양인데 저

번 아마존 촬영으로 꽤 친해졌나 보더라고. 술자리에서 이야 기가 나오니까 아주 반색을 하는 게 보통 친밀한 게 아니야. 하여튼 그렇게 말 나온 김에 한번 보자고 했지, 김한수."

놀리는 기색이 다분한 그의 말에 최민혁이 와락 얼굴을 일 그러뜨리고는 장택근의 프로필을 확인했다.

"근데 이 친구 이력이 좀 지저분한데요? 얼마 전에 시끄럽 던 살인 사건 용의자 PD잖아요."

프로필에 따로 누군가가 연필로 적어둔 특이 사항을 확인 한 최민혁이 이마를 찌푸리며 말했다.

"그쪽에서도 징계 먹었다더니 뜬금없이 웬 연기래요. 연기 가 장난인가. 이런 사람 쓰면 저희도 나중에 물먹는 거 아니 에요?"

그 노골적인 적의에 괜한 장난을 쳤다 생각한 박준규가 고 개를 내젓는데 김수종이 또다시 끼어들었다.

"그건 최 배우가 잘못 생각한 거야. 이 바닥이 저쪽하고 비 슷한 거 같아도 은근히 다른 구석이 있어서, 이런 경우에는 오히려 마케팅에 도움이 돼. 마침 지금 오디션을 보는 장필수 역도 사실 그렇게 좋은 이미지의 역할은 아니잖아."

"아이고, 우리 김 실장 또 돈 냄새 맡은 모양이네. 이 바닥 에서 김 실장만큼 코가 좋은 사람도 없으니 이 친구 뽑으면 우리 영화 대박 나는 거 아니야?"

이필상이 분위기를 전환하기 위해 너스레를 떠니 사람들

이 와 하고 웃음을 터뜨렸다. 여전히 불만이 사라지지 않은 얼굴을 하고 있던 최민혁도 애써 어색하게 웃으며 사람들과 장단을 맞춰주었다.

"어쨌든 조금 기대가 되는데… 경력이 짧은 것도 아니고 아예 없다시피 해서 조금 불안하긴 했지만 킬러 김한수는 진짜였거든."

이필상의 말에 사람들이 고개를 끄덕였다.

"백문이 불여일견이라고, 일단 보기나 하자고. 이제 들어오라고 해."

박준규가 문고리를 잡고 그들의 사담을 듣고만 있던 직원에게 말하니 그가 문을 열고는 장택근의 이름을 호명했다.

*   *   *

장택근은 심호흡을 한 번 하고는 오디션장에 들어섰다. 들어가는 순간 쏟아지는 심사위원들의 눈빛에 피부가 따끔거릴 지경이었지만 그는 덤덤한 표정으로 인사를 했다.

"안녕하십니까. 신인 배우 장택근입니다. 잘 부탁드리겠습니다."

그 말에 심사위원석 구석 자리에 앉아 있던 잘생긴 사내, 최민혁이 작게 중얼거리는 것이 들렸다.

"그깟 대사 한마디 없는 드라마 단역 한 번 맡고는 신인 배우란다."

원래대로라면 꽤 떨어진 거리라 제대로 들리지 않았을 혼
잣말이었지만 워낙에 귀가 좋은 장택근이라 다 듣고야 말았
다. 이제껏 일면식도 없었던 사이임에도 불구하고 느껴지는
그 확연한 적의에 장택근이 영문을 몰라 눈을 껌뻑거렸다.

"반갑습니다. 그럼 연기부터 보도록 할게요. 어느 장면으
로 하시겠어요?"

비공개 오디션인만큼 배역에 맞는 짧은 대본 몇 개인가를
미리 나누어 받았던 장택근이 그중 가장 인상 깊었던 장면을
떠올리고는 대답했다.

*   *   *

심사장은 바늘 떨어지는 소리마저 들을 수 있지 않을까 싶
을 정도로 조용했다. 아니, 그저 조용한 게 아니었다. 마치 온
세상이 얼어붙은 것 같은 그 압도적인 침묵에 짓눌린 박준규
를 비롯한 심사위원들은 입조차 열지 못했다.

"저어… 끝났는데요?"

장택근이 한마디를 하니 그제야 얼어붙은 공기가 조금은
데워지는 기분이었다. 뒤늦게 정신을 차린 박준규가 심사위
원들의 얼굴을 보니 그 표정이 가관도 아니었다.

마치 뭐에 홀리기라도 한 듯 멍한 얼굴을 한 그들을 보며

박준규가 상황을 정리했다.

"잘 봤습니다. 수고하셨고, 돌아가 계시면 개별적으로 연락을 드릴 겁니다."

감독씩이나 돼서 일개 참가자에게 일일이 안내를 하는 것도 우스웠지만 아무도 입을 열지 않아서야 어쩔 도리가 없었다.

"네, 감사합니다."

깍듯하게 허리를 꺾어 보인 장택근이 그대로 심사장을 나가고도 사람들은 한참 동안이나 말이 없었다.

"이 작가? 봤으면 뭐라고 말이라도 해야 할 거 아냐."

박준규가 물으니 이필상이 얼굴을 와락 구기며 대답하는데 그 어투가 퉁명스러웠다.

"말 시키지 말아요. 지금 막 뭐가 떠오르려고 하니까."

그렇게 말하고는 도로 입을 다무는 이필상의 모습에 박준규가 입맛을 다시는데 김수종이 한마디 했다.

"제가 연기는 잘 모르지만……."

목이 타는지 테이블에 올려져 있던 냉수를 그대로 비워낸 그가 다시 입을 열었다.

"저거 대박 아닌가요?"

그의 말에 곁에 있던 최민혁이 끄응 하고 앓는 소리를 냈다.

"무슨 눈빛이… 우와, 진짜 소름 돋았네."

아닌 게 아니라 양팔을 앞으로 내미는 그의 팔뚝에 닭살이 가득 돋아 있었다. 게다가 구릿빛으로 보기 좋게 그을려 있던 피부가 지금만큼은 핏기가 싹 사라져 하얗게 보일 지경이었다.

처음 장택근이 연기를 시작했을 때까지만 해도 그들은 조금 실망한 심정이었다. 연습을 많이 했는지 신인 배우치고는 꽤나 열연을 했는데, 이 자리는 공채로 신인 배우를 뽑는 방송국의 입사 시험장이 아니었다.

조금은 어색한 대사 처리에, 어딘지 애매한 연기를 보이는 장택근을 보며 '퍼스트레이디'의 감독이 그래도 연출은 제법 하는 편이구나 하는 생각이 들 지경이었다.

이대로라면 괜한 기대를 걸었었구나 싶어 그들이 막 연기를 중단하려는 찰나 장택근의 연기가 돌변했다.

심사위원들의 눈을 하나하나 바라보며 눈을 번뜩이는데 그 기세가 생전 본 적도 없는 그런 종류의 것이었다. 숨조차 쉬지 못할 정도로 그의 분위기에 짓눌린 심사위원들은 황당하게도 그가 하는 대사를 하나도 듣지 못했다.

도무지 다른 생각을 할 수가 없었던 것이다. 뭐랄까, 포식자 앞에 선 초식동물의 기분이 그러할까.

"대사 처리나 표정이 좀 어색하긴 한데, 그거야 선생 하나 붙여서 바짝 가르치면 되고… 저는 마음에 드는데요?"

김수종의 말에 박준규가 고개를 끄덕였다. 능숙한 대사와

몸짓은 조금만 이 바닥을 굴러먹으면 배울 수 있는 것이다.

하지만 장택근이 보였던 눈빛과 분위기만큼은 노력으로 얻을 수 있는 종류의 것이 아니었다.

"마음에 들고 말고가 어딨어. 저 정도면 장필수 역이 아니라 더한 역이라도 할 수 있겠구만."

이지원과 최민혁을 캐스팅하며 예산이 꽤나 많이 들어간 상황이었다. 주역들만큼은 못해도 장필수 역 역시 꽤나 비중이 있는 역할이었다. 그런데 상황이 맞지 않아 적당한 배우를 찾지 못하는 상황이었다.

예산을 생각하자니 톱 배우들은 개런티가 안 맞았고, 이름 없는 배우를 뽑자니 연기력이 아쉬웠다. 그러던 차에 나타난 장택근의 존재는 그들에게 한줄기 빛이나 다름없었다.

"내가 그간 많은 연기자랑 합을 맞춰봤는데 저런 눈빛은 처음 봐요. 전에 '살인의 미학' 찍을 때 같이 찍었던 하정연 선배님 아시죠? 소름 돋네, 어쩌네, 진짜 살인마 아니냐는 말 나올 정도로 말 많았잖아요. 근데 정연 선배님도 저 정도는 아니었어요."

처음 장택근을 봤을 때만 해도 못마땅한 기색이 역력하던 최민혁이 연신 칭찬을 내뱉었다.

"그치? 그치? 편집 없이 쌩으로 저 정도면 화면 제대로 잡으면 그림 나오겠지?"

벌써부터 카메라를 잡을 생각에 신이 나는지 박준규가 호들갑을 떨었다.

"이건 뭐 다른 참가자들은 보나 마나겠는데요. 저 친구 이상을 보여주는 사람이 있으면 제가 연기 접을게요."

최민혁이 고개를 절레절레 흔들며 말하자 김수종이 고개를 끄덕였다.

"제 생각도 그런데 어차피 온 참가자들이니 한 번 보기는 해야지요."

그 말에 박준규가 그것도 또 그렇지 하고 작게 대꾸하고는 이필상을 가리켰다.

"이 작가가 저 꼴인데 바로 다시 시작하기는 좀 뭐하고, 잠깐 쉬었다 하지. 이 작가가 성격이 순해도 저럴 때 건드렸다가는 진짜 쌍코피 터진다고."

장택근의 연기를 보고 난 이후부터 무언가를 계속해서 적느라 여념이 없는 이필상의 모습에 사람들이 고개를 끄덕였다.

*   *   *

오디션을 마치고 나온 장택근은 한숨을 내쉬었다. 좋다 나쁘다 이야기조차 하지 않은 심사위원들 탓에 결과가 어떻게 될지는 알 수 없었지만 일단 마음만큼은 홀가분했다.

그렇게 숨을 내뱉으며 문 앞에 서 있는데, 방금 자신이 나온 문을 열고 예의 그 직원이 나왔다.

"30분 휴식합니다!"

그 말에 대기실에서 순서를 기다리고 있던 참가자들이 눈을 크게 떴다. 애초에 스무 명도 채 안 되는 오디션 참가자다. 한 사람당 길어야 5분이 걸리지 않는 심산데, 뜬금없이 중간에 휴식을 하겠다고 하니 당황한 기색이 역력했다.

눈치 빠른 몇몇 참가자가 장택근을 바라보는데 그 눈빛에 서린 감정이 복잡했다. 아무래도 그가 들어갔다 나온 직후에 벌어진 사태니만큼 그가 무언가를 하지 않았나 생각하는 모양이다.

한현수라고 자신을 밝혔던 사내가 다가와서 말했다.

"아까는 농담으로 한 말인데, 진짜가 된 모양입니다."

그 뜬금없는 말에 장택근이 영문을 몰라 눈만 껌뻑이니 한현수가 애써 담담한 말투로 말했다.

"심사위원들이 그쪽 연기를 인상 깊게 본 거라고요. 전에도 오디션장에서 몇 번 이런 일이 있었는데, 매번 그때 들어갔던 사람들이 뽑혔거든요."

그의 말에 대기실 이곳저곳에서 한숨이 새어 나왔다.

벌써부터 돌아갈 생각을 하고 대본을 덮는 사람조차 있었다.

"에이, 설마요. 이런저런 말도 없이 그냥 돌아가면 연락 주겠다고 하던데요."

장택근이 확신 없는 말투로 이야기하니 한현수가 고개를 저었다.

"제 말이 맞다니까요. 연기 보여주고 난 뒤 심사위원이 지적을 하던가요? 아니면 뭐 특별한 말은 없던가요?"

그 말에 곰곰이 생각을 해본 장택근이 대답했다.

"아무것도 없었다니까요. 그냥 가보래서 나왔어요."

장택근의 말이 끝나기가 무섭게 이미 오디션을 마치고 다른 동료를 기다리고 있던 참가자 한 명이 가까이 다가와 말했다.

"저는 연기하는 게 전형적이라고, 개성이 없다고 하고 나가보라고 했어요."

"저는 연기 톤을 지적받았어요."

"저는 피부 관리부터 하고 오라던데요."

마지막 말은 제하더라도 다들 하나씩은 지적을 받은 모양이다. 금세 참가자들이 그를 둘러쌌다.

"근데 진짜 누구예요?"

그중 하나가 불쑥 묻는 말이 밑도 끝도 없어 장택근은 인상을 찌푸렸다.

"그 소개시켜 준 사람, 설마 이필상 작가님? 그것도 아니면 최민혁 씨?"

무언가 질시가 잔뜩 섞인 말에 장택근이 그를 노려보는데, 곁에 있던 한현수가 분위기를 정리했다.

"자자. 그만들 하시고 각자 오디션 준비나 합시다. 이번 작품은 몰라도 인상이라도 남기면 혹시 또 알아요? 기억해 뒀다가 다음 작품에 기회가 올지."

생각해 주는 척 말하지만 여전히 사람들을 자극하는 구석이 있는 그의 말이었다. 아까도 그러더니 이번에도 분란을 일으키고는 슬쩍 빠지려는 기미를 보이는 그인지라 장택근이 곱지 않은 표정으로 그를 노려보았다.

"그만하시죠. 아직 결과 나온 것도 아니고. 그렇게 자신들이 없습니까? 가서 당당하게 실력 보여주고 배역을 따세요."

결국 한마디 해주니 누군가가 이죽거렸다.

"순진한 소리 하고 앉아 있네. 이 바닥이 어떤 바닥인데. 실력으로만 성공했으면 왜 무명 배우들이 눈물 젖은 빵을 먹는데."

이제는 정도를 넘어선 이죽거림에 장택근의 눈썹이 치켜 올라갔다. 막 한마디 해주려고 입을 열려는데 누군가의 음성이 불쑥 끼어들었다.

"왜기는. 지독하게 운이 없었거나, 그도 아니면 실력이 진짜가 아니었던 거지."

그 차가운 음성에 참가자들이 하나같이 인상을 구기고 고개를 돌렸는데 뭐라고 따지고 들려던 그들이 목소리의 주인을 보고는 그대로 입을 다물었다.

"하도 시끄러워서 나와봤더니 지금 뭣들 하는 겁니까."

최민혁이 서늘한 시선으로 참가자들을 하나하나 바라보며
말했다.

"지금 여기가 어디 동네 반상횐 줄 아는 겁니까? 30분이나
시간이 더 생겼으면 부족한 연기력을 채울 생각을 해야지. 어
디 대본 하나 붙들고 있는 사람이 없습니까."

그 말에 뜨끔한 표정을 한 참가자들이 자리로 돌아가는데,
그중 몇몇을 최민혁이 불렀다.

"이봐요, 그쪽. 네, 안준후 씨라고 했죠? 그쪽은 대사 처리
가 아직 잡히지가 않았어요. 괜찮은 선생이라도 구하면 훨씬
나아질 겁니다. 그리고 그쪽 박승대 씨. 그쪽은 이번 배역에
색 자체가 맞지가 않아요. 실력 자체는 괜찮으니 곧 좋은 소
식이 있을 겁니다."

이미 오디션을 마친 몇몇 참가자에게 쓰지만 도움이 되는
조언을 해주니, 참가자들이 대뜸 고개를 숙여 보이며 감사하
다 말했다.

그 뒤로도 몇몇 참가자에게 이런저런 이야기를 해준 그가
한현수를 바라보며 말했다.

"여기까지 왔으면 각자 회사에서 꽤 기대를 거는 사람들이
겠죠. 남 이야기 할 시간이 있으면 다들 대본 한 번이라도 더
보세요. 그렇게 자기 자신한테 자신들이 없어서야 언제 이 바
닥에서 성공하겠다는 겁니까."

콕 집어 누군가를 지칭한 것은 아니었지만 의미만큼은 노

골적이었던지라, 한현수가 벌겋게 얼굴을 물들였다. 수치심에 당장에라도 대들 것 같은 얼굴이었지만 최민혁이라는 배우는 그에게 있어 까마득한 하늘이다. 괜히 말대꾸라도 했다가는 후환이 클 것 같아 그저 고개를 숙여 죄송하다 말하고는 자리로 돌아갔다.

"사람들이 말이야, 자기 실력으로 승부할 생각은 안 하고 꼭 남을 까."

혀를 차며 그렇게 말하는 최민혁의 말에 장택근이 저도 모르게 고개를 끄덕였다. 참가자들이 대본에 고개를 파묻는 것을 본 그가 장택근에게 말했다.

"장택근 씨? 어디 가서 커피라도 한 잔 드실까요? 제가 한 잔 살게요."

9장

첫걸음

"왜요? 자판기 커피라 실망했어요? 전 꽤나 좋아하는데."

생긴 것만 봐서는 에스프레소가 아니면 입에도 대지 않게 생긴 최민혁이 종이컵에 담긴 커피를 세상에 다시 없을 고급 커피라도 되는 양 들이켰다.

"아니요. 그건 아니고. 워낙에 갑작스러워서."

심사석에 앉아 있을 때 보았던 것과는 또 다른 느낌의 최민혁인지라 장택근은 얼떨떨한 말투로 대답했다.

방송국에서 일을 할 때야 쟁쟁한 연예인을 많이 보았다지만 그들과 개인적으로 친분을 나눌 기회는 없었다. 그런데 첫 오디션장에서 남자 배우 중에서는 최고로 쳐준다는 최민혁을 만나 이렇게 커피를 먹고 있으니 조금은 신기했다.

"아, 그냥 연기도 워낙 인상 깊어서 이야기를 나눠보고 싶었어요. 불편합니까?"

처음에 단역배우니 뭐니 혼잣말을 했던 그의 모습이 별로 좋은 인상으로 남지 않았던 장택근은 의외로 소탈한 모습의 최민혁의 말에 고개를 저었다.

"그런 건 아닙니다. 워낙에 유명한 배우분이라 좀 실감이 안 나서요."

그의 말에 최민혁이 슬그머니 미소를 지었다.

"방송국에서 PD로 일하셨다더니 아직 그 물이 안 빠지셨네요."

"네?"

그의 말을 제대로 알아듣지 못한 장택근이 반문했다.

"그쪽 연기 계속할 거 아니에요? 설마 이 영화만 하고 말 겁니까?"

"설마요. 앞으로 기회가 된다면 계속해서 연기를 해보고 싶습니다."

장택근의 대답에 고개를 끄덕인 그가 다 비워 버린 종이컵을 휴지통에 던져 넣었다.

"그래요? 확실해요?"

"네."

자꾸만 같은 질문을 하는 그의 태도가 의아해 대답을 하는 장택근의 말투가 단호했다.

"그럼 제가 선배죠."

이제껏 너그러운 얼굴을 하고 있던 그가 짐짓 엄한 얼굴을 해보였다.

"배우분이 아니라 선배님이라고요. 이 바닥 생활 하실 건데 계속 앞으로 만나는 선배들 보고 배우님, 누구누구 씨 할 거예요?"

그제야 자신의 실수를 알아챈 장택근이 뒤늦게 사과를 했다.

"죄송합니다, 선배님. 제가 아직 잘 몰라서."

사과를 하면서도 절대 비굴하지 않은 그의 태도가 조금은 이색적이었는지 최민혁이 눈을 동그랗게 떴다.

"사과 받으려는 건 아니었어요. 그러니까 제가 무안하잖아요."

엄한 표정을 지우고는 장난스러운 얼굴을 한 그가 장택근의 어깨를 두들겼다.

"대기실에서는 다른 참가자들 때문에 말 못했는데, 이 말을 해주려고 왔어요."

잠시 장택근을 빤히 바라본 그가 씨익 웃으며 손을 내밀었다.

"앞으로 잘해봅시다."

그 남자다운 얼굴에 의외로 괜찮은 사람이구나 하고 생각한 장택근이 그의 손을 마주 잡았다.

"감사합니다, 선배님."

이번에는 빼지 않고 선배라는 소리를 하니, 최민혁이 호탕하게 웃었다. 그러고는 이내 웃음을 멈추고는 정색을 했다.

"근데 지원이랑은 어떤 사입니까?"

* * *

"그래서 뭐라고 했는데?"

한창 오디션장에서 있었던 이야기를 늘어놓던 장택근은 이지원의 음성에 담긴 묘한 긴장감에 저도 모르게 침을 삼켰다.

"뭐라고 하기는……."

왠지 잘못 대답했다가는 큰일이 날 것 같았지만, 그렇다고 거짓말을 할 수도 없었던 장택근의 등으로 식은땀이 흘렀다.

"뭐라고 했는데?"

눈을 가늘게 뜬 이지원이 성큼 다가와 그에게 얼굴을 맞닿을 듯 들이댔다.

"응? 뭐라고 했어. 나랑 무슨 사이라고 했는데."

결국 그녀의 압박을 이기지 못한 장택근이 기어들어 가는 음성으로 대답했다.

"그냥 친한 친구라고 했어……."

"친구? 그냥 친한 친구?"

그의 대답을 들은 이지원의 음성이 왠지 서늘했다. 주눅이 든 장택근이 변명하듯 입을 열었다.

"그럼 뭐라고 대답했어야 했는데."

솔직한 자기 심정이야 그녀에게 좋은 마음을 품고 있었지만, 그렇다고 그걸 또 밝힐 수도 없지 않은가. 게다가 지난번의 가라오케 사건 이후로 서로 애틋한 마음을 확인했지만 아직까지 서로 사귀네 마네 이야기가 확실하게 정리된 것은 아니었다.

"글쎄, 뭐라고 대답했어야 할까."

그녀가 성큼거리는 걸음으로 그에게 물러났다. 한 걸음 물러나 빤히 그를 올려다보는 그녀의 눈빛이 워낙에 묘해 장택근은 침을 꿀떡 삼켰다.

"우리가 무슨 사이지?"

그녀의 말에 장택근은 눈을 껌뻑거렸다. 아무런 대답도 못하고 눈만 껌뻑거리는 그를 보고는 이지원이 대뜸 이야기했다.

"좋아해."

그 뜬금없는 고백에 장택근의 눈이 크게 뜨였다.

"난 너 좋아해. 너는?"

돌리는 법 없는 그 돌직구에 그는 입만 뻥긋거리다가 이내 뒤늦게 대답했다.

"나도, 나도."

왠지 모르게 다급하게까지 느껴지는 그의 말투인지라 이지원의 눈가가 보기 좋게 휘어 올라갔다.

"나도 뭐?"

그 음성에 담긴 기색이 즐거운 설렘이다.

"나도 너 좋아한다고."

한참 만에 겨우 꺼낸 그의 대답에 그녀가 결국 함박웃음을 지었다. 발갛게 달아오른 얼굴이 부끄러운 기색보다는 기쁜 기색이 역력해 결국 그도 마주 웃어주고 말았다.

그렇게 한참을 서로를 바라보며 미소를 짓고 있던 그들은 다시 이야기를 이어 나갔다.

"그냥 말할 걸 그랬나?"

장택근이 괜한 소리를 하니, 그녀가 피식 웃음을 지었다. 스스로도 억지를 부린 것을 알고 있는 모양이었다.

처음 본 최민혁이 묻는다고 대뜸 있는 그대로 사실을 털어놓는 것도 우스운 일이다. 게다가 최민혁이 순순히 장택근의 말을 믿을 거라는 보장도 없고, 괜히 첫인상만 나빠질 수도 있었다.

"됐어. 어차피 그 선배 성격에 말해도 직접 보기 전에는 안 믿어."

그녀의 말에 최민혁이 고개를 끄덕였다. 거기에 한 가지 더해 대중의 사랑을 먹고사는 그녀에게 남자 친구가 생겼다는 사실이 퍼져 나가서 좋을 일은 없었다.

"그런 건 신경 쓰지 않아. 어차피 나는 그 사람들에게 마냥 웃어주기만 하는 인형이 아니니까. 배우 이지원이 아닌 관상용 인형을 원하는 거라면 진즉에 다른 사람 찾아보는 게 좋을 걸."

거침없는 그녀의 언사에 장택근이 과연 하는 얼굴로 고개를 끄덕였다. 이런 모습이 좋아 그녀를 좋아하게 되었다. 불미스러운 날 이후 보여주었던 그녀의 얼굴을 다시는 보고 싶지 않아 그녀를 지켜주다 보니, 어느 순간 감정이 덜컥 커져 버렸다.

"그래서? 그래서 어떻게 됐는데?"

그녀가 다시 그의 다음 이야기를 재촉했다.

"아니, 잘해보자고 하더라고. 앞으로 촬영장에서 보자던데."

그의 말에 이지원이 입을 삐죽거렸다.

"내가 먼저 와서 알려주려고 했더니 최민혁 그 인간 때문에."

아무래도 오디션이 끝난 직후 감독과 따로 통화라도 한 모양인데, 가장 먼저 달려와서 축하를 해주고 싶었던 마음이 최민혁 때문에 방해를 받아 심통이 난 모양이었다.

그 모습이 너무도 사랑스러워 그가 그녀를 슬며시 안았다. 그의 품에 안긴 그녀가 그 단단한 가슴에 얼굴을 묻고는 작게 얘기했다.

"그래도 이제 첫발 내디뎠네. 축하해."

"고마워. 다 네 덕분이야."

방송국을 나온 한 달간 이지원에게 집중 트레이닝을 받았다. 고작 한 달이라는 시간 만에 무언가를 이룬다는 것은 말도 안 되는 일이었다.

애초에 그녀 역시도 단점을 보완하기보다는 강점을 극대화하는 방향으로 그를 이끌었던 터라, 소소한 단점에는 크게 신경 쓰지 않았다. 하지만 아예 성과가 없는 것도 아니어서, 마치 교과서를 읽는 듯 딱딱했던 대사 톤이 그래도 조금은 부드러워졌다.

"이제 시작이다, 정말. 앞으로 꽤 힘들겠지."

"힘들면 말해. 언제든지."

그녀의 말에 담긴 감정이 너무도 따뜻해 그는 절로 미소가 흘러나오는 것을 느꼈다.

*　　　*　　　*

이지원의 특강을 받고 그녀가 스케줄로 바쁠 때는 혼자 영화를 보며 다른 이들의 연기를 연구했다. 그간 PD를 하며 연기에 대해 조금은 안다고 생각했지만, 또 연기하는 입장이 되어 보니 많은 것이 새롭게 보였다.

"캬… 쉬운 일이 없다. 진짜."

도대체가 같은 영화를 몇 번이나 연달아 본 것인지, 이제는 배우들의 대사를 다 외울 지경이 되었다.

찌뿌둥한 몸을 일으켜 이리저리 비틀며 스트레칭을 하다 보니 휴대폰이 드르륵거리며 몸을 떨었다. 액정을 확인했지만 저장되지 않은 번호다. 처음 보는 번호에 잠시 생각을 하던 장택근이 전화를 받았다.

"장택근입니다."

ㅡ안녕하세요, 장택근 씨.

저 너머에서 들려오는 음성이 한 번은 들어본 적이 있는 것이라 그가 고개를 갸웃거리는데 전화기 너머의 음성이 이어졌다.

ㅡ마이더스의 캐스팅 디렉터 김수종입니다.

그제야 며칠 전에 있었던 오디션장에서 보았던 한 사내를 떠올린 그가 인사를 해주었다.

"네, 안녕하세요."

이미 이지원을 통해 듣기는 했지만 그래도 또 혹시 몰라 대답을 하는 그의 심정이 조마조마했다.

ㅡ혹시 시간 언제 되세요?

그 뜬금없는 질문에 잠시 그가 잠시 눈을 굴리다가 이내 대답했다.

"저는 아무 때고 좋습니다."

―그럼 지금은 어떠세요?

그 말에 상관없다 대답해 주니 김수종이 말했다.

―그럼 문자로 주소 찍어드릴 테니, 그쪽으로 오세요. 기다
릴 게요.

그렇게 통화를 마치고 나니 바로 문자가 도착했다. 문자에
적힌 주소를 보니 강남의 번화가 쪽이다.

시간을 확인한 그가 나갈 준비를 서둘렀다.

주소도 이미 받은 터라 약속 장소를 찾는 것은 어렵지 않았
다. 입구의 커다란 창에 반사된 자신의 모습을 보며 옷매무새
를 가다듬은 그가 심호흡을 하고는 안으로 들어섰다.

안쪽에 들어서니 조명도 어두운데다가 각 테이블이 어느
정도 간격을 두고 차폐가 되어 있어 김수종을 찾는 것이 쉽지
않았다. 이리저리 두리번거리며 걸음을 옮기는데 안쪽에서
자신을 부르는 소리가 들렸다.

"택근 씨! 이쪽입니다!"

오늘 통화를 했던 김수종의 음성인지라 장택근이 서둘러
그가 있는 테이블로 걸음을 옮겼다.

"안녕하십니까!"

테이블에 도착하기가 무섭게 고개를 꺾어 보이며 인사를
하니, 테이블에 앉아 있던 사내들이 웃으며 그를 반겨주었다.

"잘 왔어요. 차 막힐 텐데 오느라 고생했어요. 어서 앉아요."

오디션장에서 보았던 이필상 작가가 유독 그에게 살가운 태도로 인사해 왔다. 그 말에 다시 고개를 숙여 보인 그가 테이블의 끄트머리에 자리를 잡았다.

테이블에 앉아 있는 면면은 오디션장에서 보았던 인물들과 다르지 않았다. 최민혁이 하나 빠졌을 뿐 이필상 작가와 박준규 감독, 김수종은 그대로였다.

"왜 불렀는지 궁금하죠?"

이필상이 장난스러운 얼굴로 그렇게 말하자 장택근이 고개를 끄덕여 주었다. 솔직히 합격 사실이야 이미 이지원과 최민혁을 통해 들어 알고 있었지만 갑작스레 자신을 불러낸 이유를 알 수가 없던 차였다.

"먼저 축하해요. 이번 장필수 역에 장택근 씨가 선정되셨어요."

그의 말에 이미 들어 알고 있던 사실이지만 놀란 시늉을 하며 허겁지겁 감사 인사를 하니, 박준규가 너털웃음을 터뜨리며 이야기했다.

"거참, 사람 숨넘어가겠네. 후딱후딱 말하지, 바쁜 사람 불러다 놓고 스무고개 해?"

이필상을 바라보며 가볍게 핀잔을 주는 그의 얼굴에 기분 좋은 웃음이 떠올라 있었다.

"안 그래도 이야기할 거라니까."

괜한 핀잔을 받는 바람에 입을 내민 이필상이 장택근을 바라보며 이야기했다.

"사실 이 자리에 택근 씨를 부르자고 한 건 저였어요. 그날 연기가 뭐랄까. 인상 깊기도 했고, 궁금한 것도 있어서 전화해 보라고 한 겁니다."

이필상의 말에 장택근이 자세를 바로 했다.

"아, 편하게 들어도 돼요. 그렇게 딱딱한 자리였으면 회사로 불렀겠죠. 오늘은 그런 자리 아니니까 편하게 있어요."

말이야 그렇지만 장택근 입장에서 그게 쉽게 되겠는가. 그저 입으로만 알았다고 대답하고는 다시 그의 다음 말을 기다리니, 이필상이 한숨을 내쉬고는 말을 이어갔다.

"혹시 어떤 연기를 더 보여줄 수 있어요? 그날 봤던 것 말고."

결국 차라리 빨리 용건을 꺼내는 것을 택했는지 이필상의 말이 방금 전과는 달리 단도직입적이었다.

"이를 테면 그날은 살벌한 연기를 보여줬잖아요. 기쁨, 슬픔, 외로움, 좌절, 두려움. 어떤 거든 자신 있는 연기가 있어요?"

드디어 이필상이 자신을 부른 용건을 알게 된 장택근이 고개를 끄덕이고는 자리에서 일어났다.

차폐가 되었다고 하지만 아예 가려진 것은 아니었던지라 근처 테이블에 있던 손님들의 시선이 일순간 그에게 향했다. 그 시선에 조금 민망할 만도 하련만 기왕 하는 거 제대로 보여주자고 마음먹은 장택근은 신경 쓰지 않았다.

가만히 감정을 다잡는 그의 눈이 깊게, 깊게 잠겨들기 시작했다.

눈동자가 파르르 떨린다.

허공에 불쑥 내밀어진 손끝마저 그 눈동자만큼이나 떨려온다. 무언가를 잡고 싶어 몇 번이나 움찔거리는 그 손길에 담긴 감정은 안타까움뿐이었다. 그리고 이윽고 찾아오는 것은 닿을 수 없는 것에 대한 슬픔과 좌절, 그리고 절망이었다.

그리고 그 절망마저 사라졌을 때 남은 것은 오직 지독스러운 고독과 외로움. 표정마저 사라진 얼굴이 차라리 안타까울 지경이다.

"이거야! 이거!"

장택근의 연기를 본 이필상이 자리에서 벌떡 일어나며 소리쳤다. 그 호들갑스러운 태도에 주변의 이목이 쏠렸지만 일행 중 어느 누구도 그를 나무라지 않았다.

홀린 듯이 장택근을 바라보다가 손을 마주치며 박수를 친다.

"제가 말했죠? 그날 그 눈빛이 그냥 살벌한 게 아니었다니까요!"

다른 이들 역시 자신처럼 장택근의 연기에 감명을 받은 모습이자 이필상이 다시 호들갑을 떨었다.

"알았으니까. 앉아. 사람들이 다 쳐다보잖아."

그대로 두었다가는 테이블에 올라가 덩실덩실 춤이라도 출 것 같은 이필상의 모습에 결국 박준규가 한마디 하고 말았다. 잔뜩 흥분한 얼굴로 이필상이 자리에 앉는데 장택근이 여전히 우두커니 서 있자 박준규가 그에게도 자리에 앉으라며 손짓을 했다.

하지만 장택근은 어쩐 일인지 여전한 얼굴로 멍하니 허공을 바라보고 있었다. 그제야 뭔가 이상하다는 것을 눈치챈 사람들이 그를 불러보는데, 한참이나 지나서야 장택근이 고개를 들었다.

유리알처럼 생기 하나 없던 눈동자에 금세 빛이 돌아오며 무표정했던 얼굴에 얼떨떨한 기색이 떠올랐다.

"죄송합니다. 뭐라고 하셨습니까?"

몇 번이나 불렀는데 그조차도 제대로 듣지 못한 듯한 모양새라 박준규가 끄응 하고 신음을 흘렸다.

*　　　*　　　*

연기를 마친 장택근은 한참이나 멍한 상태로 있었어야 했다. 이필상과 김수종이 어깨를 두들겨 주며 뭐라고 말을 했는데 자기가 무슨 정신으로 대답을 했는지조차 기억이 나지 않을 지경이었다.

"잠깐 화장실 좀 다녀오겠습니다."

결국 잠시 양해를 구하고 자리를 뜨고 말았다.

장택근이 복도를 따라 사라지자 이필상이 호들갑을 떨었다.

"기대 이상이야, 정말로. 저 정도라면 그날 떠오른 영감을 그대로 반영해서 수정해도 되겠어."

"실제 촬영 들어가서 지금 보여준 모습의 반만큼만 보여줘도 꽤 이슈가 될 겁니다."

김수종이 이필상의 말에 맞장구를 치는데 이상할 정도로 박준규가 말이 없었다.

"박 감독님, 뭐가 마음에 안 드십니까?"

눈치 빠른 김수종이 그렇게 물으니 박준규가 느릿한 동작으로 담배를 하나 빼물었다. 깊게 연기를 들이마시고 내뿜는 그의 얼굴이 그 짙은 연기만큼이나 흐릿한 표정이었다.

"이 작가, 김 실장. 지금 자기들이 보기에는 저게 정상 같아?"

그의 입에서 나온 음성은 특유의 느긋함보다 낮고, 더 깊은 울림을 담고 있었다. 저도 모르게 자세를 바로 한 이필상과 김수종이 그의 말에 귀를 기울였다.

"저게 연기로 보이냐고."

박준규의 시선이 장택근이 사라진 방향을 잠시 향했다.

"내가 보기에는 저 친구 정상이 아니야. 저건 정상적인 연기자가 연기를 보여준 게 아니라, 있는 그대로의 자신을 보여준 거라고."

그 말에 이필상이 머뭇거리다가 대꾸를 했다.

"배우 중에서도 많잖아. 역에 완전히 몰입해서 자신을 잊고 연기하는 사람들. 그런 사람들이야말로 진짜 배우지."

그 말에 김수종이 고개를 끄덕이며 동의를 표하는데 박준규가 재떨이에 담배를 비벼 껐다. 고작 몇 번 들이마셨을 뿐인데 필터까지 타 들어간 담배가 그대로 꺼져 버렸다.

"아니야. 아니야. 그런 게 아니래도."

다시 담배 하나를 꺼내 든 박준규가 담배를 입에 물고는 불을 붙일 생각도 하지 않았다. 잠시 숨을 고르듯 시간을 둔 그가 무거운 어조로 말했다.

"저건 자신의 상처… 그래, 트라우마라고 하지. 트라우마 자체를 꺼내 보인 거라고. 저건 위험해."

꼭 뭐에 짓눌린 것처럼 어긋나 있는 박준규의 말에 이필상이 고개를 저어 보였다.

"트라우마라… 그거 좋지. 트라우마가 없는 사람이 어딨어. 나는 어렸을 때 물에 빠져서 지금은 물이 젖꼭지까지만 차올라도 경기를 일으키는 사람이라고. 그런데 내가 사는 데 지장이 있어? 그건 아니잖아."

아무래도 박준규가 장택근에게 낙점되었던 배역을 철회할지도 모른다고 생각한 모양인지 그의 어투가 꽤나 단호했다.

"그리고 내가 생각한 장필수는 저 친구가 아니면 안 돼. 다른 놈한테 주느니 차라리 불쏘시개로 쓸 거야. 이게 뭐야, 안 보여줬으면 몰라도 보여주고 이러는 게 어딨어. 벌써 저 친구에게 맞게 배역을 손봤구만."

불만이 가득한 얼굴로 이야기하는 그 태도가 전에 없이 단호했다.

김수종 역시 곁에서 이필상을 거들었다.

"뭐, 세세한 부분까지 제가 관여할 수는 없겠지만. 박 감독님이 잘 이끌어주면 어떻게 안 되겠습니까. 최 배우도 그렇고 경험 있는 사람이 한둘이 아닌데 잘만 다듬고 가르쳐 주면 괜찮을 것 같은데요."

전부터 그의 다채로운 이력에 흥미를 표했던 그인지라 이필상과 입장이 같았다.

"뭐, 알았어. 일단 보자고. 뭘 그렇게 정색들을 하고 그래."

아무래도 분위기가 무거워지자 박준규가 장난스럽게 대꾸했다.

이필상은 그런 박준규의 얼굴을 보고도 안심이 되지 않았는지, 다시 한 번 쐐기를 박았다.

"진짜 저 친구 내칠 거면, 최소한 저 정도 되는 배우로 데려와. 아니면 대본이고 뭐고 불 싸질러 버릴 거야."

조금 정도를 넘어선 발언이었지만 워낙 이필상과 오랜 시간 손을 맞춰왔던 박준규인지라 그저 말없이 고개를 끄덕여주었을 뿐이다.

"자, 자. 우리 이 작가님이 저 친구가 어지간히 마음에 드신 모양입니다. 일단은 한 잔씩 드시죠. 제가 맛있게 말아드리겠습니다."

눈치 좋게 김수종이 일어나 잔을 돌리니 분위기가 다시 가벼워진다.

*　　　*　　　*

차가운 물에 얼굴을 씻어내자 갑갑한 기분이 조금은 옅어지는 느낌이었다. 등가를 스멀거리며 기어 다니던 그 기이한 감촉도 세면대의 구멍을 통해 흘러 들어가는 물과 함께 쓸려 나가고 만다.

아직도 불끈거리는 관자놀이의 감촉이 거슬렸지만 그나마 정신이 조금씩 명료해진다. 그리고 세면대를 붙잡고 기대어 서서 숨을 고르다 보니 서서히 현실감이 돌아온다.

장택근은 가만히 거울 속의 자신을 바라보았다.

핏기 하나 없이 파리한 얼굴을 한 사내가 자신을 보고 있었다. 채 떨쳐지지 않은 어둠이 묻은 표정은 어딘지 모르게 위태로워 보였다.

"어으, 취한다."

누군가가 화장실에 들어왔다. 비틀거리는 걸음을 한 그가 세면대를 붙잡고 선 장택근을 잠시 이상하다는 듯이 쳐다보다가 거울 속의 그와 시선을 마주했다.

아무것도 하지 않았음에도 취객의 붉게 달아오른 얼굴이 하얗게 질렸다. 마치 귀신이라도 본 것만 같은 얼굴을 한 취객이 그대로 몸을 돌려 도망치듯 화장실을 빠져나갔다.

그 모든 것을 지켜본 거울 속의 사내가 와락 얼굴을 일그러뜨렸다.

그는 자신에게 무슨 일어났는지 누구보다 잘 알고 있었다. 그가 연기랍시고 꺼내 든 것은 잘 갈무리된 연기자의 그럴듯한 연기가 아닌 자신의 상처이자 기억 그 자체였다. 아마존에서 겪었던 그 참담한 기억, 그 악몽을 그대로 되짚어 자신을 몰아세웠다.

그 처절한 감정의 파도에 그대로 자신을 내맡기고는 있는 그대로의 모습을 보여주었다. 그건 연기도 뭣도 아니었다. 그것은 차라리 날카로운 곳에 수십 번을 베이고, 또 헤집어져 만신창이가 된 상처 그대로다.

진재영과 종종 만날 때마다 그녀는 우려를 표했었다.

정신과 전문의가 아니었던지라 정확한 진단을 해준 것은 아니었지만, 아마존에서 불미스러웠던 일이 있었던 이지원보다도 그의 정신이 더욱 불안정하다는 것에 그녀는 염려를 했다.

악몽에 대한 언급과 그에 대한 대비, 그리고 이어졌던 자신의 설명. 그녀가 믿지 않더라도 모든 것은 실재하는 현실이었다. 그러지 않았다면 자신이 아마존을 벗어나기 위해 처절하게 싸워야 했던 '그것' 의 존재가 설명이 되지 않았다.

가만히 거울을 노려보던 장택근은 얼굴을 움켜잡았다. 잔뜩 굳어버린 얼굴을 이리저리 잡아당겨 억지로 웃는 낯을 해 보이지만 여전히 어둡기만 한 얼굴이다.

"정신 차리자, 장택근."

몇 번이고 중얼거리며 얼굴을 실룩이다 보니 그나마 볼만한 얼굴이 되었다. 그는 화장실 벽 한편에 걸려 있던 페이퍼 타월을 꺼내 들고는 몇 번이나 문질렀다. 마치 그렇게 함으로써 얼굴에 묻어 있는 어둠이 닦여 나가기라도 하는 것처럼.

*   *   *

술자리가 끝날 무렵이 됐을 때 즈음, 이미 이필상은 인사불성이 되어 있었다.

"우리 장택근 씨, 아니지, 이제 장 배우지! 장 배우 우리 한번 잘해보자고!"

혀가 꼬부라진 말투로 몇 번이나 장택근을 얼싸안으며 말하는 그의 태도가 너무도 살가워 장택근은 차마 그 술 냄새 가득한 사내를 밀어내지도 못하고 그대로 마주 안았다.

"우리 장 배우, 박 감독이 뭘 몰라서 그러는 거야!"

영문 모를 소리를 몇 번이나 해댄 그가 우웩 하는 소리와 함께 테이블 한구석에 고개를 묻었다.

"아이고… 술도 잘 못 먹는 양반이 어쩐지 과음한다 했다. 어휴, 저 화상."

박준규가 고개를 절레절레 흔들며 말하자 김수종이 난감한 표정을 지었다.

"음. 제가 2차는 좋은 데로 준비해 놨었는데 어떻게 할까요?"

아무래도 물 좋은 곳에 자리를 마련해 둔 모양인지, 김수종이 아쉽다는 기색이 역력한 음성으로 말했다. 박준규가 그런 그의 모습에 너털웃음을 터뜨렸다.

"이거, 이거. 우리 김 실장. 처음 봤을 때까지만 해도 안 그러더니 이제는 이 바닥 사람 다 됐네그래."

그 말에 무안해진 김수종이 뺨을 긁적였다.

"됐어. 뭐, 좀 아쉽지만 오늘만 날인가. 다음에 또 보자고."

아쉬운 것은 박준규 역시 마찬가지인 듯 입맛을 다셨다. 하지만 그는 당장 늘씬한 아가씨를 옆구리에 끼고 밤을 까는 것보다 더욱 중요한 일이 있었다.

"수고스럽겠지만 이 작가 좀 잘 데려다줘. 저 친구 저번에도 술 취해서 엄한 곳에서 일어난 적이 있어서. 영 미덥지가 못해."

그는 토악질을 하다가 이내 고개를 테이블에 처박고는 그대로 잠이 들어버린 이필상을 보고 혀를 차고는 장택근의 어깨를 감싸 안았다.

"그럼 우리도 가보자고."

그렇게 말한 그가 어기적거리며 걸음을 옮기는데 꼭 동네 왈패와도 같은 걸음걸이라 장택근이 와락 웃음을 터뜨렸다.

"그래, 웃으니 보기 좋네."

그 모습을 본 박준규가 느긋하게 웃어 보이며 입을 열었다.

"자주 웃어. 그래야 이 바닥에서 오래가. 슬퍼도 웃고, 화가 나도 웃고, 또 기가 차도 웃어. 그래야 오래 버텨."

단순한 조언이라고 하기에는 무언가 묘한 울림이 있는 느낌이라 장택근은 저도 모르게 표정을 가다듬었다.

"네, 감독님."

맡겨만 달라는 듯이 가슴을 치며 말하니 박준규가 피식 웃고는 미리 준비해 둔 택시를 탔다.

"그럼 들어가십시오."

허리를 꺾어 정중하게 인사를 하는데 박준규가 손을 몇 번 흔들고는 그대로 택시와 함께 사라졌다.

그렇게 박준규마저 가버리고 나자 거리에 홀로 남은 장택근은 뺨을 두들겼다. 취기는 오르지 않았지만 그래도 달아오른 얼굴이 차가운 공기에 닿자 조금은 상쾌해지는 듯한 기분이 들었다.

그렇게 잠시 휘황찬란한 네온사인 아래 서 있던 그는 택시를 잡았다.

*   *   *

그날 집에 돌아온 장택근은 오랜만에 아마존의 꿈을 꾸었다.

지긋지긋한 진녹색의 세상은 여전히 암울했고, 그 세상에 홀로 남은 자신은 여전히 고독했다. 생생했던 악몽과 전혀 다르지 않은 그 풍경 속에서 오직 다른 것이 하나 있다면, 전보다 바짝 다가서서 그를 말없이 지켜보는 그림자뿐이었다.

*   *   *

잠에서 깨어난 장택근은 냉장고를 열어 냉수를 들이켰다. 식도를 얼릴 듯한 그 차가운 감촉이 목가를 타고 흘러내리자, 그제야 속이 좀 진정이 되는 것 같았다.

남은 생수병을 뺨에 문지르며 그 차가운 감촉에 안도하던 장택근은 시간을 확인했다.

새벽 5시 반.

다시 잠을 청하기에도 애매한 시간이라 그는 한숨을 내쉬었다. 딱히 할 것도 없었던지라 그는 트레이닝복을 갖춰 입고는 집을 나섰다.

새벽의 차가운 공기를 들이마시며 가볍게 몸을 튕긴 그가 휘트니스 센터로 달리기 시작했다.

약 30분간 인근을 돌다가 도착한 휘트니스 센터는 조용했다. 새벽 운동을 나온 몇몇 사람이 기구를 움직이는 소리가 끼익거리며 그의 귀를 자극했다. 실제로 숨이 차지는 않았지만, 곧바로 운동을 할 마음이 들지 않은 그가 데스크의 맞은편에 놓인 소파에 앉았다.

"어? 오늘은 일찍 오셨네요?"

일전에 몇 번 보았던 데스크의 20대 초반의 여직원이 그를 보며 아는 체를 했다.

"아, 좀 잠을 설쳐서 일어난 김에 그냥 왔네요."

어설프게 웃어 보이며 그렇게 대답하니 직원이 보기 좋은 눈웃음을 지어 보였다.

"커피 한잔하실래요?"

그렇게 말하고는 자리에서 일어난 그녀가 옆쪽에 놓인 커피포트에서 커피를 따랐다.

"설탕? 프림?"

직업이 직업이다 보니 잘 가꿔진 몸을 한 그녀인지라 몸을 굽히고 펴는 사소한 동작에서도 뭔가 역동적인 힘이 느껴졌다. 그 생생한 기운이 왠지 반가워 장택근이 잠시 멍하니 그녀를 바라보았다.

"설탕 안 넣으세요?"

그녀의 말에 정신을 차린 장택근은 자신이 한참이나 그녀를 바라보고 있었다는 사실을 깨닫고는 얼굴을 붉혔다.

'정신 차려라, 장택근.'

스스로를 자책하는데 그녀가 그를 바라보며 고양이 같은 웃음을 지어 보였다.

"장택근 씨죠? 이 클럽에서도 손에 꼽게 몸이 좋으셔서 기억하고 있었어요. 반가워요. 김지영이에요."

가슴에 달린 명찰을 손으로 짚어 보인 그녀가 자신을 소개했다.

장택근은 얼결에 그녀가 건넨 커피를 받아 들고는 마주 인사를 했다.

"아, 반가워요. 인사가 너무 늦었나요, 우리?"

표정을 수습하며 능청을 떠니 그녀가 뭐가 그리 우스운지 까르르 웃음을 터뜨렸다. 그 생동감 가득한 웃음소리에 장택근이 그녀의 얼굴을 뚫어져라 바라보았다.

그 노골적인 시선에 한참을 웃던 김지영의 얼굴에서 서서히 웃음기가 사라지고 민망한 기색이 떠올랐다. 뒤늦게 자신이 그녀를 또 뻔히 바라보고 있었다는 것을 깨달은 장택근이 고개를 젓고는 사과를 했다.

"죄송합니다. 제가 오늘 생각이 좀 많아선지 멍하네요. 커피 잘 먹었습니다."

그렇게 말하고는 자리에서 일어나니, 김지영이 화들짝 놀라 자신의 자리로 돌아갔다.

"네, 운동 열심히 하세요."

그녀의 인사에 대충 고개를 끄덕여 준 그는 바로 운동을 시작했다.

가슴 운동을 하고, 다시 어깨 운동을 한다. 다시 또 등 근육 운동을 하고, 이두와 삼두를 단련시킨다. 그러고는 다시 가슴 운동을 시작한다. 남들이 보면 몸 상하기 좋은 운동법이라 손가락질을 하겠지만, 그의 단련된 육체는 어지간히 몰아붙이지 않으면 도무지 운동이 되지를 않았다.

"후읍. 후읍."

게다가 오늘은 묘하게 정신이 산만해 더욱더 자신을 몰아붙여야만 했다. 한참을 온갖 기구를 돌아다니며 운동을 하니, 조금은 마음이 가벼워지는 기분이다.

"이봐요, 운동 그렇게 하면 몸 상합니다. 보니까 제대로 배우지도 않고 운동하는 것 같은데 그렇게 운동하면 아무리 오래 해도 몸이……."

어느 클럽을 가도 한두 명씩은 있는, 온몸이 근육으로 뒤덮인 곰 같은 체구의 남자가 거만한 표정으로 그에게 다가오다가 바벨에 꼬치 꿰이듯 꿰인 무게추를 보고는 입을 다물었다.

어지간한 남자는 그 반조차도 들지 못할 그 어마어마한 무게에 남자가 그대로 멈춰 서는데, 장택근이 가볍게 바벨을 원래의 자리에 두고는 몸을 일으켰다.

온통 땀에 젖은 상의가 몸에 달라붙어 있는데 풍선처럼 부풀린 크기만 큰 근육이 아니라 응축될 대로 된 알찬 근육이

옷 너머로 그대로 드러났다.

"아, 염려해 주셔서 감사합니다."

그렇게 감사하다 말하며 미소를 지어주니, 남자가 얼떨떨한 표정을 지어 보이고는 그대로 몸을 돌려 사라졌다.

아마도 자신이 너무도 가볍게 이리저리 오가며 기구들을 만지고 다니니, 노하우라도 가르쳐 주려고 한 모양이다. 그도 아니면 그의 체구를 보고 상대적으로 과시욕을 보이려고 했던지. 어찌 됐든 표면적으로는 호의를 보이는 상대에게 본의 아니게 무안을 주고 만 장택근이 쓴웃음을 지었다.

그래도 한참 땀을 빼고 나니 갑갑함보다도 온몸에 끈적끈적하게 달라붙은 땀 때문에 찝찝할 지경이다. 클럽의 한편에 위치한 수건으로 대충 몸을 닦아낸 그가 클럽을 나서는데, 데스크에서 다른 직원들과 수다를 떨고 있던 김지영이 그를 발견하고 인사를 했다.

"운동 다 하셨어요? 조심히 들어가세요."

그녀의 싱그러운 미소에 괜히 아까 전의 상황이 생각난 그가 대충 인사를 해주고 클럽을 나섰다.

장택근은 집으로 돌아와 샤워를 마치고는 휴대폰을 집어들었다. 그리고 휘트니스 클럽에서 있었던 김지영과의 일 때문에 괜스레 죄를 지은 기분이 들어 이지원에게 전화를 걸었다.

저마다 취향대로 통화 연결음을 꾸미는 또래의 여자들과

는 다르게 기본 통화 연결음이 전화기 너머로 들려왔다. 그 건조한 벨소리에 혼자 리듬을 타고 있다 보니 핸드폰 너머로 이지원의 음성이 들려왔다.

"자고 있었어?"

평소와는 다르게 조금은 늦게 전화를 받은 그녀에게 물으니 그녀가 잔뜩 잠긴 소리로 대답했다.

─응, 지금 서울 올라가는 차 안이야.

뒤늦게 그녀가 광고 촬영을 위해 부산에 내려갔었다는 사실을 떠올리고는 그가 염려 그득한 음성으로 물었다.

"차에서 자고 있었구나. 나중에 다시 전화할까?"

안 그래도 수면 부족으로 늘 피곤한 그녀다. 그 당당한 태도 탓에 표가 안 날 뿐이지 모르긴 몰라도 병원에 가면 위염을 비롯해 온갖 고질병이 죄다 나오고도 남을 것이다. 그런 살인적인 스케줄이 매일같이 이어지는 그녀이니만큼 당연히 짬이 나면 조금이라도 자두는 것이 좋다.

─아니야, 지금 일어났어?

그런데 오늘은 먼저 걸려온 그의 전화가 반가운 모양이다. 헛기침을 하며 목을 풀고 대답해 오는 그녀의 음성이 조금은 들떠 있었다. 하지만 그녀가 얼마나 피로에 찌들어 있을지 잘 알고 있던 장택근은 더 쉬라고 그녀를 달래며 전화를 끊었다.

그녀의 목소리를 듣고 나니 자신이 김지영에게 느꼈던 그 기이한 감정이 새삼 이해가 가지를 않았다. 아까 전까지만 해도 그 넘치는 생명력에 자꾸만 시선이 갔는데 지금에 와서는 그녀의 얼굴조차 기억이 나지 않았다.

"나도 남자라는 거지."

스스로를 자책하며 그렇게 중얼거린 그가 온몸을 비틀며 하루를 준비했다.

10장

충무로

시간은 빠르게 흘러갔다. 조금이라도 기본기를 갖추기 위해 장택근은 잠잘 시간도 줄여가며 연기 공부에 몰두했다. 이 바닥 내공이라는 게 하루 이틀 그렇게 밤샘을 한다고 해서 눈에 뜨이게 늘지는 않지만, 그래도 촬영을 시작하기 전에 조금이라도 기본기를 만들어둘 셈이었다.

이지원은 살인적인 스케줄 속에서도 짬이 날 때면 그를 찾아와 연기를 봐주고 갔다. 서로의 감정을 확인한 이후 부쩍 태도가 부드러워진 그녀지만, 연기에 관해서 이야기를 할 때만큼은 오히려 전보다 더욱 까다로웠다.

조금이라도 어색하다 싶으면 바로 그의 연기를 끊고는 몇 번이고 같은 대사를 반복시켰다.

대사에 감정을 싣는 것도 중요하지만 지금의 그로서는 일단 배우의 말투를 배우는 게 급선무였다. 말하듯, 속삭이듯 고함치듯, 그 애매한 경계 속에서 그는 피를 토할 정도로 연기 연습에 몰두했다.

"아무리 감정선이 좋아도, 그걸 표현하는 건 대사야. 눈빛과 분위기만으로 떠봐야 반짝 스타일뿐이야."

편한 길이 눈앞에 있다. 장필수 역할에 맞는 감정을 꺼내 들고 아무리 허세를 떨어봐야 그녀 앞에서는 벌거벗은 애송이나 다름이 없었다.

"이번에 배역 쉽게 땄다고 앞으로도 그럴 거라는 생각은 하지 마. 반쪽 연기로 쓰다가 버림받아도 자기를 대체할 사람은 얼마든지 있어. 그러니까 연습해. 목이 갈라지고 피가 터져도 연습해."

그 가차 없는 말에 장택근은 자존심이 상해 더욱 이를 악물고 연기에 몰두했다. 당장 눈에 보이는 성과는 없다 해도 꾸준히 노력하다 보니 아주 미미하게나마 무언가 바뀌어가는 것을 느낄 수 있었다.

그래 봐야 그의 연기를 봐주는 이지원의 눈에는 차지 않는 모양이다.

"아 하고 더 질러줘야지. 지금 입에 뭐 물었어? 뭘 그리 웅얼거려! 지를 때 질러주고 뺄 때 빼줘야 제대로 전달이 될 거 아냐! 진짜 이래 가지고 영화는 어떻게 할지 걱정이다, 걱정."

그렇게 하루하루를 연기에 매진하다 보니 시간이 훌쩍 지나갔다.

＊　　　＊　　　＊

운동을 간다거나 아주 가끔씩 이지원과 외출하는 것을 제외하고는 집 안에만 처박혀 있던 장택근이 오늘은 어쩐 일인지, 멀끔하게 옷을 빼입었다.

탄탄한 몸에 적당히 달라붙는 검정 슈트에 왁스로 보기 좋게 손질한 머리를 한 그의 모습이 여느 연예인 못지않다. 거울을 보며 흐트러진 곳은 없나 잠시 확인을 한 그는 휴대폰의 액정을 확인했다.

약속 시간보다는 조금 이른 시간이었지만 그냥 집을 나섰다. 허리를 꼿꼿이 펴고 걸음을 옮기는데, 오피스텔의 복도며, 엘리베이터며, 만나는 사람들마다 그를 힐끗거리며 곁눈질을 했다.

그 시선을 즐겁게 즐기며 오피스텔의 지하 주차장에 도착한 그는 두리번거리며 누군가를 찾았다.

빵빵.

저 멀리서 익숙한 외관을 한 밴 한 대가 그에게 클랙슨을 울렸다.

"택근 씨. 이쪽!"

뻔질나게 그의 오피스텔을 드나드는 이지원 탓에 이제는 제법 친근한 사이가 된 강민식 매니저가 차창을 열고는 그에게 소리쳤다.

"민식이 형님?"

의아한 얼굴로 그를 부르니, 그가 일단 올라타라며 성화를 부렸다.

"왜 형님이 오셨어요?"

사실은 오늘 장택근은 제작사와 감독, 그리고 투자자를 만나게 되어 있었다. 좋은 자리였으면 좋으련만 사실 오늘의 미팅은 그다지 좋은 의도로 마련된 자리가 아니었다.

다른 배우들에 비해 상대적으로 연기 경력도 또 인지도도 없다시피 한 그를 배역에 선정한 것에 대해 투자사 측이 이의를 제기한 것이다.

"지원이는 오늘 어차피 간단한 스케줄밖에 없어서 막내 놈 붙였어."

씨익 하고 웃어 보이는 그의 모습에 장택근이 다시 물었다.

"그래도 돼요?"

"원래는 안 되지. 근데 뭐 지원이 부탁도 있고 나도 택근 씨한테 할 말도 있고 해서."

투자사 측에서 장택근이 못 미더운지 장필수 역에 다른 배우를 내세웠다. 이따금씩 투자자의 추천으로 크지 않은 배역 정도는 나눠주는 관례가 있었기에 다른 때였다면 제작사 측에서 양보를 했겠지만, 이미 장필수 역에 장택근이 아닌 배우를 쓴다는 건 생각도 못하게 되어버린 감독과 작가가 고집을 부리는 바람에 급하게 자리가 마련되어 버렸다.

으레 이런 자리에는 경쟁적으로 자신들이 미는 배우를 데리고 나와 기 싸움을 벌이게 마련이라, 아무런 소속사도 없이 활동하는 장택근이 괜히 주눅이 들까 봐 이지원이 특별히 자신의 회사에 부탁을 했다.

"어차피 우리가 남이야? 계약서에 도장만 안 찍었다 뿐이지, 택근 씨나 우리나 가족이지."

괜한 부탁을 하는 바람에 폐를 끼치게 되었다고 생각한 장택근이 미안하다 말하자 강민식이 너스레를 떨었다.

안 그래도 요 근래에 계약 이야기가 오가고 있던 차라 회사 차원에서도 조금 공을 들이는 모양이었다.

그냥 신인이라면 몰라도 메가폰만 잡았다 하면 최소 200만 관객 이상은 동원하는 박준규 감독의 영화에 촬영이 낙점된 배우다. 이 정도 공을 들이는 것쯤이야 아무것도 아니었다.

"그리고 배우는 쪽팔리면 죽는 거야. 어딜 가도 당당해야지."

일부러 톱스타들이나 탈 법한 밴을 몰고 왔노라며 가슴을 탕탕 치는 강민식의 모습에 장택근이 미소를 지으며 고맙다 말했다.

"그럼 바로 출발할게. 시간이 애매해서 가다가 차 막히면 큰일 나겠다."

강민식의 말과 함께 검정색 밴이 조용히 지하 주차장을 빠져 나갔다. 도로에 올라가 보니 다행스럽게도 그다지 차가 많지 않았다. 조금은 교통 상황이 신경 쓰였었는지 강민식이 밝은 얼굴을 하고는 말했다.

"출발이 좋네. 이쪽이 차가 이렇게 없을 때가 드문데. 택근 씨 잘되라고 누가 밀어주나 보다."

되도 않을 말을 지껄이며 그의 기분을 맞춰주는 강민식의 태도에 장택근은 그저 말없이 미소로 대답을 대신했다.

"택근 씨, 근데 언제 계약해? 택근 씨도 이제 뒷바라지해줄 사람이 필요할 텐데. 촬영 시작 전에 스타일도 잡아야 하고, 이래저래 관리도 받아야지. 연기야 지원이가 따로 가르쳐 주는 모양이지만 다른 부분은 지원이도 못 도와. 그 기지배도 회사에서 해주는 거 받을 줄만 알지, 지가 먼저 찾아서 해본 적이 없어서……."

역시나 올 것이 와버렸다. 사실 그 같은 신인 배우 입장에서 이지원과도 같은 톱스타가 소속되어 있는 회사에 들어가는 것은 사실 큰 행운이었지만, 이 바닥의 생리를 잘 아는 장택근은 난감한 표정으로 대답을 회피했다.

전에 받았던 계약서의 조건이 나쁜 것은 아니었다. 오히려 신인 배우치고는 지나칠 정도로 조건이 좋은 편이었다. 하지만 어디까지나 신인 배우에 비하면 좋은 조건이라는 것이다.

박준규 감독의 영화에 주조연급으로 캐스팅이 된 사실을 감안하면 오히려 조금 부족한 감이 없지 않아 있다. 뚜껑을 열어봐야 알겠지만 모르긴 몰라도 영화가 개봉하고 난 뒤라면 지금과는 비교도 할 수 없을 정도로 위상이 올라가 있을 것이다.

당장 톱스타가 된다거나 인기 배우가 되는 것은 아니겠지만 그래도 얼굴이 알려진다는 건 배우에게 가장 큰 힘이었다.

회사에서도 그런 부분을 감안하고 최대한 빨리 장택근을 잡으려고 하는 것이다. 나중에 가서 아픈 배 부여잡고 계약조건을 수정하느니, 차라리 지금 조건은 조건대로 후려치고 생색은 생색대로 내려고 할 심산이리라.

영화 개봉 이후에 저런 조건을 들이밀었다가는 싸대기를 맞을 테니까.

이지원 역시도 지금 당장은 고되더라도 혼자서 해결을 보고 가급적이면 계약의 시기를 늦추라고 했다. 아무리 강민식이 그녀와 가깝고 또 오랜 세월을 알아왔어도, 이럴 때는 회사 입장과 개인의 입장이라는 게 다르니 장택근은 강민식의 차를 얻어 탄 것이 괜히 불편해졌다.

"이제 시작인데요. 뭐, 일단은 혼자 해보다가 안 되면 그때

가서 이야기할게요. 아직 어디 속해서 뭘 한다는 게 조금 부담스러워서."

아닌 게 아니라 얼굴 가득 부담스럽다는 티를 팍팍 내는 그의 얼굴이라 강민식이 뜨끔해서 입을 다물었다.

괜히 더 들이댔다가는 역효과가 날 것이라 생각하기라도 한 모양이다.

잠시 헛기침을 한 강민식이 말을 돌리기 위해서인지 다른 화제를 꺼내 들었다.

그런데 그 화제라는 게 또 장택근을 불편하게 하는 그런 종류의 것이다.

"근데 택근 씨, 지원이랑은 어떻게 할 거야?"

그 단도직입적인 말에 장택근이 헛바람을 들이켰다.

그간 뻔질나게 장택근의 집을 들락거린 이지원이다. 그럴 때마다 강민식의 차를 얻어 탔으니 강민식처럼 눈치가 빠른 사내가 그와 그녀의 관계를 모를 리가 없었다.

"그런 얼굴 하지 않아도 돼. 지금 난 매니저 강민식이 아니라, 지원이 친한 오빠 입장에서 말하는 거니까."

룸미러로 보이는 얼굴이 제법 진실성이 있었지만 장택근은 쉬이 대답하지 못했다. 그런 그의 태도에 강민식이 한숨을 내쉬고는 다시 말했다.

"열댓 먹은 아이돌도 아니고, 회사에서도 일일이 지원이 개인사까지 이래라저래라 할 수는 없어. 지원이가 그런 대우를 받을 레벨도 아니고. 그냥 이건 오빠로서 걱정돼서 하는 말이야."

어차피 이제 와서 부정해 봐야 달라지는 것도 없어 장택근이 체념한 얼굴로 고개를 끄덕였다.

"택근 씨가 지원이를 원망하지 않는다는 건 믿어. 근데……."

일전의 일이 마음에 걸린 모양인지 그렇게 묻는 강민식의 눈빛이 제법 날카로웠다.

"혹시라도 우리 지원이 이용하려는 건 아니지?"

룸미러에 비치는 그의 눈초리가 탐색하듯 장택근의 얼굴을 훑어보았다.

"그런 거 아니니까 걱정 마세요."

단호하게 대답을 했음에도 강민식의 시선은 거두어지지 않았다.

"그래, 믿을게."

한참 만에 다시 입을 연 그의 표정이 평소의 느긋한 얼굴로 바뀌었고, 그제야 차 안에 감돌던 긴장감이 사라지는 기분이 든 장택근이 쓴웃음을 지었다.

"응원할게. 회사 입장에서는 좀 그렇지만, 지원이 고것도 꼬장꼬장한 게 연애 좀 해야 여자다워지지. 기지배가 나긋나긋하지를 못해."

장난스럽게 말을 하지만 장택근은 방금 전에 보았던 강민식의 눈빛을 잊을 수가 없었다. 어딘지 모르게 위험스러운 눈빛이 꽤나 익숙한 느낌이었다.

"절대 기죽지 마, 택근 씨. 어차피 저쪽에서 내세울 배우라는 놈도 뻔해. 제작사 스폰 받고 들어오는 놈 중에 제대로 된 놈은 하나도 없거든. 그러니까 그냥 확 들이받는다는 심정으로 제압해 버려."

어느새 약속 장소에 도착한 장택근은 강민식의 말에 고개를 끄덕여 주고는 차에서 내렸다.

"내 말 명심해, 택근 씨! 이 바닥에서 한번 그렇게 까이면, 금세 또 다른데 가서도 까이니까 절대 얕잡아 보이지 않도록 해!"

강민식의 말에 알겠노라 대답을 해준 그가 영화사의 건물 앞에 섰다.

강남의 번화가에 위치한 영화사인지라 근방을 돌아다니는 사람이 제법 많았는데, 한눈에 보기에도 범상치 않은 밴에서 그가 내리자 일순간 시선이 쏟아졌다.

몸매부터가 일반인과는 차원이 다른 장택근이다. 요란하지 않은 슈트를 입은 그였지만 사람들의 시선을 끌어모으는 기이한 매력이 있었다.

"누구야? 몰라?"

"장난 아닌데? 여기 마이더스 배운가 본데?"

행인들이 수군거리며 장택근의 정체를 짐작해 보지만 애

초에 그는 방송에 맨얼굴로 나온 적이 없었다. 흐트러진 머리에 날카로운 흉터로 얼굴을 가린 김한수가 그라는 사실을 알기에는 아직 그의 인지도가 턱없이 부족했다.

사람들이 수군거리는 소리를 한 귀로 흘린 장택근이 심호흡을 했다.

비록 오늘의 자리가 그를 밀어내기 위해 마련된 자리라고는 하지만 그는 절대로 물러서지 않기로 다짐했다. 박준규와 이필상 역시 그를 지지할 테니, 그 투자자라는 작자가 도저히 자신을 부정하지 못하도록 강렬한 모습을 보이면 모든 것이 끝날 터였다.

제아무리 자신의 배우를 밀어주겠다고 요란을 떤다지만, 그들 입장에서도 뭐가 더 이득이 되는지 정도는 계산을 할 것이다.

자신을 부정하는 이 앞에서 그는 당당히 싸워서 자신의 것을 지키고 말리라.

마치 도전을 받은 맹수와도 같은 마음가짐으로 마음속에 한 자루 날을 세운 그가 당당한 걸음으로 영화사의 건물에 들어섰다.

"어떻게 오셨습니까?"

안내 데스크에 앉아 있던 직원이 그를 보며 눈을 크게 떴다. 아무래도 데스크의 직원이란 게 방문객을 1차적으로 대하는 대외적인 얼굴이다 보니 여직원도 외모로 뽑는 듯 그녀도 예사 미모가 아니었다.

단아한 이목구비에 머리를 곱게 틀어 올린 그녀가 데스크에서 몸을 일으키며 고개를 숙여 보이는 모습을 보던 장택근이 당당하게 이야기했다.

"박준규 감독님과 네 시 반에 약속이 되어 있습니다."

"잠시만 기다려 주시겠습니까. 확인해 보도록 하겠습니다. 어디서 오셨다고 전해 드릴까요?"

옷매무새를 가다듬으며 허리를 꼿꼿이 세운 장택근이 또박또박 말했다.

"장택근이라고 전해주시면 될 겁니다."

그 기이한 울림이 담긴 음성에 안내 데스크의 직원이 그의 이름을 몇 번이나 곱씹다가 뒤늦게 정신을 차리고는 얼굴을 붉혔다.

허겁지겁 전화를 들고 스케줄을 확인하는데 자꾸만 곁눈질로 장택근을 힐끔거리게 된다.

아무래도 영화사라는 특이성이 있는 만큼, 로비를 드나드는 방문객 중에 미남이라는 말이 어울리는 이들을 많이 본 그녀였다.

이름만 들어도 '아' 소리가 나는 대스타도 있었고, 조각 미남이니 뭐니 각종 찬사가 따라다니는 배우도 있었다. 눈앞의 사내는 그런 사내들에 비하면 이목구비가 특출하게 잘났다거나 잘생긴 것은 아니었다. 하지만 그에게는 사람의 시선을 빼앗는 무언가가 있었다.

자꾸만 심장이 두근거리고, 시선이 가는 게 그녀는 스스로를 억제하기가 힘들었다. 그리고 실제로 맡아질 리도 없건만 코끝을 간질이는 그 강렬한 수컷의 향에 저도 모르게 코를 킁킁대게 된다.

"오… 올라오시랍니다. 4층으로……."

통화를 마치고는 그에게 말을 전해주니, 그가 고맙다며 살짝 미소를 지어 보이고는 몸을 돌려 가는데 그 미소가 얼마나 멋진지.

정말 다리가 풀려 버린다는 말이 무엇인지를 깨달은 그녀가 엘리베이터 앞에 선 그를 홀린 듯이 바라보았다.

마치 전투를 앞에 둔 군인처럼 비장하기도 하고, 또 하릴없이 산책을 나온 것처럼 여유롭기도 하다. 도저히 공존할 수 없는 그 기이한 느낌의 등을 보며 그녀는 사람이 뒷모습만으로도 저런 아우라를 풍길 수가 있구나 하고 감탄하고 말았다.

"장택근……."

왜인지 머리에 화인처럼 남은 그의 이름을 기억하며, 그녀는 그의 뒷모습을 좇았다.

*　　　*　　　*

엘리베이터에 선 장택근은 등 뒤로 느껴지는 시선에 뒤통

수가 따끔거릴 지경이었다. 처음 본 순간부터 왠지 모르게 노골적으로 자신을 바라보는 여직원이었던지라 조금은 기분이 묘했다.

하지만 미인의 시선이 기분이 나쁠 리가 없었다. 그다지 유쾌하지 않은 자리에 참석하느라 기분이 좋지 않았던 그였지만 살짝 미소가 지어졌다

하지만 그런 미소도 잠시 이내 표정을 가다듬고는 마음을 다잡았다. 지금 자신은 놀러온 것이 아니었다. 자신의 자리를 탐내고 위협하는 도전자를 만나 그 콧대를 납작하게 만들기 위해 온 것이다.

괜한 허영심에 팔푼이처럼 웃음을 흘리다가는 자신의 계획이 시작부터 어그러질 수가 있었다.

그렇게 마음을 다잡은 그가 마침 도착한 엘리베이터에 올라탔다.

4층에 도착한 장택근은 직원의 안내를 따라 '기획실' 이라고 팻말이 붙은 곳으로 안내되었다.

"이사님, 장택근 씨 도착하셨습니다."

직원이 조심스레 문을 두들기고 물으니 안쪽에서 묵직한 음성이 들어오라 대답을 한다. 이사라는 말에 다시 자신의 옷매무새를 가다듬은 그가 당당히 문을 열고 들어섰다.

"안녕하십니까, 장택근입니다."

들어서자마자 인사를 하는 그의 음성에 힘이 실려 있었다.

그 쩌렁쩌렁한 인사에 사무실의 소파에 앉아 있던 사람들이 그를 반겨주었다.

"장 배우, 왔어? 이쪽으로 와."

먼저 이미 몇 번이나 얼굴을 보았던 박준규가 그 특유의 느릿한 어투로 그를 아는 체했다.

곁에 있던 이필상이나 김수종 역시 몇 번이나 봤던 얼굴이다. 고개를 숙여 보이며 가까이 다가서니 상석에 앉은 사내가 탐색하듯 그의 위아래를 훑어보았다.

"조 이사님, 이쪽이 저희가 말했던 장필수 역의 장택근 씨입니다."

김수종이 그를 소개하자 그가 거만한 표정으로 턱짓을 했다.

"처음 뵙겠습니다. 신인 배우 장택근입니다!"

장택근이 그 모습을 보며 고개를 숙여 보이며 공손하지만 힘 있는 음성으로 인사를 했다.

"젊은 친구라 그런지 패기가 있구만. 그래, 앉게나."

조 이사의 말에 조심스럽게 자리에 앉으니, 맞은편에서 앉아 있던 젊은 사내와 여인이 그를 빤히 바라보았다.

여인은 커리어 우먼의 전형을 보여주는 모습이었다. 단정하게 커트한 머리에 이지적인 얼굴을 한 그녀가 탐색하듯 그의 위아래를 훑어보았다.

그녀의 곁에 있던 사내 역시 장택근을 빤히 바라보는데 그 눈빛이 상당히 도전적이었다.

사내다운 인상에 제법 세련된 차림의 한 남자의 나이는 대략 스물다섯이나 됐을까. 조금은 어려 보이는 외모였지만 선이 굵은 얼굴이라 만만해 보이지는 않았다.

"서로 처음 보는 자리네요? 김 이사님, 이쪽이 장필수 역을 맡은 장택근 씨입니다. 택근 씨, 이쪽은 이번에 우리 영화에 투자를 하신 '놀부영상'의 김인숙 이사님이셔. 그리고 곁에 있는 친구는 이우혁이라고 택근 씨도 TV에서 몇 번 봤지? 원래 드라마에서 활동하던 친군데 이번에 이쪽도 생각을 해보려는 모양이야."

이필상은 유독 '장필수 역을 맡은 장택근'이라는 말에 힘을 주어 서로를 소개시켜 주었다. 그 말에 이우혁이란 사내가 조금은 불편한 표정을 지어 보였지만, 김인숙은 웃는 낯으로 그를 반겨주었다.

"처음 뵙겠습니다. 장필수 역의 장택근입니다."

장택근 역시 이필상의 지원에 힘입어 누가 굴러 들어온 돌이고 박힌 돌인지를 다시 한 번 상대에게 인식시켜 주었다.

그의 말에 장우혁이 손을 내밀었다.

"저도 장필수 역이 탐나는데, 이거 난감하게 됐군요."

표정을 수습하고 웃는 얼굴로 말하고 있지만 내민 손에 힘이 잔뜩 들어 있다. 장택근은 그 유치한 도발에 그저 적당히 상대를 해주고는 다시 자리에 앉았다.

"이거, 이거… 역시 젊음은 못 당해. 저렇게 저돌적이라니까. 나도 저럴 때가 있었는데."

조 이사가 너털웃음을 터뜨리며 말하니, 김인숙이 간드러지는 음성으로 말을 받았다.

"에이, 조 이사님도 한창이시죠. 연륜과 패기를 한 몸에 지니신 진짜 사나이 아니세요."

말끝에 잔뜩 묻어나는 교태에 조 이사가 흡족한 얼굴로 손사래를 쳤다.

"어휴, 비행기 그만 태워. 그러다 떨어지면 진짜 나 죽어. 김 이사야말로 요즘 젊은 애들 안 부러운 외모와 지성을 가진 진짜 커리어 우먼 아닌가?"

두 사람이 그렇게 주거니 받거니 서로를 추켜세우는데, 이필상이 불쑥 끼어들었다.

"어휴, 두 분이야 이 바닥에서도 원체 유명한 분들이지요. 두 분 능력 모르는 사람이 어디 있어요."

그렇게 말하고는 테이블에 올라와 있는 대본을 들어 올렸다.

"그렇게 출중한 두 분이시니 객관적으로 두 배우를 평가하실 수 있으리라고 생각합니다."

사람들의 시선을 모은 그가 대본을 슬쩍 흔들며 다시 말했다.

"둘 중 누가 장필수 역에 더 적합한지 말이죠."

이필상의 말에 사람들이 입을 닫고는 서로를 바라보며 눈빛을 교환하는데, 박준규가 슬쩍 끼어들었다.

"이 친구가 몸이 단 모양입니다. 한 번 작품 들어가면 개봉하기 전까지 내내 작품만 생각하는 친구다 보니."

아무래도 외골수적인 면모가 있어 이런 자리에는 어울리지 않는 이필상인지라, 화제 전환이 매끄럽지 않았다고 생각한 모양이다. 그렇게 박준규가 슬쩍 끼어들자 김수종이 말을 보탰다.

"이 작가님이야 자나 깨나 시나리오만 생각하시는 분이니까 얼마나 지금 자리가 행복하시겠습니까. 출중한 배우가 서로 장필수 역을 하겠다는데."

능숙하게 화제를 전환하는 김수종의 말에 조 이사가 뒤늦게 웃음을 터뜨리는데, 김인숙이 입을 열었다.

"뭐, 저희 쪽 입장이야 저희가 미는 배우가 됐으면 좋겠지만 또 영화에 더 필요한 사람이 있다면 그 사람이 배역을 맡는 게 당연하다고 생각해요."

30대 중반이나 넘었을까. 꽤나 관리를 잘한 모양인지 주름하나 없이 탱탱한 얼굴을 한 그녀가 눈웃음을 지어 보였다. 웃는 낯에 부드러운 음성으로 이야기를 하고 있는 그녀였지만 내용은 결코 친절하지 않았다.

"이 작가님과 박 감독님의 눈이야 이 바닥에서도 알아주는 눈이죠. 근데 조금 불안한 게 이번에는 조금 성급하지 않았나

해요. 장택근 씨의 이력을 살펴보니 이런저런 문제도 있고, 제일 중요한 필모그래피라고 할 것도 없지 않아요?"

배역이라고는 PD 생활을 하며 억지로 출연했던 김한수밖에 없다. 그런 그에게 필모그래피라는 게 있을 리가 없지 않은가. 이미 모두가 알고 있는 사실을 다시 꺼내 든 그녀가 말을 이어갔다.

"오디션에서야 오죽 잘했겠어요. 근데 연기라는 게 하루 이틀에 완성시킬 수 있는 일이 아닌데 기복이라도 있으면 괜한 시간 낭비에 자금 낭비죠. 필름은 또 왜 그렇게 비싼지, 진짜 NG 몇 번 나면 투자자 입장에서는 눈물이 다 날 지경이라니까요."

기름칠이라도 한 듯 매끄럽게 움직이는 혀가 날카롭게 장택근을 찔러왔다. 자신에 비해 상대적으로 이력이 꽉 들어찬 이우혁을 마치 상품이라도 소개하는 듯한 태도에 장택근이 쓴웃음을 지었다.

"김 이사가 말을 아주 잘해."

김인숙을 추켜세우며 말하는 조 이사의 태도를 보니 반쯤은 벌써 의견을 정한 듯 보였다. 아니, 반이다 뿐이겠는가. 투자자와 원만한 관계를 계속해서 유지해야 하는 그의 입장에서는 분명 장택근이 굴러 들어온 돌이리라.

"배우는 연기로 말한다고 배웠습니다."

그렇게 모든 정황이 그를 장필수 역할에서 끌어내려고 했지만, 장택근의 눈빛은 여전히 빛나고 있었다. 이지원에게 날마다 욕을 먹는 자신의 연기였지만, 그 까다로운 그녀마저도 장필수 역에 그만큼 어울리는 사람은 없을 거라 장담했다.

스스로의 능력을 믿고 그는 과감하게 승부수를 던졌다.

『얼라이브』 3권에 계속…

이 시대를 선도하는 이북 사이트

이젠북

www.ezenbook.co.kr

더욱 막강해진 라인업!
최강의 작가들이 보이는 최고의 재미.

이들의 "유료연재"가 시작됩니다!

김재한 『성운을 먹는 자』   태제 『태왕기 현왕전』
홍정훈 『월야환담 광월야』   전진검 『퍼팩트 로드』
이지환 『어린황후』   방태산 『완벽한 인생』
좌백 『천마군림 2부』   왕후장상 『전혁』
김정률 『아나크레온』   설경구 『게임볼』

검색창에 **이젠북** 을 쳐보세요! ▼ 🔍

즐거운 인생

미더라 장편 소설

FUSION FANTASTIC STORY

A Bittersweet Life

삶의 의욕을 모두 잃은 주혁.
어느 날 녹이 슨 금속 상자를 얻는데…….

"분명 어제도 3월 6일이었는데?"

동전을 넣고 당기면 나온 숫자만큼 하루가 반복된다!

포기했던 배우의 꿈을 향해 다시금 시작된 발돋움.
눈앞에 펼쳐진 새로운 미래.

과연 그는 목표를 이루고
인생을 바꿀 수 있을 것인가!

Book Publishing CHUNGEORAM

유행이 아닌 자유추구 —
WWW.chungeoram.com

네르가시아 장편 소설
FUSION FANTASTIC STORY

THE MODERN
MAGICAL
SCHOLAR

현대 마도학자

나르서스 제국의 전쟁영웅이자
마나코어를 개발한 천재 마도학자 카미엘!

그러나 제국의 부흥을 위한 재물이 되어
숙청당하는데…….

『현대 마도학자』

죽음 끝에 주어진 또 다른 삶.
그러나 그에게 남겨진 것은 작은 고물상이 전부였다.

더 이상의 밑은 없다!
마도학자의 현대 성공기가 시작된다!

Book Publishing CHUNGEORAM

ⓒ 병이 아닌 자유추구 –
WWW.chungeoram.com

데일리 히어로

FUSION FANTASTIC STORY

인기영 장편 소설

지금까지 이런 영웅은 없었다!

『데일리 히어로』

꿈과 이상을 가진 평.범.한. 고딩 유지웅.
하지만……
현실은 '빵 셔틀' 일 뿐.

그러던 어느 날, 유지웅의 앞에 나타난 고양이.
그(?)로 인해 모든 것이 바뀌었다.

선행! 선행! 그리고 또 선행!

데일리 히어로 유지웅의 선행 쌓기 프로젝트!

Book Publishing CHUNGEORAM

유행이 아닌 자유추구 -
WWW.chungeoram.com

내일을 향해 쏴라

김형석 장편 소설
FUSION FANTASTIC STORY

1만 시간의 법칙!
'성공은 1만 시간의 노력이 만든다' 는 뜻이다.

그러나…
사회복지학과 복학생 수.
전공 실습으로 나간 호스피스 병동에서
미지와 조우하다.

1만 시간의 법칙?
아니, 1분의 법칙!

전무후무한 능력이 수에게 강림하다!
맨주먹 하나로 시작한 수의
인생역전이 시작된다!

Book Publishing CHUNGEORAM

유행이 아닌 자유추구 ~
WWW.chungeoram.com

The Record of Dragon's Return

재중
귀환록

푸른 하늘 장편 소설
FUSION FANTASTIC STORY

『현중 귀환록』, 『바벨의 탑』의
푸른 하늘 신작!

이계를 평정한 위대한 영웅이 돌아왔다!

어느 날 갑자기 찾아온 부모님의 죽음.
그리고 여동생과의 생이별.
모든 것을 감당하기에 재중은 너무 어렸다.
삶에 지쳐 모든 것을 포기할 때, 이계에서 찾아온 유혹.

"여동생을 찾을 힘을 주겠어요.
…대신 나를 도와주세요."

자랑스러운 오빠가 되기 위해!
행복한 삶을 위해!

위대한 영웅의
평범한(?) 현대 적응이 시작된다!

Book Publishing CHUNGEORAM

유행이 아닌 자유추구 -
WWW. chungeoram.com

북검전기
우각 新무협 판타지 소설
ORIENTAL HEROES
2014년의 대미를 장식할,
작가 우각의 신작!
『십전제』, 『환영무인』, 『파멸왕』…
그리고,
『북검전기』
무협, 그 극한의 재미를 돌파했다.
북천문의 마지막 후예, 진무원.
무너진 하늘 아래 홀로 서고, 거친 바람 아래 몸을 숙였다.
살기 위해! 철저히 자신을 숨기고
약하기에! 잃을 수밖에 없었다.
심장이 두근거리는 강렬한 무(武)!
그 걷잡을 수 없는 마력이,
북검의 손 아래 펼쳐진다!
Book Publishing CHUNGEORAM
유행이 아닌 자유추구 -
WWW.chungeoram.com

The Record of Dragon's Return

재중 귀환록

푸른 하늘 장편 소설

FUSION FANTASTIC STORY

『현중 귀환록』, 『바벨의 탑』의

푸른 하늘 신작!

이계를 평정한 위대한 영웅이 돌아왔다!

어느 날 갑자기 찾아온 부모님의 죽음.
그리고 여동생과의 생이별.
모든 것을 감당하기에 재중은 너무 어렸다.
삶에 지쳐 모든 것을 포기할 때, 이계에서 찾아온 유혹.

"여동생을 찾을 힘을 주겠어요.
…대신 나를 도와주세요."

자랑스러운 오빠가 되기 위해!
행복한 삶을 위해!

**위대한 영웅의
평범한(?) 현대 적응이 시작된다!**

Book Publishing CHUNGEORAM

유행이 아닌 자유추구 -
WWW.chungeoram.com

용마검전

FANTASY FRONTIER SPIRIT

김재한 판타지 장편 소설

「폭염의 용제」, 「성운을 먹는 자」의 작가 김재한!
또다시 새로운 신화를 완성하다!

『용마검전』

사악한 용마족의 왕 아테인을 쓰러뜨리고
용마전쟁을 끝낸 용사 아젤!

그러나 그 대가로 받은 것은 죽음에 이르는 저주.
아젤은 저주를 풀기 위해 기나긴 잠에 빠져든다.

그로부터 220년 후…….

긴 잠에서 깨어난 아젤이 본 것은
인간과 용마족이 더불어 살아가는 새로운 세상이었다.

Book Publishing CHUNGEORAM

류형이 아닌 자유추구 -
WWW.chungeoram.com

한량 아버지를 뒷바라지하며
호시탐탐 가출을 꿈꾸던 궁외수.

어린 시절 이어진 인연은
그를 세상 밖으로 이끄는데…….

"내가 정혼녀 하나 못 지킬 것처럼 보여?"

글자조차 모르는 까막눈이지만,
하늘이 내린 재능과 악마의 심장은
전 무림이 그를 주목하게 한다.

"이 시간 이후 당신에겐 위협 따윈 없는 거요."

무림에 무서운 놈이 나타났다!

Book Publishing CHUNGEORAM

유행이 아닌 자유추구 -
WWW. chungeoram.com